丛书主编：董伯韬

当代小说六家

张新颖　著

湖南文艺出版社 · 长沙

图书在版编目（CIP）数据

当代小说六家 / 张新颖著. -- 长沙：湖南文艺出
版社，2024.7
ISBN 978-7-5726-1884-0

Ⅰ．①当⋯ Ⅱ．①张⋯ Ⅲ．①小说评论－中国－当代
－文集 Ⅳ．①I207.42-53

中国国家版本馆CIP数据核字(2024)第108955号

当代小说六家

DANGDAI XIAOSHUO LIUJIA

著　　者：张新颖
出 版 人：陈新文
责任编辑：耿会芬
整体设计：Mitaliaume
内文排版：玉书美书

出版发行：湖南文艺出版社
（长沙市雨花区东二环一段508号 邮编：410014）
网　　址：http://www.hnwy.net
印　　刷：湖南贝特尔印务有限公司
经　　销：新华书店
开　　本：880mm×1230mm 1/32
印　　张：8.625
字　　数：226千字
版　　次：2024年7月第1版
印　　次：2024年7月第1次印刷
书　　号：ISBN 978-7-5726-1884-0
定　　价：59.80元

（若有质量问题，请直接与本社出版科联系调换）

主编弁语

"往古之时，丛木曰林。"
在一本文集的小引中，海德格尔这样起笔。

他说："林中有路，每入人迹罕至处，是为林中路。"

他叮嘱人们，那些路看似相类实则迥异，只有守林人认得。

由此亦可想见，
认识些诚实的守林人有多幸运。

而幸运自该分享。
于是有了这部丛书。

这是守林人绘就的地图。

带着它们，当可认识林，认识既显且隐的林中路。

董伯韬

二〇二三癸卯芒种将至在上海

小引

这是一本文学批评小选集，我给自己定的选择标准，是所谈的作品、现象、问题，与自己的生命发生过深切关联。这种关联未必在文字中显现出来，却是谈论得以启动和展开的核心力量。

《重返八十年代：先锋小说和文学的青春》，是据讲课录音整理的，读起来大概比较容易进入；我把它放在第一篇，更个人的原因在于，文章所描述的，是我也曾置身其中的文学情境和青春经验——在中国当代文学巨大变化的那个时代和文化氛围中，一个年轻学生开始形成自己的文学感受，由此为起点走上文学批评的道路。

书名《当代小说六家》，史铁生、张炜、王安忆、莫言、余华，这五位，读者一般不会有疑惑，四十年来的中国当代文学，没有他们是难以想象的；可是我放在前面的黄永玉，小说上也能称一家？黄永玉在当代小说的潮流之外，晚年写出潮流之外的《无愁河的浪荡汉子》——创作独此一份巨著的人，怎么就不能算一家？

二〇二四年二月二十五日　复旦大学

目 录
Contents

重返八十年代：先锋小说和文学的青春

一

一九八五年，上海外语教育出版社出版了一本书，叫《伊甸园之门》（*Gates of Eden*），作者是 Morris Dickstein。原书是一九七七年在美国出版的，副标题是"美国六十年代文化"。这本书在八十年代中后期非常流行，好像大学中文系的很多学生都在读。

书的前面有一些黑白的照片，大致上可以看出这本书的内容。第一张是马尔库塞的照片，我们知道，马尔库塞是西方马克思主义的一个代表人物，他对马克思和弗洛伊德理论的综合成为西方六十年代反文化的一个理论基础。第二页的照片是三个作家，一个是小库尔特·冯尼格，另外一个是诺曼·梅勒，最下面的大胡子是"垮掉的一代"的代表诗人艾伦·金斯堡。第三页是摇滚乐时代最有名的歌手，一个是滚石乐队的米克·贾格尔，另外一个是鲍勃·迪伦，接下来的一张是甲壳虫乐队刚刚在利物浦开始他们演唱生涯的照片，那个时候他们都还是穷光蛋。还有一张是一九六八年八月在纽约四十万人集会的伍德托克摇摆舞节,一个反文化节,乱糟糟的场面。接下来两张是反战游行的照片。最后一张是在六十年代美国的大学里经常看到的场面,柏克莱大学学生和警察的对峙。从马尔库塞的理论到诺曼·梅勒、艾伦·金斯堡这样的文学创作,到摇滚乐,到学生的反文化运动,到整个社会的反战,大致上就是这本书的内容,概括了一个非常混乱但是又充满生机的,而且在社会的各个方面都有一些新的东西在不断生长出来的时代。好像一个社会从二十世纪五十年代突然地发生了变化,一个社会的典型的感情、人们典型的意识,都发生了变化,有一些新的东西在生长出来。

当时,有一个学生就说,读了这本书,就想写一本书,仿照这本书来写一本中国文学、中国社会发生变化的书,这本书的名字就叫"一九八五年"。很多人有这样一个愿望,要把一九八五年这一年表述出来。其实对这一年的描述,就可以像迪克斯坦描述美国六十年代文化一样,从社会的各个方面,从普通人的感情,从大众文化,从文学创作,甚至包括新闻,等等方面来着手。这是一九八五年刚刚过去不久以后说的话。说明这一年,一九八五年,中国人,特别是中国的文学知识分子包括文学学生的心里,留下的冲击非常大,而且它是来自多方面的。这种冲击里面肯定还包括一些很混乱的,当时摸不清,后来可能也说不清的一些东西。

先讲《伊甸园之门》这本书,不是说要把美国六十年代文化和一九八五年发生在中国的事情做一个类比。没有这样简单的事情。但是确实有一些相像。比如，很多的事情就是那样从社会的各个角落冒出来，就那样发生了。也不是说，是这本书影响了中国一九八五年的变化。当然不是。想说的是，如果要讲先锋小说，讲先锋文学，其实有一个很重要的去理解先锋文学的途径，就是能够进入一九八五年的现场。如果能够对那一年，那一年的前后发生的一些事情有一个感受的话，那么大致上就可以理解先锋文学。今天，我们在讲先锋小说的时候，拿出几个作家或者几个文本来分析，其实，这几个作家或文本看起来都是干巴巴的，不能还原到当时历史情境当中去的东西就很难读出什么意思来。说老实话，重新读这些先锋小说，那些当年曾经激动人的很多东西没有了。不是说它不好，而是说当年先锋小说非常奋力地去争取来的东西，很多东西，在今天已经变成了常识。当年让人惊奇的东西，现在变成了日常写作当中常见到的东西。所以，它不会让你激动，引起你的陌生感，也不至于对你的阅读构成什么样的挑战。但这个是它最大的成功，它把当时一些还没有的东西拿进来，当时一些非常陌生的东西今天变成了常识，"常识化"，它要做的就是这样一个事情，就在于你今天再回头读那些文本的时候，你不那么激动了。比如说，我们现在看棉棉——七十年代出生的代表性女作家——的小说《糖》，里面写到了吸毒，她引用了艾伦·金斯堡在他的《祈祷》里面引到的他母亲写给他的一封信。他母亲临死的时候写给他一封信，这封信是在他母亲死后第二天金斯堡收到的："钥匙在窗台上，钥匙在窗前的阳光下——我带着钥匙——结婚吧，艾伦，不要吸毒——钥匙在窗栅里，在窗前的阳光下。"这其实是八十年代常被引用的东西，《伊甸园之门》也引了；到了九十年代末，到了二十一世纪，在棉棉的小说里面出现，自然也很感人，不过，在反复的引用过之后，它的冲击力当然不会有当年那么强烈。

二

先锋小说当时的叫法很混乱，有叫"新潮小说"的、"探索小说"的、"实验小说"的、"现代派"的，"先锋小说"也是一个很不严格的叫法。到现在也不知道该怎么叫。回过头去看一九八五年发生的事情，单单从文学上来讲，好像在那一年的前后一下子出现了很多注定要在文学史上留下来的作品。文学史的发展是非常奇怪的，很可能一百年就是一个空白，什么都没有留下来，但是，很可能突然一个时间，一个地方，会有很多的作品一下子都出现在文学史上。

在一九八五年，出现了寻根文学的很多作品，韩少功的《爸爸爸》《文学的"根"》等。之前，一九八四年，有张承志的《北方的河》、阿城的《棋王》；之后，有贾平凹的"商州系列"。

在一九八五年，出现了刘索拉、徐星的小说。这一些小说可以看成是与塞林格的《麦田里的守望者》和艾伦·金斯堡的作品一类品格的东西，是一些年轻人以一个非常叛逆的姿态对社会的事情来发言。

在八十年代后期有一个"伪现代派"的讨论，刘索拉、徐星写的这些人，在中国的老百姓看来都是吃饱了撑的，闲着没事干。刘索拉写的是中央音乐学院她的同学，整天觉得生活没有什么意义，干些毫无意义的事情。从最表面上看是对当时僵化的教育体制有一种反抗。其实不一定看得那么狭隘，因为他们正好在学校里，所以就只好反抗教育体制；换别的任何一个地方，也会反抗那个地方的体制。这样一些内容，有点类似于西方的嬉皮士（不能把这种类似夸大）。那些艺术青年，用今天的话来说，他们那些另类的生活和思想，当初就让人觉得中国人现在怎么已经到了这个地步了。所以当时有一个很普遍的说法，认为这个所谓的现代派其实是假的，我们中国并没有这样的社会土壤、社会基础。其实是真的。要反驳"伪现代派"这样的指责，不要那么多的理论，只要讲读者的感受就可以了。按照"伪现代派"的说法，像刘索拉写的这样的情感、生活方式不可能引起中国人的真正的感受，如果说你这样感受，你是在模仿一种时尚。其实，像这样一种对于社会的反抗，有的时候是莫名其妙的，你要说理由当然可以说体制非常僵化，压制、约束人的个性的生长，但有的时候可能就是一种青春期的骚动、不安，偏要跟什么作对的感受和情绪。当时刘索拉的《你别无选择》唤起了一大批青年人的认同，这应该不是假的。一九八五年我高中毕业，从山东半岛到上海读大学，随身带着两本杂志，一本上面有张承志的《北方的河》，另一本就是发表《你别无选择》的那期《人民文学》。而且刘索拉写的差不多是实事，她写的班级里的同学，这些同学当然后来一个一个都是大名鼎鼎。但那个时候他们在学校里就是那样吊儿郎当的，不去上课，整天做一些无意义的事情，和老师闹别扭。他们就是这样过来的。徐星写的《无主题变奏》，写的是社会青年，没有刘索拉写的学校里的艺术青年那么高雅，是整天在社会上闲荡的一个人。像刘索拉和徐星的小说，基本上可以看作后来出现的王朔小说的一个前奏，特别像徐星的《无主题变奏》，作者都是北京的，只不过后来王朔发展得比他们更痞了。在刘索拉和徐星那里有一个很雅的东西，因为是嬉皮士。到王朔，把立场换得更加平民化，更痞一点，来写一个人对于社会的不满、牢骚、叛逆。这样的情绪一路发展下来，到九十年代出现了朱文的小说，像《我爱美元》《什么是垃圾什么是爱》等。

　　一九八五年文坛还特别注意到了一个东北人，他写的多是西藏的事情，喜欢说"我就是那个写小说的汉人马原"。这一年马原发表了很多作品，以前他一直发不出来。从一九八四年发表《拉萨河女神》，一下子走运了，在一九八五年发表了《冈底斯的诱惑》等等一大批。一个简单的说法，韩少功和寻根文学，以及刘索拉这样的青年人的反抗文学，它带来的变化基本上还是文学内容上的变化；马原的变化，更重要的不是内容，而是形式上的，或者我们把这个"形式"换成当时更流行更严格的说法，叫"叙事"。这个说法当然过于简单了，比如韩少功的《爸爸爸》，它在叙事上的变化也非常大，"怎么写"的问题不会比马原的更少。当时人们喜欢的一个说法是，小说到了这个时候，"写什么"变成了"怎么写"——那当然也是一个非常简单的说法——所以就有叙事结构、小说语言等等一系列的问题出现。对这些问题的探讨，不再和我们通常所要探讨的小说的意义、小说的认识功能联系在一起，它本身变成了一个独立的东西，可以把它叫成"文学的自觉"，或当时的概念"纯文学"。

　　还有残雪，《山上的小屋》也是在一九八五年发表的。

还有莫言。莫言在一九八五年发表了一个中篇，叫《透明的红萝卜》。这篇小说和王安忆的《小鲍庄》发表在同一本杂志上——《中国作家》。莫言的出现，代表了小说写作者的主观观念的非常大的解放。这个主观一开始主要还是指感官方面的，或者说得更朴素一点，是感觉，作用于人的耳目口鼻舌的感觉。钱锺书先生讲"通感"，通感是偶尔才会用到，在一首诗或一篇作品里，你不能从头到尾都是通感。小说比诗要长多了，可是，莫言的小说，在一个非常大的长度内，很可能从头到尾就是各种各样感觉混杂在一块儿，呈现出一种异常丰盛的状态。

　　大致在一九八五年前后，先锋小说可以以这样一些人和这样一些方面的探索来作为代表。那个时候，好像文学发展得很快，过了一两年，一九八七年前后，一批比他们更年轻的人就出来了，像余华、苏童、格非、孙甘露等等。这些人都是在一九八七年前后开始在文坛上比较受注意的。那个时候也很怪。比如今天写小说，你可能写了十篇小说还没有人注意到你，但那个时候很可能你写了一篇小说大家都会注意到。当时社会的注意力比较集中，而且文学是当时的社会思想各个方面里面最有活力的一个部分，所以，整个社会的注意力集中到文学上也是很正常的。文学在今天不是社会最有生命力的东西；而且今天可以注意的东西也比较多，大家的注意力比较分散。

　　残雪、莫言、刘索拉、马原，可以各自代表一九八五年在小说创作上的一个方向。后面接着出现的人，可以把他们归类，比如说，格非可以归到马原的系统里面，孙甘露在语言上的实验也可以看作以马原为代表的小说叙事革命的方向上的一个小的方向。余华可以放在残雪的系统里面。我们知道残雪写人的非常丑陋、不堪、肮脏的生存状态，在这样一个生存状态里面人的心灵的扭曲，扭曲到难以想象的地步，可人还是若无其事地在这样一个内部心灵扭曲、外部肮脏不堪的环境里苟活。但是在这样的苟活里面，人有一种恐惧。写出人的这样一种生活，而且写出这样一种生活的没有价值，对人的生存状态或者对人性的深度做了挖掘。余华的创作其实也是这样一些东西。从表面上看，他不像残雪写日常琐事里面到处可见的肮脏，日常世界里每时每刻都要经历的东西，余华写的是一些特殊时刻的暴力血腥；但是，他同样指向人性里面的一些东西来挖掘。孙甘露用语言的能指的滑动来结构一篇小说，给人一个非常吃惊的感受，读者读起来，就是一句话接一句话地流动，却不怎么指向语言背后的世界。后面我们再详细讨论这一点。

三

《伊甸园之门》用专门一章介绍实验文学，介绍的实验文学的作家，有唐纳德·巴塞尔姆、约翰·巴塞、托马斯·品钦、博尔赫斯、纳博科夫等。马原在小说叙事、小说观念上的探索和变革多少可以对应类似于博尔赫斯的创作。这样一个小说叙事实验的兴起，其实是可以找到所模仿、学习、借鉴的对象的。当时马原最吸引人的就是他讲故事的方式，吴亮有一个说法，叫"马原的叙事圈套"。《伊甸园之门》里引到德国文学批评家瓦尔特·本雅明的一段话，这段话他说得很早：

当代小说六家

每天早晨都给我们带来了世界各地的消息，但是我们却很少见到值得一读的故事。这是因为每一个事件在传到我们的耳朵里时，已经被解释得一清二楚……实际上，讲故事的艺术有一半在于：一个人在复制一篇故事时对它不加任何解释……作者对最异乎寻常和最不可思议的事物进行最精确的描述，却不把事件的心理的联系强加给读者。(《讲故事的人》)

这段话特别适用于马原的小说。文学批评里面有一种所谓的"母题分析"，母题分析出来的结果其实是很令人沮丧的，所有的文学创作大致上都可以用几个母题来概括。如果是这样的话，文学确实就变得没意思，大家都在讲相同的事情。马原当时就能够把同样的事情讲得值得一听、值得一读。他的方法有点类似于本雅明所说的。通常，讲故事的人会把所有的东西告诉你，告诉得很清楚。他不一定会讲得很清楚，但是，他会给你一些感觉，让你明白。但是，在马原那里，这样一些东西是没有的，这样一些事物之间的联系、这种联系的意义是没有的，他给你的只是事物本身。传统的讲故事，其实是有一个作者暗示给读者的心理过程。在这样一个心理过程里面，你把事件联系起来了，通过作者暗示给你的意义，或者通过作者暗示你自己想象出来的意义把事件联系起来了。但是，在马原那里他没有这样强加的联系。举一个简单的例子。有一次马原和格非一块儿到复旦来做演讲，两个人中有一个讲了一个故事：一个人要过河，他就先把鞋脱下来，把两只鞋一只一只地扔到河的对岸去，等他过了河之后，他发现两只鞋非常整齐地摆在一块儿，就像一个人把两只鞋脱下来，有意识地很整齐地放在一块儿。他觉得这里面有一个很神奇的力量，为什么我这样很用力地随便地扔两只鞋，它们会整整齐齐地摆在河边呢？马原的小说是怎么写的呢？他如果写这样的小说，他不会去按照我们通常的思想的意识探究到底是一个什么样的力量，他会精确地描述这两只鞋是怎么摆的，却不会对造成这样一现象的原因去做一个解释，不管了，然后就写下面的事情。我们传统的小说理论讲"含蓄"，我们还知道小说家海明威有一个很著名的说法叫"冰山理论"，作家写出来的东西只是冰山浮在海面上的很小的一部分，更大的一部分是在水下面的。"冰山理论"就类似于中国人所说的"含蓄"，我有话，我没有说完，我说了一句话，另外一句没说，但是你能够知道我没说的另外一句话是什么样的意思。也就是说，虽然我没说，等于是我说了——中国人说的"此时无声胜有声"。但是，在马原的叙述里面，他不是含蓄，也不是海明威的"冰山理论"，他就是把这话省略掉了。因为含蓄的理论是我不说，但是你能够从我已经说的话里面知道、感受到。而马原没写就是省略掉，你根本无从推测他省略掉的是什么，事情和事情之间的链条缺了一块，他不给你暗示，你自己是没办法补上的。比如说，因果律是我们认识事情、认识世界、认识意义的一个基本的思维方式，虽然我们不经常用"因为""所以"这样的词语来连缀我们的思想，但是，因果律是作用于你思维当中核心的部分，我们不自觉地用这样的关系来看待世界和看待我们自身的一些行为、意义。可是在马原的小说里面，他很多东西都省了，这个因果关系就建立不起来。一个人在小说里突然死了，他怎么死的，他的死会

　　　　　　　　　　　　　　当代小说六家

有什么后果，我们不自觉地就会问这一类的问题。但马原的小说里，死了就死了，他不作交代，就是这样突然出现的事件，事件和事件之间缺乏联系，因果关系被打乱了。

他的小说经常把很多看起来是不相干的事情放到一块儿。这个是写小说的大忌。我们写小说总要讲情节、人物、情绪要集中，要统一。所谓的集中、统一，就是要有一个互相连贯起来的东西。大家讲马原的先锋性的时候，老是把他和西方的作家联系在一起，其实马原是一个很典型的中国人，他的小说完全是一个很典型的中国人的写法。现在你很难说什么样的人是中国人，现代人的思维受西方影响很深，只不过很多时候不自觉。我们从"五四"以来，接受的很多西方的观念已经使我们变得很难说我们是传统的中国人。就说小说，我们今天关于小说的观念，不是中国人的小说观念，都是从"五四"以后引进来的西方小说的观念。其实我们想一想，小说这个词反映到我们脑子里的时候，想到的小说都是西方的小说，或者"五四"以来中国的小说。但是，"五四"以来中国小说的观念是典型的西方小说观念。马原对传统小说观念的突破，不是突破中国小说的传统，而是突破"五四"以来我们所接受的西方小说的传统。比如说，我们讲究小说有统一的集中的人物、情节、故事，这是典型的西方小说的观念。而在传统的中国小说里面，中国人不把小说当成一回事，小说是个很随便的东西，它可以是志怪的、记人的、说事的，很多东西都可以当成小说。

马原看起来很先锋的小说，其实是有点要回到西化以前中国传统的思维里面去。比如说，中国画，可以把不同时间不同地点看到的东西画在一幅画里面。我们刚刚接触西方画的时候，觉得中国人很落后，不知道焦点透视法什么的。其实，在马原的小说里就是这样。怎么乱七八糟的事物都放在一篇小说里去了？比如，小说里出现一个人物，这个人物会讲一个故事，小说里还有另外一个人物，他就讲另外一个故事，跟前面讲的故事互不相干，就这样组成一篇小说。那么比较起来，从一个真实的角度或者从一个还原的角度来看，哪一个方式更接近世界本来的样子呢？至少在马原看来，中国传统的那种方式更接近世界本来的样子。可能这个世界的很多事情本来就没有联系，就是一些不相干的事情。你人为地把它组织起来，人为地给它一种联系，这样你已经离世界的本来面目远了。从一个单一的或者好一点说统一的视角来看事物，看到的只是事物的一面，你从这个单一的视角去看，可能看得更深刻，但是，这样一种深刻，它牺牲掉的是对于事物的总体把握、综合的观感。马原就是强调，这样一个单一的视角对观察世界、对还原世界来说是不够的。所以，他小说里视角不断地变化。

　　这样的变化造成了一个因素。我们讲小说的艺术是时间的艺术，一个事情有开头有结尾，更本质上说，小说是用语言写出来的，你在读小说或者他在创作小说的时候，只能是一句话一句话地说、一句话一句话地看，这样一个过程本身就是时间的流动。其实时间比空间在小说里的作用更大，这个观念本身也是一个西方化的观念。在中国传统小说里面，很可能就是时间变得不重要，或者有意使时间变得不重要。比如说《红楼梦》，它一个场景写完了换到另外一个场景，然后再换一个，它的场景不断地变化，而同时，你觉得时间是静止的，重要的是它给你的空间。在《红楼梦》这样一部长篇小说里，重要的其实是一个空间展示的问题。马原的小说也是这样，一个视角讲一个故事，那肯定是一个时空里，而突然又换另外一个视角，肯定带来另外一个时空。视角的变化必然带来时间的切断，空间的因素变得更加重要。可能在日常世界里面，我们自己也感觉到我们的生活是一个空间不断变换的生活，尽管时间在同时不断地流逝。时间的流逝是一个人的生命的感觉，但是，你在经历事情本身的时候，其实是不怎么有感觉的，你知道我今天干了什么事，明天又要干什么事，主要就是一个空间场景的不断变化。也就是说，在我们认识世界的时候，空间因素可能更重要——至少在当时。

马原小说表面上非常突出的一个叙事方式，现在已经用滥了，叫作"元叙事"或者叫"元小说"。"meta-"的前缀，比如说物理学（physics）加上这样一个前缀，就是形而上学（metaphysics）；小说（novel）加上这样一个前缀，就是"关于小说的小说"（metanovel），就是说在小说当中讨论小说创作的小说，也有人翻译为"后设叙事"。马原在写小说的时候，他突然会跳出来说，我怎么写到这里了，我写不下去了，我下面应该怎么写呢？本来在我们看到的创作里面，创作过程是被排除在作品外面的，你看到的只是一个作品，你不知道作家怎么来创作这个作品。但是，马原是把他的创作本身和他的作品混到了一块儿。他把他的写作过程写到了作品里面，他会跟读者讨论我下面怎么写更好。它会带来两个结果。第一，传统上我们读一个作品，作者要把你带入他创造的这个世界，让你以为这个世界是真的，让你陷入作品里面越深越好。而马原不时地告诉你这是假的，这是我虚构出来的，还可以有另外一个虚构。他把作品给人的真实的幻觉打破了。第二，作家跟作品之间的关系，作家不再是一个很神秘的创造者，比如我们很多作家愿意强调作家就是用语言来创造一个世界，我们读作品的时候，很想知道作家是什么样的。这个感觉其实是他有意造成的，他有意不让你知道创作是怎么一回事，反倒勾起你对创作的神秘感。马原这样做，作家的神秘感、创作过程的神秘感被打破了，而且作家不再是高于作品了，作家本身就是和他创作的东西一样。马原叙事的内容包括他自己，使自己的创作过程、自己的状态也被叙述。这样一来，自己和作品中的人物、事件处在一个同等层次上了。他不再是上帝。我就是那个写小说的马原，我就是那个汉人马原。这是典型的马原小说。因为这个方式太显眼了，后来模仿的很多，一直到今天也还很多，有时候显得很不必要，你不知道他为什么这么说。而在马原那里，他是有意思的。马原的写作方式，影响了一批人，带来了对小说的重新的认识。

四

另外应该讲一讲的，是苏童。我们的文学史会讲到《妻妾成群》。大部分的人知道苏童是因为《妻妾成群》以及《妻妾成群》改编成的电影《大红灯笼高高挂》，一般的文学圈子里的人知道苏童，是因为之前写的以"枫杨树"这个名字为系列的乡村历史传奇，他把他写的那个乡村地方叫枫杨树。比这部分人更少的人知道苏童，是因为苏童在"枫杨树"之前，写了一组少年的故事。这组少年的故事发生的地方都是一个南方的小城，其实就是苏州。在这个南方小城，有一条街，后来，他把它叫作"香椿树街"。苏童的成名作应该是这样一系列的南方少年的故事。

这是他刚刚写作的时候写的东西，而且，他一直对这一类东西比较迷恋。后来，他写乡村传奇，完全靠文学的想象力，《妻妾成群》更是这样的东西。而"香椿树街"的南方少年的故事，其实是有他自己的生活经验在里面的。少年经验对于二十岁的人和对于五十岁的人是完全不一样的。对于一个二十几岁开始创作的人来说，少年经验是他生命当中唯一的经验，几乎可以这样说，唯一的经过一点点时间沉淀的经验。所以，少年经验有时候对跟它没有关系的人来说是毫无意思的事情，但是，在自己经验过那段经历的人看来，是刻骨铭心的记忆，是他永远也摆脱不掉的，有的时候像阴影、有的时候像阳光一样的东西，是他生命当中最真切的疼痛、苦恼或者欢乐。苏童把这样一些东西写出来，非常好。苏童是一个典型的南方人，苏州人，不会把自己的个性非常张扬，他就写那种很阴郁的带着个人伤痛的东西。这样一些东西可能不会非常了不起，杰作说不上，但是，永远会是一些很优秀的东西。

苏童出文集的时候，特意编了一本《少年血》，这一集可能是苏童的小说里面在艺术上写得最讲究的一些东西。他这个少年经验的系列里面较早的一篇是《桑园留念》，是大学刚刚毕业的时候写的。苏童的写作很早，但他初期的写作一直不成功，在大学里面老是投稿，老是退稿。不好意思了，他就用他朋友家里的地址，很羞涩的一个人。大学毕业以后分到南京工作，就写了《桑园留念》。南京这个地方很出作家，有一帮人在写诗写小说，苏童也在这个圈子里面混，写了《桑园留念》以后，自己感觉写得还不错，要拿给朋友们看，又不好意思，他就趁人家不在，塞到人家家里。其实，大家都是一些没发表作品的人。他们看了之后，觉得苏童会写东西。但《桑园留念》也是不断地投稿，不断地退稿，这个稿子在全国的各个编辑部流转了三年多，后来在《北京文学》发出来，是一九八七年的时候。他里面有这样一段话：

> 我之所以经常谈及桑园留念，并非因为它令人满意，只是由于他在我的创作生活中有很重要的意义，重读这篇旧作似有美好的怀旧之感，想起在单身宿舍里挑灯夜战，激情澎湃、蚊虫叮咬、饥肠辘辘。更重要的是我后来的短篇创作的脉络从中初见端倪。……从《桑园留念》开始，我记录了他们的故事以及他们摇晃不定的生存状态，如此创作使我津津有味并且心满意足。
>
> 我从小生活在类似"香椿树街"的一条街道上，我知道少年血是黏稠而富有文学意味的，我知道少年血在混乱无序的年月里如何流淌，凡是流淌的事物必有它的轨迹。

其实，对苏童的这一组小说用不着什么评论。他自己说得就很好，"一条狭窄的南方老街"，"一群处于青春发育期的南方少年，不安定的情感因素，突然降临于黑暗街头的血腥气味"，在这种少年故事里面经常会写到一些血腥，但他这个血腥写得不像余华那样血淋淋的，而总是带着忧伤，莫名所以，写"一些在潮湿的空气中发芽溃烂的年轻生命"。按照我们通常的说法，这应该是一群最富有活力的生命，他却写出了这群最富有活力生命当中的那种阴暗的非常容易溃烂的性质。刚刚发芽的年轻生命，当然可能预示着发了芽它会长起来，长大，但是，也非常可能这个芽在还是芽的时候就死掉了，就被折断了。他写出了后面这一种令人不能释然的发芽溃烂的年轻生命，"一些徘徊在青石板路上的扭曲的灵魂"。这样的生命在这样一个阶段本身就可能是非常混乱无序的。

苏童在写这一系列的时候，通常用第一人称，"我"常常是小说里面的一个人物。这个"我"，是一个少年，他在看世界的时候，就是以一个少年的眼光、少年的视角，来写少年经历的事情。就是说，苏童在写这些事情的时候，不是以一个已经经历过这些事情已经长大的人回过头去再重新看待这些事情。因为你在经历过这些事情以后，你已经长大了，你至少对这些事情有了一个看法，对过去的经验可能还不十分明晰，但已经有了一个判断、一个总结。但是，苏童写的这一个"我"，正在经历着这些事情，他对这些事情根本就没有判断。他以这样的眼光来写，充满了不确定的因素。对生命不明白，但是生命在要求你明白，生命在冲撞着你，不管是从生理上还是从与社会的接触上。苏童把这样一种状态写了出来，他以他当时那个年龄的视角来写。所以这样一批小说，说它是少年小说，不仅因为它的题材、它的内容是写少年的，更重要的是它的眼光、它对事物的感受是少年的。

五

　　还要讲的是孙甘露小说的语言实验。本来我们通常以为的语言，是用来表达一个意思的东西，不管它是载道的，还是言志的——在一个范畴里，载道和言志是对立的，可是，从另外一个更大的范畴来看，它们是一回事，都认为语言是表达某个意思的工具，不管意思是什么，不可能设想语言是什么都不表达的。可是，在孙甘露的小说里面，在这种语言实验里，语言不表达什么明确的意思，既不载道也不言志，也不传达我们日常语言里所有的确定的意义。这样一来，语言解放了，也就是说语言不再是语言之外的一个东西，语言的组合，词语和词语组合在一块儿，句子和句子组合在一块儿，这样的组合也不一定是要为了一个特定的目的，为了传达，为了输送某种意义来组合在一块儿，也就是说把语言从语言的意义中解放出来，语言最大限度地获得了它本身——它本身的自由。我们文学史里说孙甘露的小说的语言就像超现实主义的诗，把他小说的语言分行排，就像诗一样。什么是超现实主义？这里不是用一个严格的超现实主义的流派的概念，而是说语言在这里的运用，不再是我们在日常生活里面常规下的语言运用，它变得不指涉语言之外的现实。那么，它变成了什么？在这样的语言运用当中，所指的功能越来越减弱，而能指的功能越来越大，它这句话可能指涉任何的意义。如果所指的功能很大，那么这句话、这个词所指的意义是非常确定的，而把这样的功能减弱之后，一方面可能是没有任何意义，另外一方面是它也可能指任何意义。所以，我们读孙甘露的小说，多少会有这样的感觉，你不知道他在说什么，你好像知道他在说什么，但是你不能确切地说他在说什么，他的语言像梦境里的语言一样，词语本身获得了很大的自由，但是，词语连缀在一块儿的意义就不知道了。

这样的语言体验有点类似于人在迷幻状态当中的体验。意大利的电影导演费里尼写了一段话可以用来解释。费里尼讲他喝了一点迷幻剂后的体验：

> 前几天，当我有濒死的感觉时，物体便不再拟人化了。原来一直像一只奇怪的大蜘蛛或拳击手套的电话，如今只是电话而已。也不是，连电话也不是，它什么都不是，很难形容。我不知道那是什么，因为体积、颜色和透视的概念，是了解事物的一种方法，是界定事物的一组符号，是一张地图，一本可供大众使用的公认的初级教科书，而对我来说，这种与物体的理性关系突然中断了。

你判断一个东西，比如他举的例子，电话，凭什么你看到那个东西，你的意识里马上反映是电话？这里有很多综合的信息，比如它的形状、颜色，放的位置，等等。因为构成电话的每一个因素都是有意义的，它的颜色、形状、体积，这些联系起来指向某个意义，综合起来，使你判断它是电话。可是，如果把这些因素都割裂开来，颜色是颜色，形状是形状，你就没办法判断这是电话。本来你和那个东西形成的关系是你和电话之间形成的关系，而不是单独和颜色、形状之间的关系。

有一次，为了满足正在研究迷幻药效应的医生朋友们，我答应做他们的实验品，喝下了掺有微量仅一毫克迷幻药的水。那一次，客观的物体、颜色、光线，也都不再有任何可辨识的意义。那些物体是它们自己本身，浸浴在明亮而骇人的辽阔寂静中。那一刻，你对物体不再关心，无需像阿米巴变形虫那样用你的身体笼罩一切。物体变得纯洁无邪，因为你把自己从中抽离了；一次崭新的经验，就像人第一次看到大峡谷、草原、海洋。一个充满了随着你呼吸的韵律而跳动的光线和鲜活色彩的洁净无瑕的世界，你变成一切物体，与它们不再有所区别，你就是那朵令人晕眩地高挂在空中的白云，蓝天也是你，还有那窗台上天竺葵的红叶子和窗帘布纤细的双股纬线。那个在你前方的小板凳是什么？你再也无法给那些在空气中如波浪般起伏振动的线条、实体和图样一个名字，但没有关系，你这样也很快乐。[赫胥黎在《知觉之门》(*The Doors of Perception*)书中，耸人听闻地描写了这种由迷幻药引发的意识状态：符旨的符号体系失去了意义，物体因为没有根据，没有存不存在的问题而令人放心。这是至福极乐。]

在迷幻药的作用下，你和世界的日常的理性的联系都没有了，这个世界里你所看到的东西都变成了它们本身，你想到的一个东西不再是它的功能、它的用处、它和你之间的关系、它的意义，因为失去了这些东西，它们本身获得了极大的解放。就像费里尼描述的，物体变成了物体本身，物体不再是日常人为地加给它的东西，所以这个时候你的感觉是非常放松的，甚至到了"至福极乐"的状态。

这就有点儿类似于极端的语言实验，语言的所指被减少到极点，只剩下能指，只是一堆漂亮的词语，念出来是一堆漂亮的声音的组合。当时类似于孙甘露这样的小说引起年轻人的兴趣，就是这样一个效果——不恰当地比喻，类似于迷幻的效果。虽然以前看到过草原峡谷或者河流，但是，你从来没有这样看到过草原峡谷或者河流。好像你是第一次看到，语言原来是这样的，语言原来可以不指涉任何东西，它本身就可以构成一个很美的流动的语言过程。

但是，这个只是在迷幻下的第一个阶段，接下来，费里尼说：

> 但是突然被排除在概念的记忆之外，让你掉入无法承受的焦虑之深渊里；那前一刻的狂喜转瞬变成地狱。怪异的形体既无意义也没有目的。那讨人厌的云，那教人难以忍受的蓝天，那活生生的令人作呕的双股纬线，那你不知道是什么东西的小板凳，把你掐死在无尽的恐惧中。(《我是说谎者：费里尼的笔记》)

他突然看到空气中的云彩、线条不再是日常在清醒的状态下看到的，那些东西特别好、特别纯洁、特别是它们自身，它们没有意义，没有作用，就是那么自在地待在那儿，可是时间一长，就觉得没有意义、没有目的、它们之间没有任何联系、和你也没有联系的这些东西，其实是很让人焦虑的，你没法适应这样一个世界。你不知道这些东西是什么，除了只是一些纯粹的线条、声响。他描述说，这样一个"至福极乐"

的状态会在某一个瞬间转变成一个你难以忍受的状态，唤起你无尽的焦虑，天堂一下子会变成地狱。

如果语言没有所指了，它只变成了能指，看起来语言是变成了语言本身了，它不再一定要表达什么东西，它好像获得了它自己的自由、解放、幸福。但是，这样时间一长，你会产生怀疑，什么是语言本身？语言本身难道就是它没有所指？以往，我们把语言完全工具化，不承认它本身的特性；那么，现在把它所有的所指的成分去掉，这就变成语言本身了？一个人说话、写文章，正常的意义是既有语言的能指的部分，它也同时具有语言的所指的功能。否则的话就是梦话，就是一串没有任何现实意义的东西。这个严格说起来，就不是语言。语言本来就是由这两部分构成的。任何人为地去掉一部分，或者减弱一部分功能，加大另一部分功能，它所能带来的幸福、自由的感觉也是短暂的。过了最初的兴奋期之后，你会觉得这个东西无法认识。

六

先锋小说在时间的概念上，大致上应该是一九八五年或再稍前一点时间到一九八九年。现在，很多人谈九十年代的先锋小说，其实不对的。九十年代没什么先锋小说；如果说还用先锋小说的概念的话，一定跟八十年代所指的是不一样的概念。虽然，在八十年代中后期写先锋小说的这些人在九十年代还在写，但是性质已经发生了非常大的变化。比如说像余华、苏童等等，在九十年代是非常重要的作家，但是，他们的写作已经很难被称为先锋写作。"先锋"这个词是借用的，这是一个军事术语。先锋的命运是不知道它下一步是什么，它要为后面的大部队来开辟道路或者来探明情况、获得信息。我们把它用在写作当中或者用在文化上，其实是说这一部分的人的写作、文学实验是和大部队、和社会的主导潮流的工作不一样的，他们是要去探索一种不仅是没有成为这个社会的主导作用，而且可能是这个社会、这个写作的规范还没有意识到的东西，或者说是去摸索一种可能要对现在的主导潮流、写作规范、写作体制形成某种反叛力量、某种挑战的写作行为。这样一种写作行为我们叫作先锋行为。那么从另外一方面来讲，这样的写作行为，因为它是向未知的领域探索的，它会对已经形成的社会的主导规范形成挑战、反叛的力量，所以反过来讲，它必然也会遇到一个比它更大的社会主导力量的阻碍。把词语的色彩降到最低点用"阻碍"，比如还可以用色彩更强的"压抑""压迫""排斥""反对"等等。这个阻碍包括很多方面，不仅仅是来自正统的政治的意识形态的阻碍，还来自已经习惯化了的我们的审美习惯、我们的日常感知世界的方式、我们的文学教育对这一类东西的本能的反抗。先锋的发展和先锋的产生的过程，一定是伴随着挑战和对挑战的克服，处在这样一个对立的关系中，然后在这样对立关系中获得它自身的意义。先锋的意义就是原来你不习惯的东西慢慢有一部分人接受，有更多的人接受了，最后被整个社会的大众所接受。这个时候已经没什么先锋的意义了。它从原来向主导的文化潮流、审美习惯挑战的写作行为变成构成社会主导潮流、构成文学的审美习惯当中的一部分力量，或者很重要的一部分，比如说，像苏童、余华这样的作家，在八十年代人们是根据那个时代主导的社会潮流所形成的文化标准、文学标准来判断他们的，而今天人们在判断文学的时候，是根据他们，根据莫言、张炜、张承志、史铁生、韩少功、王安忆，这样一部分人形成的文学标准、习惯、审美经验来判断其他人。这个时候，再讲他们是先锋的话，就没有先锋本来应该有的含义。如果说九十年代还有先锋的话，那一定是另外一批人，另外一种写作。

　　青春常常和先锋联系在一起，那是因为，青春本来就是为即将充分展开的生命进行探险的先锋。

　　　　　　（此文根据二〇〇四年在复旦大学课堂上的讲课录音整理）

　　　　　　　　　　　　　　　　　　　　当代小说六家

中国当代文学中沈从文传统的回响

——《活着》《秦腔》《天香》和这个传统的不同部分的对话

一、沈从文传统在当代

要说沈从文的文学对当代创作的影响，首先一定会想到汪曾祺，这对师生的传承赓续，不仅是二十世纪中国文学史上难得的佳话，其间脉络的显隐曲折、气象的同异通变，意蕴深厚，意味深长，尚待穿过泛泛而论做深入扎实的探究。这里不谈。

还会想到的是，自二十世纪八十年代沈从文被重新"发现"以来，一些作家怀着惊奇和敬仰，有意识地临摹揣摩，其中，还包括通过有意识地学汪曾祺而于无意中触到一点点沈从文的，说起来也可以举出一些例子。不过这里出现一个悖论，就是有意识地去学，未必学得好；毋庸讳言，得其形者多有，得其神者罕见。这里也不谈。

如果眼光略微偏出一点文学，偏到与文学关系密切的电影，可以确证地说，侯孝贤受沈从文影响不可谓小，这一点他本人也多次谈起过；台湾的侯孝贤影响到大陆的贾樟柯，贾樟柯不仅受侯孝贤电影的影响，而且由侯孝贤的电影追到沈从文的文学，从中获得的教益不是枝枝节节，而是事关艺术创作的基本性原则。[1]这一条曲折的路径，描述出来山重水复，柳暗花明。这里也不谈。

这么说来，你就不能不承认有这么一个沈从文的传统在。说有，不仅是说曾经有，更是说，今天还有。沈从文的文学传统不能说多么强大，更谈不上显赫，但历经劫难而不死，还活在今天，活在当下的文学身上，也就不能不感叹它生命力的顽强和持久。这个生命力，还不仅仅是说它自身的生命力，更是说它具有生育、滋养的能力，施之于别的生命。

这篇文章要讨论的三部长篇小说，是二十世纪九十年代迄于今日的文学创作中极具代表性的作品，按照时间顺序，最早的《活着》（一九九二年）已经有二十年的历史，《秦腔》（二○○五年）出现在新世纪第一个十年当中，《天香》（二○一一年）则刚问世不久。这三位作家，余华、贾平凹、王安忆，在当代文学中的重要性和影响力自然无需多说；需要说的是，他们三位未必都愿意自己的作品和沈从文的传统扯上关系，事实上也是，他们确实未必有意识地向这个传统致敬，却意外地回应了这个传统，激活了这个传统。有意思的地方也恰恰在这里，不自觉的、不刻意的甚至是无意识的关联、契合、参与，反倒更能说明问题的意义。这里我不怎么关心"事实性"的联系，虽然这三位不同程

---

1 贾樟柯：《侯导，孝贤》，《大方．No.1》，十月文艺出版社，2011年。

度地谈过沈从文，但我不想去做这方面的考辨，即使从未提起也没有多大关系；我更感兴趣的是思想和作品的互相认证。

在此顺便提及，阿来在二〇〇五年到二〇〇八年出版的三册六卷长篇小说《空山》，本来也应该放在这篇文章里一并讨论，《空山》和沈从文文学之间对话关系的密切性，不遑多让；但考虑到涉及的问题多而且深，在有限的篇幅内难以尽言，所以留待以后专文详述。

二、活着，命运，历史，以及如何叙述

《活着》写的是一个叫福贵的人一生的故事，一个普通的中国人在二十世纪的几十年中的苦难。说到这里自然还远远不够，不论是在二十世纪中国人的经验中，还是在这个世纪的中国文学书写里，苦难触目即是。这部作品有什么大不一样？

在一九九三年写的中文版自序里，余华说："写作过程让我明白，人是为活着本身而活着的，而不是为了活着之外的任何事物所活着。我感到自己写下了高尚的作品。"[1] 一九九六年韩文版自序重复了这句话，并且"解释"了作为一个词语的"活着"和作为一部作品的《活着》："作为一个词语，'活着'在我们中国的语言里充满了力量，它的力量不是来自于喊叫，也不是来自于进攻，而是忍受，去忍受生命赋予我们的责任，去忍受现实给予我们的幸福和苦难、无聊和平庸。作为

1　余华：《〈活着〉中文版自序》，《活着》，上海文艺出版社，2004年。

一部作品,《活着》讲述了一个人和他的命运之间的友情,这是最为感人的友情,因为他们互相感激,同时也互相仇恨;他们谁也无法抛弃对方,同时谁也没有理由抱怨对方。他们活着时一起走在尘土飞扬的道路上,死去时又一起化作雨水和泥土。"[1]

这里至少有两点需要特别提出来讨论:一是,人活着是为了活着本身;二是,人和命运之间的关系。

现代中国文学发生之始,即以"人的文学"的理论倡导来反对旧文学,实践新文学。新文学对"人"的发现,又是与现代中国的文化启蒙紧密纠缠在一起的。"人"的发现,一方面是肯定人自身所内含的欲望、要求、权利;另一方面,则是探求和确立人生存的"意义"。也就是说,人为什么活着,成了一个问题。为了解决这个问题,就要找到并且去实践活着的"意义"。这个问题在某些极端的情形下,甚至发展出这样严厉的判断:没有"意义"的生命是没有价值的,是不值得存在的。

但是极少有人去追问:这个"意义"是生命自身从内而外产生出来的,还是由外而内强加给一个生命的?更简单一点说,这个"意义"是内在于生命本身的,还是生命之外的某种东西?

不用说,在启蒙的新文化和新文学的审视眼光下,那些蒙昧的民众的生命"意义",是值得怀疑的。他们好像不知道他们为什么活着,应该怎样活着。新文学作家自觉为启蒙的角色,在他们的"人的文学"中,先觉者、已经完成启蒙或正在接受启蒙过程中的人、蒙昧的人,似

1　余华:《〈活着〉韩文版自序》,《活着》,4页。

乎处在不同的文化等级序列中。特别是蒙昧的人，他们占大多数，他们的状况构成了中国社会文化的基本状况。而这个基本状况是要被新文化改变甚至改造的，蒙昧的民众也就成为文学的文化批判、启蒙、救治的对象，蒙昧的生命等待着被唤醒之后赋予"意义"。

按照这样一个大的文化思路和文学叙事模式来套，沈从文湘西题材作品里的人物，大多处在"意义"匮乏的、被启蒙的位置。奇异的是沈从文没有跟从这个模式。他似乎颠倒了启蒙和被启蒙的关系，他的作品的叙述者，和作品中的人物比较起来，并没有处在优越的位置上，相反这个叙述者却常常从那些愚夫愚妇身上受到"感动"和"教育"。而沈从文作品的叙述者，常常又是与作者统一的，或者就是同一个人。从这个对比来看沈从文的文学，或许我们可以理解沈从文私下里的自负。什么自负呢？一九三四年初他在回故乡的路上，给妻子写信说：

> 这种河街我见得太多了，它告我许多知识，我大部提到水上的文章，是从河街认识人物的。我爱这种地方、这些人物。他们生活的单纯，使我永远有点忧郁。我同他们那么"熟"———一个中国人对他们发生特别兴味，我以为我可以算第一位！……我多爱他们，五四以来用他们作对象我还是唯一的一人！[1]

"五四"以来以普通民众为对象来写作，沈从文当然不是"唯一的

1 沈从文：《湘行书简·河街想象》，《沈从文全集》第11卷，132—133页，北岳文艺出版社，2002年。

一人"，也不是"第一位"，但沈从文之所以要这样说，是因为那种"特别兴味"，是因为他们出现在文学中的"样子"：当这些人出现在沈从文笔下的时候，他们不是作为愚昧落后中国的代表和象征而无言地承受着"现代性"的批判，他们是以未经"现代"洗礼的面貌，呈现着他们自然自在的生活和人性。这种自然自在的生活和人性，不需要外在的"意义"加以评判。

特别有意思的是，即使在沈从文身上，有时也会产生疑惑。还以他那次返乡之行为例，一九三四年一月十八日，他看着自己所乘小船上的水手，想："这人为什么而活下去？他想不想过为什么活下去这件事？"继而又想，"我这十天来所见到的人，似乎皆并不想起这种事情的。城市中读书人也似乎不大想到过。可是，一个人不想到这一点，还能好好生存下去，很希奇的。三三，一切生存皆为了生存，必有所爱方可生存下去。多数人爱点钱，爱吃点好东西，皆可以从从容容活下去的。这种多数人真是为生而生的。但少数人呢，却看得远一点。为民族为人类而生。这种少数人常常为一个民族的代表，生命放光，为的是他会凝聚精力使生命放光！我们皆应当莫自弃，也应当得把自己凝聚起来！"[1] 多数人不追问生命的意义而活着，少数人因为自觉而为民族的代表，使生命放光，这是典型的五四新文化的思维和眼光。

戏剧性的是，当天下午，沈从文就否定了自己中午时候的疑问。这个时候的沈从文，站在船上看水，也仿佛照见了本真的自己：

1　沈从文：《湘行书简·横石和九溪》，《沈从文全集》第 11 卷，184—185 页。

我们平时不是读历史吗？一本历史书除了告我们些另一时代最笨的人相斫相杀以外有些什么？但真的历史却是一条河。从那日夜长流千古不变的水里石头和沙子，腐了的草木，破烂的船板，使我触着平时我们所疏忽了若干年代若干人类的哀乐！我看到小小渔船，载了它的黑色鸬鹚向下流缓缓划去，看到石滩上拉船人的姿势，我皆异常感动且异常爱他们。我先前一时不还提到过这些人可怜的生，无所为的生吗？不，三三，我错了。这些人不需要我们来可怜，我们应当来尊敬来爱。他们那么庄严忠实的生，却在自然上各担负自己那分命运，为自己，为儿女而活下去。不管怎么样，却从不逃避为了活而应有的一切努力。他们在他们那分习惯生活里、命运里，也依然是哭、笑、吃、喝，对于寒暑的来临，更感觉到这四时交递的严重。三三，我不知为什么，我感动得很！我希望活得长一点，同时把生活完全发展到我自己这份工作上来。我会用我自己的力量，为所谓人生，解释得比任何人皆庄严些与透入些！ [1]

当余华说"我感到自己写下了高尚的作品"的时候，他触到了与沈从文把那些水手的生存和生命表述为"那么庄严忠实的生"时相通的朴素感情。福贵和湘西的水手其实是一样的人，不追问活着之外的"意义"而活着，忠实于活着本身而使生存和生命自显庄严。

余华敢用"高尚"这样的词，像沈从文敢用"庄严忠实"一样，都

1　沈从文：《湘行书简·历史是一条河》，《沈从文全集》第11卷，188—189页。

指向了这种普通人的生存和命运之间的关系。余华说的是"去忍受生命赋予我们的责任","和他的命运之间的友情";沈从文说的是"在自然上各担负自己那分命运","从不逃避为了活而应有的一切努力"。对于活着来说,命运即是责任。而在坦然承受命运的生存中,福贵和湘西的愚夫愚妇一样显示出了力量和尊严,因为承担即是力量,承担即是尊严。正是这样的与命运之间的关系,才让我们感受到了温暖——那种动荡里的、苦难里的温暖,那种平凡里的、人伦里的温暖,最终都融合成为文学的温暖。

他们活得狭隘吗?余华说:"我知道福贵的一生窄如手掌,可是我不知道是否也宽若大地?"[1]而沈从文则以"真的历史"的彻悟,来解释这些普通人的生死哀乐。在这个地方,他们再次相遇。

福贵的一生穿过了二十世纪中国的几个重大历史时期,我们根据重大的历史事件为这些时期的命名早就变成了历史书写和文学叙述中的日常词语,这些命名的词语被反复、大量地使用,以至于这些词语似乎就可以代替它们所指称的历史。细心的读者也许会注意到,《活着》极少使用这样的专用历史名词,即使使用(如"人民公社""文化大革命")也是把它当成叙述的元素,在叙述中和其他元素交织并用,并不以为它们比其他的元素更能指称历史的实际,更不要说代替对于历史的描述。简捷地说,余华对通常所谓的历史、历史分期、历史书写并不感兴趣,他心思所系,是一个普通人怎么样活过了、熬过了几十年。而

1　余华:《〈活着〉日文版自序》,《活着》,9页。

在沈从文看来，恰恰是普通人的生存和命运，才构成"真的历史"，在通常的历史书写之外的普通人的哭、笑、吃、喝，远比英雄将相之类的大人物、王朝更迭之类的大事件，更能代表久远恒常的传统和存在。如果说余华和沈从文都写了历史，他们写的都是通常的历史书写之外的人的历史。这也正是文学应该承担的责任。如果说文学比历史更真实，也正可以从这一点上来理解。

关于《活着》，还有一个重要的问题，即它的叙述。曾经有意大利的中学生问余华：为什么《活着》在那样一种极端的环境中还要讲生活而不是幸存？生活和幸存之间轻微的分界在哪里？余华回答说："《活着》中的福贵虽然历经苦难，但是他是在讲述自己的故事。我用的是第一人称的叙述，福贵的叙述里不需要别人的看法，只需要他自己的感受，所以他讲述的是生活。如果用第三人称来叙述，如果有了旁人的看法，那么福贵在读者的眼中就会是一个苦难中的幸存者。"[1] 也就是说，如果福贵的故事由一个福贵之外的叙述者来讲，那么就会有这个外在的叙述者的眼光、立场和评判。如前所述，五四以来的新文学里的普通民众，通常是由一个外在的叙述者来塑造的，这个叙述者又通常是"高丁"、优越于他所叙述的人物，他打量着，甚至是审视着他笔下的芸芸众生。余华用第一人称的叙述避开了这种外在的眼光。看起来人称的选择不过是个技巧的问题，其实却决定了作品的核心品质，决定了对生存、命运的基本态度。作家在写作时不一定有如此清晰、明确的意识，

1　余华:《〈活着〉日文版自序》,《活着》,6页。

但一个优秀作家在写作过程中出现的极其细微的敏感，却可能强烈地暗示着某些重要甚至是核心的东西。所以，当我看到余华在《活着》问世十五年之后，还记忆犹新地谈起当初写作过程中的苦恼及其解决方式，我想，这还真不仅仅是个叙述人称转换的技术问题。这段话出现在麦田纪念版自序中："最初的时候我是用旁观者的角度来写作福贵的一生，可是困难重重，我的写作难以为继；有一天我突然从第一人称的角度出发，让福贵出来讲述自己的生活，于是奇迹出现了，同样的构思，用第三人称的方式写作时无法前进，用第一人称的方式写作后竟然没有任何阻挡，我十分顺利地写完了《活着》。"[1]

对余华意义非同一般的人称问题，在沈从文那里不是问题，沈从文用第三人称，但他的第三人称叙述者基本上认同他笔下的人物，不取外在的审视的角度。在这一点上，他们以不同的方式走到了相同的地方。

三、个人的实感经验，乡土衰败的趋势，没有写出来的部分

沈从文的创作在抗战爆发前后发生了明显的变化，从三十年代中后期到四十年代结束，这个阶段的沈从文苦恼重重，他的感受、思想、创作与混乱的现实粘连纠结得厉害，深陷迷茫痛苦而不能自拔。其间

1　余华:《〈活着〉新版自序》,《活着》, 2页, 麦田出版, 2007年。

创作的长篇小说《长河》，写的还是湘西乡土，可那已经是一个变动扭曲的"边城"，一个风雨欲来、即将失落的"边城"。

如果我把九十年代作为贾平凹创作的分界点的话——我的意思主要是指，在此之前的贾平凹固然已经树立起非常独特的个人风格，独特的取径、观察、感受、表达使他在八十年代的文学中卓然成家，但我还是要说，这种独特性仍然分享了那个时代共同的情绪、观念、思想和渴望。这不是批评，在那个"共名""共鸣"的时代，差不多每个人都在分享着时代强烈的节奏和恢宏的旋律。自九十年代起，贾平凹大变，变的核心脉络是，他从一个时代潮流、理念的分享者的位置上抽身而出，携一己微弱之躯，独往社会颓坏的大苦闷中而去。于是有惊世骇俗的《废都》，在新世纪又有悲怀不已的《秦腔》和不堪回首却终必直面暴虐血腥的《古炉》。在这个时候再谈贾平凹的独特性和个人风格，与前期已经是不同的概念，放弃了共享的基础，个人更是个人；另一方面，这个更加个人化的个人却更深入、更细致、更尖锐也更痛切地探触到了时代和社会的内部区域，也就是说，更加个人化的个人反而更加时代化和社会化，与时代和社会的关系更加密不可分，时代和社会无从言说的苦闷和痛苦，要借着这个个人的表达，略微得以疏泄。

这里讨论的《秦腔》，写的是贾平凹的故乡，一个小说里叫清风街实际原型是棣花街的村镇。写的是两个世纪之交大约一年时间里的家长里短、鸡毛蒜皮、悲欢生死，呈现出来的却是九十年代以来当代乡土社会衰败、崩溃的大趋势。这个由盛而衰的乡土变化趋势，在贾平凹那里，是有些始料未及的。他在后记里回忆起曾经有过的另一番景象和日子："一九七九年到一九八九年的十年里，故乡的消息总是让我振奋，""那些年是乡亲们最快活的岁月，他们在重新分来的土地上精心务弄，冬天的月夜下，常常还有人在地里忙活，田埂上放着旱烟匣子和收音机，收音机里声嘶力竭地吼秦腔。"[1] 此一时期贾平凹的作品，也呼应着这种清新的、明朗的、向上的气息。但是好景不长，棣花街很快就"度过了它短暂的欣欣向荣岁月。这里没有矿藏，没有工业，有限的土地在极度发挥了它的潜力后，粮食产量不再提高，而化肥、农药、种子以及各种各样的税费迅速上涨，农村又成了一切社会压力的泄洪池。体制对治理发生了松弛，旧的东西稀里哗啦地没了，像泼去的水，新的东西迟迟没再来，来了也抓不住，四面八方的风方向不定地吹，农民是一群鸡，羽毛翻皱，脚步趔趄，无所适从，他们无法再守住土地，他们一步一步从土地上出走，虽然他们是土命，把树和草拔起来又抖净了根须上的土栽在哪儿都是难活"。人老的老，死的死，外出的外出，竟至于"死了人都熬煎抬不到坟里去"。"我站在街巷的石磙子碾盘前，想，难道棣花街上我的亲人、熟人就这么很快地要消失吗？这条老街很快就要消失吗？土地也从此要消失吗？真的是在城市化，而农村能真正地消失吗？如果消失不了，那又该怎么办呢？"他能做的，不过是以一本书，"为故乡树起一块碑子"[2]。

这样复杂的心路和伤痛的情感，沈从文在三四十年代已经经历过。他在《边城》还未写完的时候返回家乡探望病重的母亲，这是他离乡十

---

1 贾平凹：《〈秦腔〉后记》，《秦腔》，560 页，作家出版社，2005 年。
2 贾平凹：《〈秦腔〉后记》，《秦腔》，561 页，562 页，563 页。

当代小说六家

几年后第一次回乡，所闻所见已经不是他记忆、想象里的风貌，不是他正在写作的《边城》的景象。所以他在《〈边城〉题记》的末尾，预告似的说："将在另外一个作品里，来提到二十年来的内战，使一些首当其冲的农民，性格灵魂被大力所压，失去了原来的朴质，勤俭，和平，正直的型范以后，成了一个什么样子的新东西。他们受横征暴敛以及鸦片烟的毒害，变成了如何穷困与懒惰！我将把这个民族为历史所带走向一个不可知的命运中前进时，一些小人物在变动中的忧患，与由于营养不足所产生的'活下去'以及'怎样活下去'的观念和欲望，来作朴素的叙述。"[1] 抗战全面爆发后，南下途中，沈从文再次返乡，短暂的家乡生活，促生了《长河》。

《长河》酝酿已久，写作起来却不顺利。一九三八年在昆明开始动笔时，只是一个中篇的构思，写作过程中发现这个篇幅容纳不了变动时代的历史含量，就打算写成多卷本的长篇，曾经预计三十万字。但直到一九四五年出版之时，只完成了第一卷。沈从文带着对变动中的历史的悲哀来写现实的故乡，曾有身心几近崩溃的时候，如鲠在喉，不吐不快，却又欲言又止，不忍之心时时作痛。虽然沈从文最终不忍把故乡命运的结局写出来，但这个命运的趋势已经昭然在目，尤边的威胁和危险正一步一步地围拢而来。尽管压抑着，沈从文也不能不产生后来贾平凹那样的疑问：故乡就要消失了吗？他借作品中少女夭夭和老水手的对话，含蓄然而却是肯定了这种趋势的不可挽回。夭夭说："好看的

1 沈从文：《〈边城〉题记》，《沈从文全集》第8卷，59页。

都应当长远存在。"老水手叹气道:"依我看,好看的总不会长久。"[1]

《长河》是一首故乡的挽歌,沈从文不忍唱完;贾平凹比沈从文心硬,他走过沈从文走过的路,又继续往前走,直到为故乡树起一块碑,碑上刻画得密密麻麻,仔仔细细。

读《秦腔》而想到《长河》,并非我个人的任意联系,也不是出于某种偏爱的附会。陈思和在《试论〈秦腔〉的现实主义艺术》一文中已经有所提示,挑明"贾平凹从某种意义上说是沈从文的重复和延续"[2];王德威在论述《古炉》时也勾勒了贾平凹从早期到如今的一种变化:逸出汪曾祺、孙犁所示范的脉络,"从沈从文中期沉郁顿挫的转折点上找寻对话资源。这样的选择不仅是形式的再创造,也再一次重现当年沈从文面对以及叙述历史的两难"[3]。王德威说的是《古炉》,其实也适用于《秦腔》。要以我的感受来说,《秦腔》呼应了《长河》写出来的部分和虽然未写但已经呼之欲出的部分;《古炉》则干脆从《长河》停住的地方继续往下写,呼应的是《长河》没有写出来的部分。

虽然说《秦腔》已经是事无巨细,千言万语,但对乡土的衰败仍然有没说出、说不出的东西,没说出、说不出的东西不是无,而是有,用批评家李敬泽的话来说是"巨大的沉默的层面"。这个沉默层也可以对应于沈从文在《长河》里没说出、说不出、不忍说的东西。《长河》这部没有完成的作品的沉重分量,是由它写出的部分和没有写出的部分共

---

1 沈从文:《长河·社戏》,《沈从文全集》第 10 卷,167 页,169 页。

2 陈思和:《试论〈秦腔〉的现实主义艺术》,《当代小说阅读五种》,92 页,复旦大学出版社,2010 年。

3 王德威:《暴力叙事与抒情风格》,《南方文坛》,2011 年第 4 期。

038　　　　　　　　　　　　　　　　　　　　　　　　　　当代小说六家

同构成的。

《秦腔》的写法是流水账式的，叙述是网状的，交错着、纠缠着推进，不是一目了然的线性的情节发展结构。它模仿了日常生活发生的形式，拉杂，绵密，头绪多，似断还连。"这样的叙述，本身便抗拒着对之进行简单的情节抽绎与概括。"[1] 同时也抗拒着理念性的归纳、分析和升华。这样的叙述是压低的，压低在饱满的实感经验之中，匍匐着前行，绝不是昂首阔步，也绝不轻易地让它高出实感经验去构思情节的发展和冲突、塑造人物的性格和形象、获取理念的把握和总结。没有这些常见的小说所努力追求的东西，有的是，实感经验。我重复使用"实感经验"这个词，是想强调《秦腔》的质地中最根本的因素；不仅如此，我还认为，中年以后的贾平凹的创作，其中重要的作品《废都》《秦腔》《古炉》，都是以实感经验为核心、以实感经验排斥理论、观念、社会主流思潮而做的切身的个人叙述。[2]

黄永玉谈《长河》，说的是一个湘西人读懂了文字背后作家心思的话："我让《长河》深深地吸引住的是从文表叔文体中酝酿着新的变格。他排除精挑细选的人物和情节。他写小说不再光是为了有教养的外省人和文字、文体行家甚至他聪明的学生了。他发现这是他与故乡父老子弟秉烛夜谈的第一本知心的书。"[3]《秦腔》亦可如是观。倘若从那一堆鸡零狗碎的"泼烦日子"的长篇叙述里还不能深切体会作家的心思，那

1　刘志荣：《缓慢的流水与惶恐的挽歌》，《文学评论》，2006 年第 2 期。
2　关于实感经验与文学的关系，这里不做论述，可以参见张新颖、刘志荣：《实感经验与文学形式》，复旦大学出版社，2013 年。
3　黄永玉：《这一些忧郁的碎屑》，《沈从文印象》，203 页，学林出版社，1997 年。

就再读读更加朴素的《秦腔》后记，看看蕴藏在实感经验中的感受是如何诉之于言，又如何不能诉之于言。

四、物的通观，文学和历史的通感，"抽象的抒情"

沈从文的文学创作因历史的巨大转折戛然而止，他的后半生以文物研究另辟安身立命的领域，成就了另一番事业。通常的述说把沈从文的一生断然分成了两半，有其道理，也有其不见不明之处。在这里我要说的一点是，沈从文的文物研究和他的文学创作其实相通。

沈从文强调他研究的是物质文化史，他强调他的物质文化史关注的是千百年来普通人民在日常生活中的劳动和创造，他钟情的是与百姓日用密切相关的工艺器物。不妨简单罗列一下他的一些专门性研究：玉工艺、陶瓷、漆器及螺钿工艺、狮子艺术、唐宋铜镜、扇子应用进展、中国丝绸图案、织绣染缬与服饰、《红楼梦》衣物、龙凤艺术、马的艺术和装备等等；当然还有《中国古代服饰研究》这一代表性巨著。你看他感兴趣的东西，和他的文学书写兴发的对象，在性质上是统一的、通联的。这还只是一层意思。

另一层意思，沈从文长年累月在历史博物馆灰扑扑的库房中转悠，很多人以为是和"无生命"的东西打交道，枯燥无味；其实每一件文物，都保存着丰富的信息，打开这些信息，就有可能会看到生动活泼的生命之态。汪曾祺曾说："他后来'改行'搞文物研究，乐此不疲，每日孜孜，一坐下去就是十几个小时，也跟这点诗人气质有关。他搞的那些东西，陶瓷、漆器、丝绸、服饰，都是'物'，但是他看到的是人，人的聪明，人的创造，人的艺术爱美心和坚持不懈的劳动。他说起这些东西时那样兴奋激动，赞叹不已，样子真是非常天真。他搞的文物工作，我真想给它起一个名字，叫做'抒情考古学'。"[1] 也就是说，物通人，从物看到了人，从林林总总的"杂文物"里看到了普通平凡的人，通于他的文学里的人。

还有一层意思，关于历史。文物和文物，不是一个个孤立的东西，它们各自保存的信息打开之后能够连接、交流、沟通、融会，最终汇合成历史文化的长河，显现人类劳动、智慧和创造能量的生生不息。工艺器物所构成的物质文化史，正是由一代又一代普普通通的无名者相接相续而成。而在沈从文看来，这样的历史，才是"真的历史"。前面我引述了沈从文一九三四年在家乡河流上感悟历史的一段文字，那种文学化的表述，那样的眼光和思路，到后半生竟然落实到了对于物的实证研究中。

沈从文的文物研究与此前的文学创作自有其贯通的脉络，实打实的学术研究背后，蕴蓄着强烈的"抽象的抒情"冲动：缘"物"抒情，文心犹在。

明白了这一点之后，我把王安忆的《天香》看成与沈从文的文物研究的基本精神进行对话的作品，应该就不会显得特别突兀了。

《天香》的中心是物，以上海的顾绣为原型的"天香园绣"。一物

1　汪曾祺：《沈从文的寂寞》，《晚翠文谈新编》，191 页，生活·读书·新知三联书店，2002 年。

之微，何以支撑一部长篇的体量？这就得看对物的选择，对物表、物性、物理的认识，对物的创造者和创造行为的理解和想象，对物自身的发展历史和物的历史所关联的社会、时代的气象的把握，尤有甚者，对一物之兴关乎天地造化的感知。

此前我曾写《一物之通，生机处处》[1]专文讨论《天香》，提出"天香园绣"的几个"通"所连接、结合的几个层次。

一是自身的上下通。"天香园绣"本质上是工艺品，能上能下。向上是艺术，发展到极处是罕见天才的至高的艺术；向下是实用、日用，与百姓生活相连，与民间生计相关。这样的上下通，就连接起不同层面的世界。还不仅如此，"天香园绣"起自民间，经过闺阁向上提升精进，达到出神入化、天下绝品的境地，又从至高的精尖处回落，流出天香园，流向轰轰烈烈的世俗民间，回到民间，完成了一个循环，更把自身的命运推向广阔的生机之中。

二是通性格人心。天工开物，假借人手，所以物中有人，有人的性格、遭遇、修养、技巧、慧心、神思。这些因素综合外化，变成有形的物。"天香园绣"的里外通，连接起与各种人事、各色人生的关系。"天香园绣"的历史，也即三代女性创造它的历史，同时也是三代女性的寂寞心史，一物之产生、发展和流变，积聚、融通了多少生命的丰富信息。

还有一通，是与时势通，与"气数"通，与历史的大逻辑通。"顾绣"产生于晚明，王安忆说："一旦去了解，却发现那个时代里，样样

1　张新颖：《一物之通，生机处处》，《当代作家评论》，2011年第4期。

件件都似乎是为这故事准备的。比如,《天工开物》就是在明代完成的,这可说是一个象征性的事件,象征人对生产技术的认识与掌握已进步到自觉的阶段,这又帮助我理解'顾绣'这一件出品里的含义。"[1]这不过是"样样件件"的一例,凡此种种,浑成大势与"气数","天香园绣"也是顺了、应了、通了这样的大势和"气数"。"天香园绣"能逆申家的衰势而兴,不只是闺阁中几个女性的个人才艺和能力,也与这个"更大的气数"——"天香园"外头那种"从四面八方合拢而来"的时势与历史的伟力——息息相关。放长放宽视界,就能清楚地看到,这"气数"和伟力,把一个几近荒蛮之地造就成了一个繁华鼎沸的上海。

"天香园绣"的历史,也就是沈从文所投身其中的物质文化史的一支一脉,沈从文以这样的蕴藏着普通人生命信息的历史为他心目中"真的历史",庄敬深切地叙述这种历史如长河般不止不息的悠久流程;相通的感受和理解,同样支持着王安忆写出"天香园绣"自身的曲折、力量和生机,"天香园"颓败了又何妨,就是明朝灭亡了又如何?一家一族、一朝一姓,有时而尽;而"另外一些生死两寂寞的人",以文字、以工艺、以器物保留下来的东西,却成了"连接历史沟通人我的工具。因之历史如相连续,为时空所阻隔的感情,千载之下百世之后还如相晤对"[2]。《天香》最后写到清康熙六年,蕙兰绣幔中出品一幅绣字,"字字如莲,莲开遍地"[3]。

1 王安忆、钟红明:《访问〈天香〉》,《上海文学》,2011年第3期。
2 沈从文:《致张兆和》(1952年1月24日),《沈从文全集》第19卷,311页。
3 王安忆:《天香》,407页,人民文学出版社,2011年。

"莲开遍地"，深蕴，阔大，生机盎然，以此收尾，既是收，也是放，收得住，又放得开，而境界全出。但其来路，也即历史，却是从无到有，一步一步走来，步步上出，见出有情生命的庄严。

　　王安忆也许无意，但读者不妨有心，来看看"莲"这个字，怎么从物象变成意象，又怎么从普通的意象变成托境界而出的中心意象。小说开篇写造园，园成之时，已过栽莲季节，年轻的柯海荒唐使性，从四方车载人拉，造出"一夜莲花"的奇闻；这样的莲花，不过就是莲花而已；柯海的父亲夜宴宾客，先自制蜡烛，烛内嵌入花蕊，放置在荷花芯子里，点亮莲池内一朵朵荷花，立时香云缭绕，是为"香云海"。"香云海"似乎比"一夜莲花"上品，但其实还是柯海妻子小绸说得透彻，不过是靠银子堆砌。略去中间多处写莲的地方不述，小说末卷，蕙兰丧夫之后，绣素不绣艳，于是绣字，绣的是开"天香园绣"绣画新境的婶婶希昭所临董其昌行书《昼锦堂记》。《昼锦堂记》是欧阳修的名文，书法名家笔墨相就，代不乏人，董其昌行书是其中之一。蕙兰绣希昭临的字，"那数百个字，每一字有多少笔，每一笔又需多少针，每一针在其中只可说是沧海一粟。蕙兰却觉着一股喜悦，好像无尽的岁月都变成有形，可一日一日收进怀中，于是，满心踏实"[1]。后来蕙兰设帐授徒，渐成规矩，每学成后，便绣数字，代代相接，终绣成全文。四百八十八字"字字如莲"的"莲"就是意象，以意生象，以象达意。但我还要说，紧接着的"莲开遍地"的"莲"是更上一层的意象，"字字如莲"还有"字"

1　王安忆:《天香》，327 页。

和"莲"的对应,"莲开遍地"的"莲"却是有这个对应而又大大超出了这个对应,升华幻化,充盈弥散,而又凝聚结晶一般的实实在在。三十多万字的行文连绵逶迤,至此而止,告成大功。

所以,如《董其昌行书昼锦堂记屏》这样的绣品,是时日所积、人文所化、有情所寄等等综合多种因素逐渐形成,这当中包含了多少内容,需要历史研究,也同样需要文学想象去发现,去阐明,去体会于心、形之于文。

《中国古代服饰研究》以实物图像为依据,按照时间顺序叙述探讨服饰的历史。在引言中,沈从文有意无意以文学来说他的学术著作:"总的看来虽具有一个长篇小说的规模,内容却近似风格不一、分章叙事的散文。"[1]这还不仅仅泄露了沈从文对文学始终不能忘情,更表明,历史学者和文学家,学术研究和文学叙述,本来也并非壁垒森严,截然分明。

王安忆的作品不是关于"顾绣"的考古学著作,而是叙述"天香园绣"的虚构性小说,但虚构以实有打底,王安忆自然要做足实打实的历史功课。古典文学学者赵昌平撰文谈《天香》,说:"因着古籍整理的训练,我粗粗留意了一下小说的资料来源,估计所涉旧籍不下三百之数。除作为一般修养的四部要籍外,尤可瞩目的是:由宋及明多种野史杂史,人怪科农各式笔记专著,文房针绣诸多专史谱录,府县山寺种种地乘方志,至于诗话词话,书史画史,花木虫鱼,清言清供,则触处可

1　沈从文:《〈中国古代服饰研究〉引言》,《中国古代服饰研究》,10 页,上海书店出版社,2002 年。

见；而于正史，常人不会留意的专志，如地理、河渠、选举、职官，乃至食货、五行，都有涉猎。"[1] 没有这种长时间（王安忆从留意"顾绣"到写出《天香》，其间三十年）的工夫，仅凭虚构的才情，要进入历史，难乎其难。

但我更要说，虚实相生，生生不已，才是《天香》。"天香园绣"有所本而不死于其所本，王安忆创造性地赋予了它活的生命和一个生命必然要经历的时空过程，起承转合，终有大成。

写这部作品的王安忆和研究物质文化史的沈从文，在取径、感知、方法诸多方面有大的相通。王安忆不喜欢"新文艺腔"的"抒情"方式和做派，但"天香园绣"的通性格人心、关时运气数、法天地造化，何尝不是沈从文心目中的"抽象的抒情"；赵昌平推崇这部小说的"史感"和"诗境"，也正是沈从文心目中"抽象的抒情"的应有之义。

五、回响：小叩小鸣，大叩大鸣

当代创作和沈从文传统的呼应、对话，无论自觉还是不自觉，已经渐显气象。丝毫不用担心这个传统会妨碍今日作家的创造才能的充分发挥，即以上面所论余华、贾平凹、王安忆而言，他们作品的各自独特的品质朗然在目，当然不可能以沈从文的传统来解释其全部的特征；但各自的创造性也并不妨碍这些作品与沈从文传统的通、续、连、接，甚

1　赵昌平：《天香·史感·诗境》，《文汇报》，2011年5月3日。

至也并不妨碍它们就是这个传统绵延流传的一部分，为这个传统继往开来增添新的活力。

沈从文无法读到这些他身后出现的作品，但他坚信他自己的文学的生命力会延续到将来。六十多年前，他曾经和年少的儿子谈起十四年前出版的《湘行散记》，他说："这书里有些文章很年青，到你成大人时，它还像很年青！"[1] 时间证明了他的自信并非虚妄。他用"年青"这个词来说自己的作品，而且过了很长时间还"很年青"，已然知道它们会在未来继续存在，并且散发能量。岁月没有磨灭、摧毁它们，经过考验、淘洗，反而更显示出内蕴丰厚的品质，传统也就形成。倘若有人有意无意间触碰到这个传统，就会发出回响。这回响的大小，取决于现在和未来的方式与力量：小叩则小鸣，大叩则大鸣。

二〇一一年七月十一日

1　沈从文：《致张兆和》（1948年7月30日），《沈从文全集》第18卷，505页。

要是沈从文看到黄永玉的文章

要是沈从文看到黄永玉的文章，这个假设，却有着极其现实的重要性，不是对于已逝的人，而是对于活着的人，对于活着还要写作的人。

——题记

一

在《沈从文与我》（湖南美术出版社，二〇一五年）的新书发布会上，黄永玉谈到，要是他的文章让表叔看了，会如何。"我不晓得他会怎么样说我，如果他说我好我会很开心。我的婶婶讲过我一句好，她说：你的文章撒开了，我不知道怎么把它收回来，结果你把它收回来了。这是婶婶说的话；他的就不知道怎么样了，一个字都没有看到，真是遗憾！"

其实沈从文说过黄永玉的文章，不过不是对黄永玉说的。在文学家沈从文像文物一般"出土"的时期，一九八〇年广州《花城》文艺丛刊出了一个"沈从文专辑"，发表三篇写沈从文的文章，传诵一时，作者是朱光潜、黄苗子和黄永玉，黄永玉的那篇，就是长文《太阳下的风景》。沈从文本人显然是满意这些文章的，他曾经在信里跟人谈起，老朋友朱光潜的文章"只千把字，可写得极有分量"；接着又说，"黄永玉文章别具一格，宜和上月在香港出的《海洋文艺》上我的一篇介绍他木刻文章同看，会明白我们两代的关系多一些，也深刻一些"。

"别具一格"，单就黄永玉而言；紧接着说要两人的文章"同看"，他自己的文章指的是《一个传奇的本事》，也是长文。李辉编《沈从文与我》，汇集黄永玉写沈从文、沈从文写黄永玉及其家世的文字为一册，正是沈从文当年建议"同看"的意思。

二

《太阳下的风景》是一九七九年底写的，比这篇长文长出一倍还多的《这一些忧郁的碎屑》是一九八八年沈从文过世之后写的。一贯撇得开风格。前一篇明朗，有趣，甚至那么漫长挫折的两代人经历，也可以比喻为："把我们这两代表亲拴在一根小小的文化绳子上，像两只可笑的蚂蚱，在崎岖的道路上做着一种逗人的跳跃。"后一篇沉郁之极，哀痛弥漫，却有刺破什么的锐利和力量。

"三十多年来，我时时刻刻想从文表叔会死。"谁能写出这么触目的一句话？忧伤、尖锐、真实到可怕的程度。这一句话里面有多少说得出和说不出的东西？要体会这句话的分量，得清楚和懂得沈从文的后半生。黄永玉是见证者，是身边的亲人，他的沉痛只此一句，就让人震撼得说不出话来。

黄永玉自己也是从那段历史中走过来的人，他懂得时代和他表叔之间的格格不入，往简单里说，也就是一句大白话："大家那么忙，谁有空去注意你细致的感情呢？"

也正因此，那些和"史诗时代"格格不入的"细致感情"，才显得"壮怀激烈"。

"壮怀激烈"这个词大概很难用到沈从文身上，黄永玉文章里出现这个词，也不是说沈从文；可是，还真是觉得，用在沈从文身上也特别恰切。

黄永玉写老一辈的交谊，说杨振声、巴金、金岳霖、朱光潜、李健吾……他们难得到沈从文这里来，来了清茶一杯，端坐半天，淡雅，委婉，"但往往令我这个晚辈感觉到他们友谊的壮怀激烈"。——那样的时代，他们各自的处境，这一些温暖的慰藉，可不就是"壮怀激烈"。

三

一九七一年六月，下放在河北磁县军垦农场的黄永玉，意外地收到下放在湖北咸宁双溪的沈从文寄来的小说《来的是谁？》，还有一封信。小说和信都没有收入《沈从文全集》。这八千多字的小说，写的是黄家前传，黄永玉家世中不为人知的神秘部分，作为一部大作品的引子。这部大作品没有写出来，从信里可以清楚地看到相关的信息和这位老人的构思：

照你前信建议，试来用部分时间写点"家史并地方志"看看……但这个引子，你那么大人看来，也就会吃一惊，"这可是真的？""主要点就是真的。"好在这以下不是重点，重点将是近百年地方的悲剧和近似喜剧的悲剧，因为十分现实，即有近万的家乡人，已在这个历史过程中死光了。你我家里都摊了一份。

前五章，第一章从"盘古开天地"说起，"从近年实物出土写下去"；第二章是二百年前为什么原因如何建立这个小小石头城；第三、四章叙述这么一个小地方，为什么会出那么多人，总督、道尹、翰林、总理、日本士官生、保定生，还有许多庙宇，许多祠堂；第五章叙述辛亥以前社会种种。假定可写十六章到二十章。近七十岁的人，在下放的环境中，沈从文自己也没有确定的信心能完成这么庞大的设想。

四

这些年，黄永玉几乎全身心投入写作自传体长篇小说《无愁河的浪荡汉子》，这部作品从一个意义上未尝不可以看作，既是沈从文"文革"中开了个头的黄家家史和地方志作品的延续，也是更早以前《一个传奇的本事》的延续。沈从文抗战后写《一个传奇的本事》，本为介绍黄永玉的木刻，写的主要却是黄永玉的父母和家乡的历史故实，关于黄永玉倒没有怎么叙述。那么，接下来——这中间隔了好几十年——黄永玉就自己来写自己。

这漫长的写作过程，同时也是与表叔漫长的对话过程。他一次又一次无限遗憾地表示，要是表叔能看到，会出现什么样的情景。他想象表叔会加批注，会改，批注和改写会很长很长，长过他自己的文字。写作，也是唤回表叔与自己对话的方式。

　　布罗茨基曾经斩截地说：一个人写作时，"他最直接的对象并非他的同辈，更不是其后代，而是其先驱。是那些给了他语言的人，是那些给了他形式的人"。(《致贺拉斯书》)黄永玉与他的表叔之间的关联，当然更超出了语言和形式。

　　要是沈从文看到黄永玉的文章，这个假设，却有着极其现实的重要性，不是对于已逝的人，而是对于活着的人，对于活着还要写作的人。

　　这个假设，不是要一个答案，来解决这个问题，从而结束这个假设。而是，活着的人把它展开，用写作把它展开，并持续地伴随着写作。它成为写作的启发、推动、支持、监督、对话，它变成了写作的动力机制中特殊的重要因素。

　　沈从文刚刚去世后的那些日子，黄永玉在香港写《这一些忧郁的碎屑》，这不是一篇普通的悼亡之作，他一次又一次在文中说，"从文表叔死了"，"表叔真的死了"，可是从他心中呈现到他笔下的那些忧郁的碎屑，抵抗着死亡和消失。从此，他开始了对表叔不能停止的怀念。

　　去年八月，黄永玉整九十岁生日那天，李辉带我去顺义黄先生住处参加一个小型聚会，一见面，黄先生就对我说："你写的《沈从文的后半生》，事情我大都知道，但还是停不下来，停不下来，读到天亮，读完了。"

——在"停不下来"的怀念里，他的写作就成为唤回沈从文的方式。不论是写沈从文，还是写自己，还是写其他，他想象中最直接的读者对象，是他的前辈们，一个又一个人影在他眼前、心中，在他意识里明亮的地方或潜隐的深处，其中必定有，他的表叔沈从文。

二〇一五年六月二十五日

与谁说这么多话

——黄永玉《无愁河的浪荡汉子·朱雀城》

一

《无愁河的浪荡汉子》第一部《朱雀城》三卷（北京：人民文学出版社，二○一三年）八十万字，才写到十二岁，少小离家。怎么有这么多话要说？这么多话怎么说？和谁说？

第一部写的是故乡和童年，这个叫朱雀城的地方，这个叫序子的孩子。写法是，从心所欲，想怎么写就怎么写。

从心所欲的前提是，心里得有；黄永玉一九四五年就起意写过这小说，没有写下去，这也好，心里有了这么多年，酝酿发酵了这么多年。

想怎么写就怎么写，似乎很简单，不就是自由嘛；但要获得这种自由的能力，却是很难，难到没有多少写作的人能达到的程度。二十五年前黄永玉写《这一些忧郁的碎屑》，谈起过沈从文的《长河》，说表叔的这部作品"排除精挑细选的人物和情节"——这才是真知灼见。写小说的人，对"精挑细选的人物和情节"，孜孜以求尚且不及，哪里还想到，并且还敢于"排除"？不仅是人物和情节，还有诸多的文学要素，既是要追求的东西，又是要超越的东西，否则，斤斤于金科玉律，哪来的自由？怎么可能想怎么写就怎么写？

这样不在乎文学"行规"自由地写，习惯了文学"行规"的读者，会接受吗？其实，这只不过是"外人"才会提出来的问题，对黄永玉来说，他根本就没有这个问题。还是在谈《长河》时，他说表叔，"他写小说不再光是为了有教养的外省人和文字、文体行家甚至他聪明的学生了。他发现这是他与故乡父老子弟秉烛夜谈的第一本知心的书"。这才是知心的话，知心，所以有分量；这些话用在黄永玉自己身上，用在《无愁河》上，也同样恰当，恰当得有分量。

所以，在黄永玉的心里，与其说这部作品写出来要面对"读者"，不如说是要和故乡人说说故乡。甚至，在现实中，在现在的湘西，有或没有、有多么多或有多么少的故乡人要听他漫长的叙说，都不重要了；重要的是他心目中，存在这样知心的故乡父老子弟。

还有一个说话的对象，是自己。一个老人，他回溯生命的来路，他打量着自己是怎么一点儿一点儿长成的。起笔是两岁多，坐在窗台上，"他还需要一些时间才能'醒悟'，他没想过要从窗台上下来自己各处走走"（4页）；结束是他离开朱雀，到了长沙，见到父亲，"原本是想笑的，一下子大哭起来"（1187页）。黄永玉用第三人称来写自己，显见得是拉开了打量的距离；但奇妙的是，这样拉开距离打量自己，反倒和自己更亲近了。

生命不能重新再过一遍，可是写作能够让生命重返起点，让生命从起点开始再走一遍，一直走到现在，走成一个历尽沧桑的老人。在写作中重现的生命历程，与生命第一次在世界中展开的过程不一样：写的是一个孩子两岁、四岁、七岁、十二岁的情形，可这是一个老人在写他的两岁、四岁、七岁、十二岁，童稚时候懵懂的，现在明白了；当时没有意识的，现在意识到了。所以不能说这部作品写的就只是记忆：确实是刻骨铭心的记忆，呈现过去的情形和状态，然而同时也在在隐现着现在的情形，写书人现在的生命状态。这样就可以看到一个老人与两岁、四岁、七岁、十二岁的自己的对话和交流。这种对话和交流，在字面上通常是隐蔽的，偶尔也显现一下，不管是显还是隐，从始至终都是存在的。感受到这种存在，才算对得起这部书。

与故乡父老子弟说话，与自己说话，还与几个特殊的人说话。《无愁河》的写作不面对抽象的读者，却面对具体的几个人，几个作者生命中特殊的人。黄永玉说："我感到周围有朋友在等着看我，有沈从文、有萧乾在盯着我，我们仿佛要对对口径，我每写一章，就在想，要是他们看的时候会怎么想。如果他们在的话，哪怕只有一个人在。比如如果萧乾还活着，我估计他看了肯定开心得不得了。表叔如果看到了，他会在旁边写注，注的内容可能比我写的还要多。"[1] 这几个想象中的读者，伴随着写作过程，以特别的方式"参与"到了写作之中。其实还不仅是写作过程，黄永玉写这部书的冲动中，不可忽略的一部分因素，就是和这些已经逝去的老人谈谈话，让他们"开心"，或者"写注"——没有

1　王悦阳：《黄永玉：流不尽的无愁河》，《新民周刊》2013 年第 43 期。

多少人知道，沈从文一九四四年给自己和父老乡亲谈心的《长河》，十分细致地加了大量批注；倘若他读到《无愁河》，兴起写注，一写起来就没完没了，那简直是一定的。

从这个意义上讲，《无愁河》也是一部献给几位逝者的书，他们是无可替代的重要读者，他们有不少东西融入了作者的生命。

那么，你会明白，在九十岁老人身上活着的，可不只是他一个人。

一个生命里，"有多少面容，有多少语声"；一个生命"融合了许多的生命，在融合后开了花，结了果"——这是冯至在《十四行集》里写到的句子。黄永玉和沈从文的合影里有一张特别好，书报刊上多次刊出，那是一九五〇年黄永玉从香港到北京，在中老胡同北大教授宿舍前照的，摄影者就是冯至——顺便提一下，是因为刊登这张照片时很少注明摄影者——沈从文那时候的邻居。

黄永玉万分惋惜和感慨《长河》没有写完，他说那应该是像《战争与和平》那样厚的大书。长长的《无愁河》，会弥补这个巨大的遗憾，为表叔，为自己。

二

《无愁河》一经面世，就会遇到四面八方的读者。《收获》从二〇〇九年开始连载这部作品，连载了五年，"浪荡汉子"才走出故乡闯荡世界。据说非议不断，有读者宣布一天不停止连载一天不订《收获》。但我认识的人里面，有人盼着新的一期《收获》，就是盼着《无愁河》，几年下来，已经成了习惯，成了阅读生活中不可缺少的部分。

《无愁河》有它的"超级读者"，除开黄永玉的故乡人之外。我熟悉的人里就有。

北京的李辉和应红自不必说，他们催促老人每天做日课，见证和护生了这部作品。我的师叔李辉，写黄永玉传，搜集黄永玉七十年的文学创作编出《黄永玉全集》文学编，策划黄永玉《我的文学行当》巡展——说他是黄永玉的"超粉"，那是轻薄了。他从研究巴金、写萧乾传、与晚年的沈从文相交，到发掘整理黄永玉的文学作品，自然一脉相承。他是太知道《无愁河》的价值了。

我的同学和朋友周毅，生活在上海的四川人，她写了一篇《无愁河》札记，几万字长，怎么写得出这么长的文章？过了两年，她又写札记之二，又是几万字；再过了些日子，札记之三出来了，还是几万字。（我要把这三篇札记的题目和发表的地方写在这里：《高高朱雀城》，《上海文学》二〇一〇年第二期；《"无愁河"内外的玉公》，《上海文化》二〇一二年第三、四期；《身在万物中》，《上海文化》二〇一三年第九期）她和《无愁河》之间，究竟建立起了什么样的关系？

有一次她告诉我，《无愁河》对她来说，是一部"养生"的书。

"养生"，很重的词。庶几近乎庄子讲的"养生"。怎么个"养生"法？身在万物中，息息相通。这样的话现在的人读起来已经没有什么感受了，当然也不怎么明白什么叫身在万物中，生机、生气如何从天地万物中来。"野马也，尘埃也，生物之以息吹也。"息是自心，生命万物的呼吸，息息相通才能生生。生的大气象，是"天行健，君子以自强不息"，这个"以"字，就是建立起人与天地万物之间的关系，体会到这个"以"，就能体会到息息相通，就是"养生"。

就是单纯从字面讲，当代文学中又有多少作品能"养生"——"养"生命之"生"？《无愁河》担得起，这就是《无愁河》文学上的大价值。

说起价值来，人是这样的，小价值容易认得出，算得清；大价值——不认识，超出了感知范围。

一部书有它的"超级读者"，是幸福的。这幸福不是幸运，是它应得的，它自身有魅力和能量。说到能量，我们不难想到，有些作品，是消耗作者的能量而写成的，但消耗了作者能量的作品却并不一定能够把能量再传给读者；《无愁河》的写作依赖于作者过往的全部生命经验，但它的写作却不是消耗型的，而是生产型的，从过往的经验中再生了源源不断的能量。由此而言，写作这部作品，对黄永玉来说，也是"养生"的。序子的爷爷境民先生，有一次随口谈起一个人的文章，说"写出文章，自己顺着文章走起来。——人格，有时候是自己的文章培养出来的"（24页）。作品能不断产生出能量支持作者，这是幸福的写作。

作品还能不断把能量传递给读者，读者吸收变成自身的养分，这样的读者也是幸福的。

三

序子生长的朱雀城，有片地方叫赤塘坪，"是个行刑砍脑壳的地方"。杀人的时候人拥到这里看杀人，平常野狗在这里吃尸体，顽童放学后经过这里"东摸摸，西踢踢"。"其实杀不杀人也没有影响热闹事。六七月天，唱辰河大戏就在这里。人山人海，足足万多看客。扎了大戏台，夜间点松明火把铁网子照明，台底下放口棺材，一旦演《刘氏四娘》《目连救母》，又死人随手装进去。"清明前后，"这地方也好放风筝"。（185—186页）我们以为相隔十万八千里的事情，从一个极端到另一个极端的生命经验，却能够在这么小小的同一片地方轮番上阵，而生活在这里的人们，早习以为常。

我想说的是生命经验的宽度、幅度的问题。一个生命从小就在这样的地方、在这么大幅度的日常转换中历练，倘若这个生命善于发展自己，没有辜负这样的历练，那么它能够撑开的格局、能够忍受的遭遇、能够吸收的养分、能够看开的世事，就不会同于一般了。序子三岁多的时候城里"砍共产党"，父母仓促出逃异地，他被保姆王伯带往苗乡荒僻的山间。这另外一个世界的生活又带来另外的养分，在不知不觉中培育性格和性灵。

大幅度的经验往往会诱惑人们集中专注于经验的不平常性，关注大而忽略小，关注极端而忽略日常；《无愁河》却是细密、结实的，在经验的极端之间，充实着的还是日常的人、事、物。黄永玉写朱雀城，譬如写一条街道，他要一家铺子挨着一家铺子写过来，生怕漏掉什么；写完这条街道接着又写另一条街道。再譬如说他写吃，写了一次又一次，从准备材料写起，写制作，写吃的过程、感觉，写吃的环境和氛围，当然还有吃的人——这其实很难，写一次还不难，一而再，再而三，三而四地写，七次八次都写出特别来，真难。谁不相信可以试试。乡愁这东西，说抽象可以无限抽象，说具体就可以具体到极其细微的地方，譬如味蕾——味觉的乡愁。他写苗人地里栽的、圈里养的、山上长的、山里头有的、窑里有的，名称一列就是好几行，"请不要嫌我啰嗦，不能不写。这不是账单，是诗；像诗那样读下去好了"（249页）。他还写"空东西"：序子在苗乡，好天气的日子，王伯问他："狗狗！你咬哪样？"

"我咬空东西。"

"哪样空东西？"王伯问。

"我咬空东西，你不懂！我喜欢这里的空东西。"（229页）

黄永玉写得满，他巨细靡遗，万一哪里忘了点什么，他后来想起还会补上。

难道写作不应该经过"选择"吗？"选择"，甚至是"精挑细选"——这个词又出现了，什么能写，什么不能写，这是许多作家的态度和写作必需的步骤；但对黄永玉来说，生命经验的任何一事一物，都能写，都不必拒绝，用吃的比喻来说，他不"挑食忌口"。因为这些事事物物都融进了生命当中。

这里面有一个道理。你以为这样的事物、这样的经验对你的生命是有价值的，那样的事物、那样的经验对你的生命是没有价值的，所以你要区分，你要选择；其实是所有的经验，包括你没有明确意识到的经验，共同造就你的生命。序子在苗乡的时候，有一个常来帮助王伯的猎人隆庆，隆庆身上有一种特殊的味道，小说是这样写的：

狗狗挨隆庆坐，闻着隆庆身上的味道。这味道真好闻，他从来没有闻过，这味道配方十分复杂，也花功夫。要喂过马，喂过猪，喂过羊，喂过牛，喂过狗，喂过鸡和鸭子；要熏过腊肉，煮过猪食，挑粪浇菜，种过谷子苞谷，硝过牛皮，割过新鲜马草；要能喝一点酒，吃很多苕和饭，青菜酸汤，很多肉、辣子、油、盐；要会上山打猎，从好多刺丛、野花、长草、大树小树中间穿过；要抽草烟，屋里长年燃着火炉膛的柴烟，灶里的灶烟熏过……

自由自在单身汉的味道，老辣经验的味道。闻过这种味道或跟这种味道一起，你会感到受庇护的安全，受到好人的信赖。

这种味道，"具有隆重的大地根源"（238—239页）。

你要是从隆庆的经验中排除掉一部分，那这味道就不是隆庆的味道了。

《无愁河》是条宽阔的大河，有源头，"具有隆重的大地根源"；有流程，蜿蜒漫长的流程。大河不会小心眼，斤斤计较，挑挑拣拣。大河流经之处，遇到泥沙要冲刷，遇到汊港湾区要灌注萦回，遇到岩石要披拂，遇到水草要爱惜地漂荡几下。

《无愁河》的丰富，得力于作者感知和经验的丰富，他过去经历时没有"挑食忌口"，现在写作时没有"精挑细选"。他身受得多，触发得多，心能容下的多。容得多，心就大了。山川形胜、日月光辉、人物事体、活动遭遇，都是养人的东西，生命就是在其中生长，长大，长成，长出精神和力量，长出智慧，长出不断扩大的生机。

二〇一三年十一月十六日

这些话里的意思

——再谈黄永玉《无愁河的浪荡汉子·朱雀城》

我写过一篇文章谈《无愁河的浪荡汉子》第一部《朱雀城》（北京：人民文学出版社，二〇一三年），题目叫《与谁说这么多话》；文章结束的时候，我自己怎么感觉像说话才开了个头？没有写完一篇文章之后期待的轻松，反而是没说出来的话在脑子里翻来覆去地折腾。

我得把它们写出来，否则，"我会病！"——这是借了蓝师傅的话。蓝师傅是朱雀城有名的厨师，他曾经为人办席，天气把东西热坏了，大家都说过得去，可是蓝师傅硬是补了一桌席："不补我会病！"（35页）——我的短文章，哪里有蓝师傅一桌席重要，只是把翻腾的话写出来，自己就轻松了。

一

序子和小伙伴们去果园偷李子，路上有开着白花带刺的"刺梨"。

学堂里，先生要大家相信它学名"野蔷薇"，小孩子的反应是：

> 这是卵话，太阳底下的花，哪里有野不野的问题？（817页）

《无愁河》里随随便便写下的这么一个句子，给我强烈的震惊感。人类早就习惯了区分"野"与"不野"，这样区分的意识也是人类历史发展的结果。从人类文明的视野看出去，确实有"野"与"不野"的问题，人驯服了一些动物，驯化了一些植物，改造了部分自然，把"野"的变成"不野"的。但是，单从人的角度看问题是偏私的，狭隘的。古人讲天、地、人，现代人的观念里人把天、地都挤出去了，格局、气象自然不同。换一个格局，"太阳底下"，就看出小格局里面的斤斤计较来了。

小孩子还没有那么多"文化"，脑子还没有被人事占满，身心还混沌，混沌中能感受天地气息，所以懵懵懂懂中还有这样大的气象，不经意就显了出来。

小说家阿来写《格萨尔王》，开篇第一句："那时家马与野马刚刚分开。"（重庆出版社，二〇〇九年）一句话，气象全开。序子离"家马与野马刚刚分开"的时代已经隔得非常遥远，他却能从"太阳底下"的感受，本能地否认"野与不野的问题"，真是心"大"得很，也"古"得很。小孩子的世界很小，一般可以这样说吧；但其实也很难这样说。小孩子的心，比起大人来，或许就是与"古民白心"近得多。

《无愁河》说到"野"的地方很多，我再挑出一句来。说"挑"也不合适，因为这也只是作品里面普普通通的一句话，作者并没有刻意强调突出。是序子的奶奶说的："伢崽家野点好，跟山水合适。"（1127页）这个话，前半句好多人能说出来，不过我们无非是说，小孩子野，聪明，对身体好之类；婆说的这后半句，就很少有人能说出来了。"跟山水合适"，是把人放在天地间，放在万物之中，与天地万物形成一种息息相通的"合适"关系——我们说不出后半句，是因为我们的意识里面没有。也没法全怪意识，我们的日常生活里，已经没有了山水，没有了天地。

二

我们说到小孩，很容易就联想到天真烂漫的生命状态。其实呢，在"天真"之前，恐怕还有一段状态，常常被忽略了。序子也有些特别，他的这种状态算得上长，到了七八岁该"天真"了，他还很"老成"——其实是童蒙。黄永玉写出了这种"蒙"，并且尊重它。

序子小，"谈不上感动反应"（141页）；再大点，大人期望他对事对物有反应，可是常发现他"有点麻木，对哪样事都不在乎"（183页）；他有时候给人的感觉像个木头，不会喜形于色；他似乎迟迟不开窍，让人着急。

不开窍，就是"蒙"。周易有蒙卦，"蒙"是花的罩，包在外面保护里面的元。"发蒙"就是去掉这个罩，让花长出来，开出来。但是在花开出来之前，是要有"蒙"来保护里面的元的，而且要等到那个元充实到一定程度，才可以去掉这个"蒙"。所以这里就有个时间的问题，去得过早，那个元就长不成花。

"发蒙"不是越早越好。世上确有神童，那是特例；再说，天才儿童的天才能维持多长时间，也是个问题。现在儿童教育赶早再赶早，那是不懂得"蒙"的作用，当然也就更谈不上尊重"蒙"。等不及"蒙"所必需的时间长度，让生命的元慢慢充实起来，就慌慌张张地"启蒙"，那是比拔苗助长更可怕的事情。

序子在生命该"蒙"的阶段"蒙"，其实是大好的事情。

尊重"蒙"，是很不容易的。

序子后来上学读书，在他那一帮同伴中间，"有一种不知所以然的吸引力"（809页）。这个"不知所以然"好。

要去掉"蒙"，也不是一下子的事情，是要一点儿一点儿去掉的。光靠外力也不成，得有机缘，更得有从内而外的"萌发"。序子四岁的时候，跟玩伴岩弄在谷仓里忽然爆发了一场狂风暴雨般的打闹，对此王伯"一点不烦，她喜欢狗狗第一次萌发出来的这种难得的野性。狗狗缺的就是这种抒发，这种狂热的投入"（273页）——王伯懂得"萌发"；序子"得这么个培养性灵的师傅"，是机缘。

话再说多一点，"蒙"也不只是"童蒙"，比如说我活到了中年，有些事才明白，还有些事得将来才能明白，或者将来也未必明白；明白之前，就是"蒙"。尊重"蒙"，说大一点，就是尊重生命本身。

三

但人活着，就得朝着明白的方向活。岁月确实能教人懂得越来越多的东西。《无愁河》第一部，是一位老人写童年，是"明白"写"童蒙"，"懂"写"不懂"，二者交织在一起，构成一种奇妙的关系。所以《无愁河》第一部展现的世界，不只是一个单纯的童年世界，它同时还是一个历经千难万险的生命回首来路重新看待的世界。我们讨论一部作品，喜欢说它的视角，其中童年视角常被提出来说；《无愁河》呢，既是一双童稚的眼睛初次打量的世界——随着作品的延续，视角还将自然变换为少年视角、青年视角……——又是一双饱含沧桑的眼睛看过了一遍又一遍的世界。

而不同眼光的转换，从黄永玉笔下出来，既自由，又自然。

老人借给我们一双眼睛，让我们从这个童稚的世界看明白一些事情。所以读这部书，如果不注意老人的"明白"，这阅读也是很大的浪费。

"明白"啥？无法一概而论，因为大千世界，时时处处都可能有需要我们明白的东西。说起来会没完没了，举例讲几点。

（一）"道理"和"学问"

序子的妈妈柳惠是女子小学的校长，她"讲起道理来轻言细语，生怕道理上吓了人家"（181页）。——你看看我们周围，有多少人是生怕道理吓不着人。政界就不去谈了；就说学界，有人就是靠着把人唬得一愣一愣的道理而成为学术明星的,这只是一面;另一面是,还真奇怪了,有些人还就崇拜能把他吓住的道理,吓不住他的他还瞧不起呢。

"胃先生上课,学生最是开怀,都觉得学问这东西离身边好近。"(642页)——学问,道理,都是一样,好的学问与人亲近,不是冷冰冰的,更不是压迫人的东西。道不远人,古人不是早说过吗?

胃先生还讲过一句话,"儿童扯谎可以荡漾智慧!"(795页)——"荡漾"这个词,用的真是"妩媚"。"妩媚"是沈从文喜欢用的一个词,用法特别。(钱锺书写方鸿渐在三闾大学的困窘沮丧中,忽然想,"近来连撒谎都不会了。因此恍然大悟,撒谎往往是高兴快乐的流露,也算得一种创造,好比小孩子游戏里的自骗自。一个人身心舒畅,精力充溢,会不把顽强的事实放在眼里,觉得有本领跟现状开玩笑。真到忧患穷困的时候,人穷智短,谎话都讲不好的"。《围城》,人民文学出版社,2002年,195页)

(二)风俗节庆

中秋节到道门口"摸狮子",不知哪一代传下来的习俗。人山人海,虔诚,热闹。小孩子里面有胡闹的,摸了自己的"鸡公",又摸狮子的"鸡公";摸摸自己的"奶奶",再摸摸母狮子的"奶奶"。苗族妇女无奈,但也"默认某种灵验力量是包括城里调皮孩子的淘气行为在内的"——"你必须承认历来生活中的严峻礼数总是跟笑谑混合一起,在不断营养着一个怀有希望的民族的。"(69页)

过年,战争期间是双方"息怒"的"暂停";太平年月,"老百姓把破坏了的民族庄严性质用过年的形式重新捡拾回来"。

所以，过年是一种分量沉重的历史情感教育。

文化上的分寸板眼，表面上看仿佛一种特殊"行规"，实际上它是修补历史裂痕和绝情的有效的黏合物，有如被折断的树木在春天经过绑扎护理重获生命一样。（160页）

现代人无知又自大，才会把人类在漫长的生活中形成的一些习俗当成"迷信"；又懈怠马虎怕麻烦，就把"文化上的分寸板眼"当成"繁文缛节"；还现代得浅薄，所以无从感受什么叫"历史情感教育"。那么，怎么可能在季节轮换、年岁更迭中，一次又一次地体验到"恭敬、虔诚，一身的感怀和新鲜"（161页）？

（三）自己和别人

序子上学后，以前的玩伴表哥表姐来得少了。黄永玉顺笔讨论了一下这个"某人某人以前来得多，现在来得少"的问题：

只顾自己怨尤，不考虑别人也有人生。

以前提携过的部下、学生……现在都来得少了。你没想到人人各有各的衣禄前程，各有各的悲欢。有的人的确把你忘了；可能是得意的混蛋，也可能惭愧于自己的沦落无脸见人。大部分人却是肩负着沉重担子顾不上细致的感情。

你要想得开；你要原谅世人万般无奈和委屈……（408—411页）

——能明白到大部分世人的重担、无奈和委屈，才能克服个人的怨尤，才可以产生怜悯人生的心吧。"爱·怜悯·感恩"，是黄永玉写在这本书前的三个词，每个词都是沉甸甸的。

不仅要体谅别人的万般无奈和委屈，自己也难免不陷入这种境地，要担得起这些东西："人之所以活在世上就是要懂得千万不要去讨公道。好好地挺下去，讨公道既费时间也自我作践。"（999—1000页）——看上去是"消极""负面"的经验和智慧，其实是要"积极"地去做值得做的事，"正面"地做自己。

（四）命运这东西

《无愁河》里有一段写一群孩子做"鬼脑壳粑粑"，这一帮幼小的艺术家认认真真地施展他们造型能手的才华，快快活活地享受创造的过程和其间的满足，完成之后累得卧地即睡。在写到这一群小艺术家好梦正酣的时刻，黄永玉换了笔墨："这里我要提前说一说他们的'未来'。我忍不住，不说睡不着，继续不了底下的文章。""他们没有一个人活过八年抗战，没有端端正正地浅尝哪怕是一点点的、希望的青年时代。……往时的朱雀城死点人算不了什么大事，偏偏序子周围的表兄弟除柏茂老表兄之外都死得失去所以然，死得没有章法。八年抗战初期，嘉善一役，一二八师全是朱雀子弟，算来算去整师剩下不到百八十人。全城的孤儿寡妇，伟大的悲苦之下，我那几个表兄弟就没人想得起来了……"（532页）

——活到了后来的人才知道后来的事；但是活到了后来的人，看着他们当时对于"未来"的无知无觉，会是怎样无可比拟的沉痛。命运这东西，常常"没有章法"（！）得让人痛切失语。

为什么我要强调《无愁河》展现的不仅仅是童稚的眼睛第一次看到的世界，同时也是沧桑之眼看了一遍又一遍的世界？其中的一个原因是，这里面包含了许许多多只有通过漫长的人生经历之后才会明白的人情和世事、文化和智慧，还有曲折沉重的历史。

<h1 style="text-align:center">四</h1>

起笔写这篇文章的时候，我还打算谈谈这部作品的用字、用词和造句，既有"花开得也实在放肆"（8页）这样的乡野之言——我想起我的祖父和父母也这样用"放肆"；也有"醒"这样看上去很文雅的字眼，《无愁河》里出现却是在方言里，"醒醒家"（201页），我会注意到这个字是因为一直很喜欢"五斗解醒"这样的"任诞"——喝五斗酒来解酒病：《世说新语》里这样描写刘伶；还有一些"跨学科"的句子，如序子的父亲幼麟做菜，"一个菜一个菜地轮着研究其中节奏变化，他觉得很像自己本行的音乐关系"（19页）。蓝师傅做菜，"他在迷神，在构思，在盘算时间、火候、味道、刀法、配料之间的平仄关系"（34页）。

还打算谈谈这部作品里的引述，从《圣经》到《约翰逊博士传》到《尤利西斯》到《管锥编》，从古典诗词到朋友著作到电视相亲节目《非诚勿扰》孟非总是要来那么一句的"爱琴海之旅"。

我更想谈谈这部作品整体气质上的"野"和"文"。光看到"野"

是太不够了，它还"文"得很。既"野"又"文"，"野"和"文"非但不冲突，还和谐得很，互相映衬，互相呼应，互相突出，合而为一。这不是一般作品能够呈现出来的吧？

为了这些打算，反反复复看了三厚册书中我画的道道、写的旁注、折的页码，真是犯了愁。太多地方了，怎么说得完，说得清？——干脆放弃吧。

末了给自己找个理由：要是一部作品的好，你能说得完，说得清，也就算不上特别丰富的那种好了。

二〇一三年十二月五日

少年多谢相遇的世界

——黄永玉《无愁河的浪荡汉子·八年》

一、路线和年龄

《无愁河的浪荡汉子》第二部（北京：人民文学出版社，二○一六年），翻开来是一张手绘地图，标着："哈哈！这八年！"——从一九三七年到一九四五年。这一部就叫《八年》。图上的红线，连接起一个个地方，画出了一个少年的"道路"；现在出版的是上卷，这张图上的路线，暂时只看到这么长就可以：

十二岁的序子，离开家乡朱雀城（凤凰），到长沙一二八师留守处找爸爸；又随留守处经武汉、九江等地，迁往师部所在的安徽宁国；适逢一位远房二叔从师部回集美学校，序子就跟着二叔，经杭州、上海，坐船到厦门，考入集美初中；未几，日军攻打厦门，学校迁往安溪。厦门、安溪集美学校的生活，是描述的重点。但序子"异类"的行为，使他不得不离开安溪集美，另转入德化师范学校；德化待的时间更短，仓促逃离后，在同学老家过了个温暖的年，即往泉州浪游而去。这个时候的序子，十五岁。

二、记忆力和多情、多谢

写法呢？走到哪里写到哪里，出现什么就写什么。你得一再惊叹黄永玉记忆力之好，清晰，完整，实为罕见。偶有记不得的地方——从集美农林学校到安溪的路程、刚到达后的情形、晚自习照明用什么灯——特意标出，无限遗憾："活了九十岁，一辈子对自己的记忆力从来颇为自信，唯独迷蒙了这三件事，以致留下了'真空'，实在对不起自己和读者。"（210页）

记忆力的问题似乎没啥好讨论的，有的人记忆力超群，有的人记忆力糟糕，天生的东西不必讨论。但除去天生的部分，记忆还有后天的运作，譬如你为什么记住了这件事而没有记住那件事，就是选择和舍弃。记忆有自动选择和舍弃的功能，但在自动之外，也还给个人留有空间。可以讨论的，就是这个空间。从这个意义上说，黄永玉记得那么多，记得那么细，是他的记忆力想要记得那么多，记得那么细。他的记忆力想要都记下来。

为什么想要都记下来？概而言之，是因为他经历的人、事、物，和他都有关系，他对这些都有感情。这话听起来没有什么意思，其实关键正在这里。我经历了某些事，但我很可能觉得这样的经历对我没有一点影响，和我没有什么关系，当然更谈不上感情，日久年深，忘了也很

　　　　　　　　　　　　　　　　当代小说六家

自然。黄永玉特别，他不筛选，凡是出现在他生命中的，都和他的生命产生关系，由关系产生他的感情。所有的经历，不仅是好的，还包括坏的，都能够吸收转化为生命的养分。没有关系，没有感情，怎么记得住？

所以，从这里，可以见出黄永玉的一个特质：用年轻时候的朋友汪曾祺六十几年前的话说，是"多情"，"对于事物的多情"。这话出自一九五〇年汪曾祺写的《寄到永玉的展览会上》，"多情"跟好多方面联在一起："永玉是有丰富的生活的，他自己从小到大的经历都是我们无法梦见的故事，他的特殊的好'记性'，他的对于事物的多情的过目不忘的感受，是他的不竭的创作源泉。"

这种"对于事物的多情"特质，换作汪曾祺的老师、黄永玉的表叔的说法，就是对世界的"有情"。

用黄永玉自己的说法，也是他常说的，是对世界的"多谢"。

三、无声

因为"多情""多谢"，点点滴滴，都值得用心写下来。《无愁河》写得这么长，黄永玉话这么多，岂是无缘无故？

但读这一部《八年》，有一处，你以为该多写却没有多写，你以为该说话的人却没有说一句话。密密麻麻的《无愁河》，偏偏在这里，给你一个震撼的留白。

那是在宁国，父亲决定让序子去集美读书。

"爸，怎么我一点都有晓得我要走？"序子问。

爸爸把左手拐靠着桌子想事情。想完事情放下左手低着脑壳又想。

"爸，你咯子有好过，把光洋退送顾伯、戴伯，我不去了就是……"

爸爸轻轻跷起二郎腿一晃一晃看着天花板。

"爸，我想到个好办法，让紫熙二满把你也带去不就行了，我们一齐走。"

爸爸摸着序子脑壳。

"爸，其实你用不着难过，我去一些日子就回来看你一次，过一些日子又回来看你一次……"

爸爸默默打手势要序子睡觉——序子边脱衣服边讲："爸，其实也是好事情，得豫三满以前对你讲过，你在宁国暂时住段日子就去上海找田真一姑爷和大孃，住到他们那里。再慢慢一个一个找你上海画画的老朋友，在上海画画卖钱，日子好了，把妈和孥孥都接过去，寄钱养婆。我读书得空就来上海看你们。到那时候，你自己想想，那会多好。听说，宁国离上海也不远，坐车坐船，一两天就到。比朱雀到长沙近多了！"序子钻进被窝里还讲："爸，东坡《水调歌头》词讲：'人有悲欢离合，月有阴晴圆缺，此事古难全。但愿人长久，千里共婵娟……'"睡着了。（82—85页）

序子说了又说，父亲一声不响。第二天汽车站送别，父亲"动作轻松潇洒，面带微笑，一点也没料到这一盘行动是生死之别"。

九十岁的老人回忆起这些，慨叹四十刚出头的父亲"还年轻，太善良"，没有本事预计民族的大历史和个人的小历史，"常常给小民众弄几笔率意的玩笑"——"唉！算了！算了！""佛告须菩提，凡所有相，皆是虚妄，若见诸相非相，即见如来。"可还是忍不住要问："小民众做得到吗？痛不觉痛，伤不觉伤，离别不觉离别，欢聚不觉欢聚……"（86—87页）

此后的序子，就只能从断续的书信里得知亲人和家乡的消息：一二八师解散闲杂人员，开赴战场，朱雀子弟嘉兴一役几近全部战死，剩下一城孤儿寡妇，"树不发芽鸡不叫"，悲伤到连哭声都没有；父亲找不到工作，无奈之下，只身到青浪滩绞滩站，学音乐美术的小学校长，一辈子沦落在险滩疾浪轰天价响的寂寞里；母亲到沅陵难童收容院做先生，带着的三个弟弟也就做了难童；九嬢疯了……

四、底子

序子浪荡世界，两手空空，但你要说这个少年一无所有，那就错了，他随身携带着"动人的财产"，别人看不见，自己心里有数。"无愁河"的源头在朱雀，他生命的原初阶段在这个特别的源头里浸了个透；他走出来，如同"无愁河"流出来，这个丰沛的源头还一直在，一直连着。

坐船过洞庭湖见岳阳楼，想起范仲淹的名篇，"冇哪样感动"，觉得除了两句名言，都有点散，"风景气势写得零零碎碎，写得急"。"头八句就把闹台打响，一盘一碟，一碗一盆好菜往你身上扣，让你顾东顾不来西，泼得你满身胶湿，汤水淋淋。这种文章我一句都做不出，想都没敢想过。"（44页）一个小学毕业生，讲得出这样的话？你还别不信，序子少小熟背了不少古诗文，更有幸在文昌阁小学受教于脾气古怪的胃先生，胃先生"说《岳阳楼记》虚而不实。我也受过他的影响，为这事翻过好多书"（293页）。这就是一点小小的文化底子。

底子这东西，要让它养人，就得给机会激活它。闯荡世界，与人、事、物相遇，就随处是机会。序子常常因眼前情景，冒出几句古诗词，顾家齐伯伯夸他："读书就要这样子读法。见景生情才有用，才养人。"（81页）见景生情就是遇，遇到了，才激活了；激活了，才养人。

但与大千世界相遇，却也考验底子，有时候就显出不够、显出没有来。序子说，有时候想作诗，但"都在诗意的外边拿不进来"（35页），就是见出读书还不多、底子不够用来。序子在杭州见过新诗人刘宇先生，后来也想作首新诗看看，"'人生'，对！'人生'起头。'人生'哪样呢？人生……'人生自古……''人生总发'？'人生迈步'……"这样的经验，让人知道自己的不足、不能，也是好。

序子的"财产"，还不只是一点文化底子，更重要的，是家乡给他打下的人生底子。这人生的底子好像无法说清楚，但关键的时候，就用上了。譬如，在安溪集美，序子留级的这一班从文庙搬到对河后坡分校，负责人是"仇人"杨先生，那序子怎么办？"在文庙，序子睡在床上还想过，遇上这种毫无反抗挣扎余地场合，王伯会怎么对付？幺舅会怎么对付？田三爷会怎么对付？隆庆会怎么对付？到了后埡，遇到意外，你怎么对付？你张序子就死了瘫了？你都十四岁了！你还怕？"（428页）这些家乡人，这些在序子小时候和他发生过关系的人，他们遇事会怎么办，就是序子的底子。后来，序子舍弃行李从德化师范逃走，也是因为有这个底子，才会有这个决定——"几十年来，序子一直挂念那些从朱雀带出来的无辜的被窝和箱子。是王伯决定的，他心里问过王伯。"（511—512页）王伯，一个朴野、强悍的女子，序子三岁多的时候带着他去苗乡荒僻山间避难的保姆，如此影响序子此后的人生。回头想想《无愁河》第一部浓墨重彩写王伯，就更能明白这个女人的分量和光彩。这样有分量和光彩的人，还有其他许许多多的人、事、物，还有整个家乡，给序子的人生打底，这个底子，你怎么敢轻估？

来到家乡之外的世界，来到与家乡不一样的环境中，在人、事、物的对比和参照之下，家乡的不一样才清楚地显现出来，才被有意识地认识，有意识地肯定。而那个家乡打底的自我，他的不一样也逐渐清楚地显，被自觉地认识，自觉地肯定。譬如刚到厦门，高中生长白照拂序子，长白的温和、纯良深深感动序子，但他那种没有一点防护能力的善良又让序子心里想："这个人跟朱雀人没有一点相同的地方。把长白押到朱雀，他一天也活不下去。他根本不晓得世界上有一块用另外一种情感、另外一种生活方式、另外一种思想，成天在狠毒的剽风中从容过日子的地方。"（117页）

五、喜欢"全世界"

这样一来，这个人会不会被圈限住，固执于家乡给定的一切，而拒绝接受不一样的东西？有些人确实可能会给自己画个圆圈，精神世界就在这个圆圈里面打转转；可是，"无愁河"是一条大河，一条长河，它有源头，丰沛的源头是给它宽阔和长远流程的；朱雀城给序子打下底子，坚实的底子是为他敞开生命，而不是封闭生命。

序子对新鲜事物、未知的世界，怀有强烈好奇，他的心态时刻敞开；而且，那样小的年纪，就有平和得惊人的理性。譬如，路经上海，初来乍到，耳闻目见，一定有诸多不习惯，"不过序子心想：讲老实话，我并不怎么讨厌它。大凡一种新东西来到眼前，都有点心虚，有点恨，有点对立，有点自危，混熟了，其实是好东西，用不着那么紧张的。新朋友也是这样，以为随时会扑上来，其实不会"。"上海那么大，新东西多得来不及怕，来不及看，来不及喜欢。"（101页）

就是带着充分打开的心，序子来到集美，要做一个真实的"彩色的梦"——序子的梦"只有一回是彩色的。在朱雀"（133页）。

序子在集美念了三年不到，老是留级（六个学期，留级五次），学校办学宗旨宽怀，先生们也容忍这个"异类"。这个通常意义算不上好的学生，对学校、对先生的感激却是至深无比的。学校"疏朗宏阔的文化气派"（488页）浸入了他的神魂，"先生们则无一不可爱，无一不值得尊敬，无一不百世怀念"（214页）。"这是心里头的神圣，一辈子供奉的灵牌神位。"（355页）

这个"怪物"让人侧目的，除了留级，还有一件事：他竟然在《大众木刻》上发表了作品。序子的艺术道路，是从这里开始的。

课堂的世界太小，他不耐烦，抵触——"序子不是这个世界的"；他渴望一个更广阔的世界，他找到了图书馆。他得低分的教室的世界，和图书馆的新世界，怎么比？"你打你学校的分，我打我自己的分。中间只有这一点点区别。"（219页）

我们谈黄永玉的时候，乐道他经历的传奇，不怎么谈他的读书；就如同我们谈沈从文，也是。可是成就他们叔侄的，不仅仅是经历，倘若没有超过常人的读书，是没法想象的。

所以，让我们看看少年序子的读书，举例来说。

《榕村语录》《榕村续语录》，康熙宰相李光地著，他是安溪人，居然有时也用很多白话文，北京那些提倡白话文的学者可惜不见提起他。

《肌肉发达法》，好！

《普通地质学》，好！是达尔文的徒弟莱伊尔写的，读熟了它，走到哪里都清楚脚底下是什么岩头，眼前是甚性质的山。

《人类和动物的表情》《贝尔格舰上的报告书》都是达尔文写的，比《进化论》有意思。

《警犬培养和训练》。

《云图》，好！七十八页照临照抄。

卢梭的《爱弥儿》，很有味道和见识，只可惜译文拗口，仿佛三斤新鲜猪肉让人炖煳了。

日本版的《世界名花大全》。

金端苓画的《欧战进展地图》，学着这个办法画了张"保卫大武汉地形图"……（219—220页）

他在图书馆把杂志、画报上的国际人物照片，用自来水笔画成漫画，自己编了厚厚的两本《国际人物漫画册》。

开始读莎士比亚、屠格涅夫、高尔基、绥拉夫莫维支；王尔德薄薄的《朵连格莱的画像》，前头打了四行跟文章一点关系都没有的虚点（……），莫名其妙。（443—444页）

世界就是通过一本本书，一点一点展开在序子的眼前。

序子到清水寺旅行，发现一种没有见过的小虫，带回学校研究，到图书馆查动物学大辞典。"都看得出来，序子根本不可能是块科学家的料。……虽然动植物考试的分数不高，心里头就是喜欢；不是为了做科学家的喜欢，是做一个人的喜欢。等于喜欢这个'全世界'。在学校读书就是学一些如何喜欢'全世界'的本领。"（434页）

六、虚妄

黄永玉写《八年》，里面有这么几句很坚定的总结：

序子铤而走险居然从容自若的根据何在？

他抓准眼前这个图书馆是他将要走进大世界的第一根据。

迈出的肯定脚步，是朱雀城所有孩子给他的"神力"。

除此之外，都归虚妄。（214页）

前面说过了"第一根据"和"神力",现在说几句"虚妄"。

既为"虚妄",大可不说。本来应该是这样,可是,让我觉得不得不说,又不想多说的事实是,有多少人的一生,就浪费在虚妄上。

孩子受教育,有的教育就是往虚妄上引导。

虚妄常常有不可思议的蛊惑力,成年人成熟了吧,并不,像中了邪,打了针,前赴后继。

有的人,他的事业就是制造虚妄。

序子实打实用脚走路,一步一步踩在坚实的地面上,有分辨力,有主心骨,有实的经验,过真的生活。

"心肠要硬一点,过日子要淡一点,读书要狠一点。"(43页)他父亲曾经这样告诫过。

七、不急

《无愁河》从二〇〇九年起在《收获》上连载,我和不少读者一样,一直"跟读",到现在已经进入第八个年头。跟着跟着,这漫长的阅读,仿佛跟出了节奏,跟出了旋律。读这一卷《八年》,是重读,也仿佛是回旋。一边读一边想,还真是应该再读这一遍。哪能没有回旋呢?

序子学木刻,第一幅作品发表在《血花日报》上,朱成淦先生指点道:"你眼睛要注意明暗问题,起码看三个部分,亮的,暗的,不明不暗的三个调子……我以前读书的时候,老师教的是五调子,你先抓三个就行了。"(363页)

说的是画画和木刻，我想到了写文章。哪怕是写论文，能不能也有三个、五个明暗调子？总见有人讨论文学批评的文体，想到过这三五个明暗的调子没有？

第二幅木刻，朱先生说"倦慵之作"，说"心思松"——"这七个字一辈子也没忘记。"（363—364页）

也通文章的写作。

但收获的岂止是文章的作法，不过这个比较容易说而已。别的，且只举一个例子吧。

我以前想不明白一件事，整人的人，整错了，自己也知道整错了，即使不道歉赔罪，也大可罢手，不再整下去。"他不。你不死，你活着，他反而认为是你在伤害他。"（507页）一句惊醒懵懂人，解决了困扰我好久的问题。

这部书，慢慢读，总有东西给你。黄永玉写起来不着急，我们读，也不用着急。

前头说过，序子批评《岳阳楼记》"写得急"；一九七二年，黄永玉跟一个年轻学生通信，指出他写作"缺乏构思上的延续力，你老是像闪光灯似的运用文字。一句一个意思，没有把造句耐心地用三两句或一小段宣叙得从容些"。可见"急"，在黄永玉心里是写作的大忌。由此我们多少明白，《无愁河》为啥写得不急，写得那么耐心，那么从容，第一部三卷，第二部《八年》出了上卷，还有中卷和下卷，还有第三部——老人家您慢慢写，我们慢慢读。

二〇一六年二月三日

汪曾祺和黄永玉：上海的事情

——《无愁河的浪荡汉子》里的叙述及其他文字

一

"上海的事情我是不能像永玉那样的生动新鲜的记得了……"

一九五一年初，黄永玉在香港思豪酒店举办个人画展。汪曾祺在北京，年前写《寄到永玉的展览会上》，发表于展览次日一月七日香港《大公报》副刊，上面的话就在这篇文章里。文章开篇说："我与永玉不相见，已经不少日子了。究竟多少日子，我记不上来。永玉可能是记得的。永玉的记性真好！听说今年春夏间他在北京的时候还在沈家说了许多我们从前在上海时的琐事，还向小龙小虎背诵过我在上海所写而没有在那里发表过的文章里的一些句子，'麻大叔不姓麻，脸麻……'我想来想去，这样的句子我好像是写过的，是一篇什么文章可一点想不起来了！因为永玉的特殊的精力充沛的神情和声调，他给这些句子灌注了本来没有的强烈的可笑的成分，小龙小虎后来还不时的忽然提起来，两个人大笑不止。"（《汪曾祺全集》，北京：人民文学出版社，

二〇一九年，第四卷，97页）

七十多年之后，黄永玉来完完整整地叙述他在上海的事情——《无愁河的浪荡汉子》第三部（这部长篇，《收获》连载到第十一个年头，从二〇一九年第一期起，进入第三部），抗战胜利后，序子来到了这座城市。身处偌大的都市，与此前浪荡福建、江西等地，经的场面，见的气象，自是不同；而张序子本身，也已是越来越受关注的青年木刻家，作品参加了中华全国木刻展且不说，令人惊奇也让他自己惊奇的是，二表叔沈从文在《大公报·星期文艺》发表整版长文《一个传奇的本事》，介绍他的父母和他自己，他买了报纸一边走一边看，"傻了！""这从哪里说起？天打雷劈！那么震脑！"

序子见过和交往诸多名家前辈、年纪相仿的朋友，美术界的、文学界的，人来人往，可说的实在太多。这里单说他和汪曾祺的上海光景。

二

汪曾祺一九四六年到上海，经李健吾介绍，在致远中学教国文。序子在闵行中学教美术。有天，黄裳对序子说，巴金先生转告，汪要找你。序子去找到了曾祺，"第一次见面好像今早晨、昨天、上个月、几年前常常见面的兄弟一样，犯不上开展笑颜，来个握手。"交流起来，基本上是序子说，曾祺听，说的人滔滔不绝，听的人专注有心。曾祺开口，也多是问，比如，"你表叔那篇关于你的文章，上海这帮人怎么看？"序子说："我看这文章大家都欣赏喜欢，只有一个人不开心——"

"谁呀？"曾祺问。

"我妈！"序子说，"在朱雀看到我寄给她的这篇文章，很恼火，要是我在当场，那情绪一定很难招架。二七年以前她做过朱雀城共产党宣传部长，领导人化装游行，庙里打菩萨。她来信说表叔信口开河。'你爸是省师范学校正式毕业生，他什么？他还在外头打流，你爸居然还请他帮忙给我写情书？这么大胆的天晓得……'"

"好呀！太精彩了！能不能把这封信让我看看？"曾祺说。

"我看完就烧了，没有了！"序子说。

"哎呀！你看你烧了这么重要的东西，多可惜你懂不懂？"曾祺感叹。

"你想，底下还写了好多情绪性的话，很长的一封信，牵涉到两家好多琐事，传出去，表叔听到了一定想不到地难过。会伤害他一番真诚的好意。文学上、文字上的涟漪随情荡漾哪能像科学那么准确？你没见过我妈，一个因家事儿女困扰掉落凡尘的七仙女，这篇文章点燃她储藏一生的愤懑……"

"是，是，是，你讲得对，让我们在心底也把这封信烧了吧！以后不再讲了，永远不讲了！"

序子说只在八九岁时候见过一面的表叔，他的"野"，是"文野"或"仙野"，莫名其妙至极；他自己的"野"，很有些不同。他讲家乡，讲小时候的事，一直讲到前几年，"跟十二具壮丁尸体搭木船从瑞金到赣州，四天四夜，尸体在舱底，我在舱面，只隔一层木头厚甲板，夹缝间有时不小心碰得到他们的鼻子和脚指头……"——这段经历,《无愁河的浪荡汉子》第二部详细写过,比这里说得还要骇人。

序子说:"我今天是第一次见你,有责任介绍我所有的细节给你听。"

两个人甚至谈到了婚恋:曾祺吃惊,序子居然结婚了;序子也惊奇,曾祺有女朋友——

"我不清楚你这种很少讲话、只用耳朵的人,怎么谈的恋爱?"

曾祺说:"你讲得不错,我找的正也是个很少讲话、只用耳朵的人。"

三

第二天,一九四七年七月十五日,汪曾祺向他的老师沈从文写信汇报:"昨天黄永玉(我们初次见面)来,发了许多牢骚。我劝他还是自己寂寞一点作点事,不要太跟他们接近。"

写起信来,汪曾祺的话就多了:

黄永玉是个小天才,看样子即比他的那些小朋友们高出许多。……他长得漂亮,一副聪明样子。因为他聪明,这是大家都可见的,多有木刻家不免自惭形秽,于是都不给他帮忙,且尽力压挠其发展。他参与全国木刻展览,出品多至十余幅,皆有可看处,至引人注意。于是，来了，有人批评说这是个不好的方向，太艺术了。（我相信他们真会用"太艺术了"作为一种罪名的。）他那幅很大的《苗家酬神舞》为苏联单独购去，又引起大家嫉妒。他还说了许多木刻家们的可笑事情，谈话时可说来笑笑，写出来却无甚意思了。——您怎么会把他那张《饥饿的银河》标为李白凤的诗集插画？李白凤根本就没有那么一本诗。不过看到了那张图，李很高兴，说："我一定写一首，一定写一首。"我不知道诗还可以"赋得"的。不过这也并不坏。我跟黄永玉说："你就让他写得了，可以作为木刻的'插诗'。要是不合用，就算了。"那张《饥饿的银河》作风与他其他作品不类，是个值得发展的路子。他近来刻了许多童谣，（因为陈鹤琴的建议。我想陈不是个懂艺术的人）构图都极单纯，对称，重特点，幼稚，这个方向大概难于求惊人，他已自动停止了。他想找一个民间不太流行的传说，刻一套大的，有连环性而又可单独成篇章。一时还找不到。我认为如英国法国木刻可作他参考，太在中国旧有东西中掏汲恐怕很费力气，这个时候要搜集门神、欢乐、钱马、佛像、神俑、纸花、古陶、铜器也不容易。你遇见这些东西机会会比较多，请随时为他留心。萧乾编有英国木刻集，是否可以让他送一本给黄永玉？他可以为他刻几张东西作交换的。我想他应当常跟几个真懂的前辈多谈谈，他年纪轻（方二十三），充满任何可以想象的辉煌希望。真有眼光的应当对他投资，我想绝不蚀本。若不相信，我可以身家作保！我从来没有对同辈人有一种想跟他有长时期关系的愿望，他是第一个。"（《汪曾

祺全集》，第十二卷，29—30页）

后面还有很多很多话。

读汪曾祺的信，与读黄永玉的小说，感受不大一样。叙述内容各有偏重，正好可以互补、对照。语调上，九十几岁的黄永玉回忆起当年，还是兴致勃勃，保留着一个年轻人闯荡新世界的新鲜感和兴奋劲；汪曾祺呢，比黄永玉大四岁，当时困顿落魄，心情实在糟糕。他说黄永玉发牢骚，其实更像是他自己牢骚太盛：这封信中，他说，"上海的所谓文艺界，怎么那么乌烟瘴气！……就是胡闹"。说到自己，也没有好口气："五六两月我写了十二万字，而且大都可用（现在不像从前那么苛刻了），已经寄出。可是自七月三日写好一篇小说后，我到现在一个字也没有。几乎每天把纸笔搬出来，可是明知那是在枯死的树下等果子。我似乎真教隔壁这些神经错乱的汽车声音也弄得有点神经错乱！我并不很穷，我的褥子、席子、枕头生了霉，我也毫不在乎，我毫不犹豫的丢到垃圾桶里去；下学期事情没有定，我也不着急；可是我被一种难以超越的焦躁不安所包围。似乎我们所依据而生活下来的东西全都破碎了，腐朽了，玷污萎落了。我是个旧式的人，但是新的在哪里呢？有新的来我也可以接受的，然而现在有的只是全无意义的东西，声音，不祥的声音！"（同上，28—29页）

汪曾祺那时候发表过一篇短文，说起自己的工作："我教书，教国文，我有时极为痛苦。……一走进教室，我得尽力稳住自己，不然我将回过身来，拔腿就逃。"他用心讲课文，渐入佳境，"我思想活泼，嗓音也清亮；但是，看一眼下面那些脸，我心里一阵凄凉，我简直想哭"。——"他们全数木然。……一种攻不破的冷淡，绝对的不关心，我看到的是些为生活销蚀模糊的老脸，不是十来岁的孩子！我从他们脸上看到了整个的社会。我脚下的地突然陷下去了！我无所攀泊，无所依据，我的脑子成了灰蒙蒙的一片，我的声音失了调节，嗓子眼干燥，脸上发热。我立这里，像一棵拙劣的匠人画出来的树。用力捏碎一支粉笔，我愤怒！"（《幡与旌》，《汪曾祺全集》，第四卷，63—64页）

序子上美术课，则是别一番情景。他很会调动那些初中生，边讲边画，"孩子们快乐的笑声漾到教室外头来了"。温和的校长也坐在教室后排听。后来因为李桦、余所亚离开上海，租的房子留给序子照料，序子辞去闵行中学的工作，校长还颇有些不舍。

四

星期六序子从闵行搭公共汽车到市里找曾祺，晚上常睡在他的宿舍。曾祺说："其实你可以写点小说。"序子回答："短的写过，长的打算写得比托尔斯泰那三本还长，没想到刚写到三页稿纸差一点四页的时候，抗战胜利了！眼睁睁把我伟大的计划耽误了！"

——这伟大的计划，黄永玉晚年重新拾起，就是现在我们看到、他还在继续的《无愁河的浪荡汉子》。

两个人去找黄裳，馆子里坐下，曾祺和黄裳谈他们当年昆明那些人和事。序子这才发现，曾祺讲话未必总是很少。不喝酒的序子，看两个酒人谈兴浓得水泼不进。他不插嘴，只当作上课旁听。"序子佩服他两个不谈《红楼梦》，也不知道他们酒醒之后谈不谈。《红楼梦》让人弄拧巴了。"一顿饭下来，序子做了三件事：听他们说话，夹菜吃饭，自己跟自己胡思乱想——"自己跟自己胡说，像蛟龙戏水，借着他两人搅起的水花引子，翻波腾浪，自我规模一番，当然，水花引子也看高低。"

　　三个人上朵云轩看画，进兰心看最新战争片《登陆马里亚纳岛》，到 D.D.S 喝咖啡，然后去巴先生家。巴师母陈蕴珍欢呼："哈哈，三剑客光临！"

　　曾祺向巴先生浅浅地鞠了个躬。巴金问曾祺，最近沈从文怎么样？曾祺说："和人用文学角度交谈时事，写些调皮文章。有时得罪人，他不清楚。三姐总是担心。"

　　"我总是劝他，用毛笔写东西动静太大，那么小的字，太费神。"巴先生说。

　　"他也用钢笔的。顺手的事他都用钢笔。不过有时候在中国普通纸上用钢笔效果太意外，自己好笑。也不知哪儿弄来的那支蹩脚钢笔？人劝他买支好钢笔，他就自我解嘲地说：'是的，是的，派克，派克！'"

　　巴太太讲：

　　"你还别说，这些好人做的怪事，讲的怪话，都那么纯净。"

　　"古风！"黄裳说。

　　"温婉的古风！"巴太太说。

"不见得温婉！"曾祺说，"有时候拒绝一件不当的事，态度像革命烈士一样。"

序子身边的那帮年轻朋友，见过曾祺，一晚上三四个钟头混在一起，没听见他说几句话。他们问序子："你那个汪曾祺是不是有点骄傲？"序子回得不含糊："这话有点混蛋。说话少就是骄傲？怪不得各位少爷在这里谦虚得我一晚不得安宁。曾祺这人天生能抵抗纷扰，甚至还觉得有趣，也可能是一种不愿吹皱一池春水的诗意——有时我跟他一整天地泡，自觉话多，有点抱歉，他就会说：'说、说，我喜欢听！'"

序子看起来像个热闹人，其实做起事来极端严肃、认真，尤其是对待木刻。曾祺给他提意见，他立刻领会、承认、佩服："曾祺来信说，《海边故事》那张木刻，腿弯弯里头那两根线生硬，对顶着，粗，总让人看着不舒服。序子自己也早就感觉到什么地方不对头，已经重刻了三次。他说得很对。这家伙眼睛尖锐，时常看得到我怕别人看出来的地方。"

曾祺说序子"胃口好，胸怀宽，心里头自有师傅"。又说，"这回你来上海，要准备好牙口吃新东西了"。

"是的，千辛万苦来上海，就为的这个意思。"序子说。

"新鲜吧？"

"连痛苦都新鲜！"

五

黄永玉的记性真好。记得曾祺大清早起来，站在床上，居然来了一句街上捡来的歌："你是我的生——命，你是我的灵魂。"记得和黄裳三个人去兆丰公园看黑豹，黑豹在睡觉，曾祺说："动物园的动物不动，变成静物园，一点意思也没有。"记得两个人萌生离开上海之意，去市中心一个露天草地广场看了场电影，迪士尼的《小鹿斑比》，半夜露水弄得浑身胶湿都没在意，曾祺只说了一句："哎！今晚上没有月亮！"

一九四八年三月，汪曾祺经天津去北京；黄永玉和陆志庠一起跟张正宇前往台湾编《今日台湾》大型画册，几个月后黄永玉去香港。青年时代短暂的上海生活，就此结束。

六月二十八日汪曾祺致信黄裳，其中有一段："黄永玉言六月底必离台湾，要到上海开展览会，不知知其近在何所否？我自他离沪后尚未有信到他，居常颇不忘，很想知道他现在怎么样了。少年羁旅，可念也。"（《汪曾祺全集》，第十二卷，40页）

十一月三十日又致黄裳："黄永玉曾有信让我上九龙荔枝角乡下去住，说是可以洗海水澡，香港稿费一千字可买八罐到十罐鹰牌炼乳云。我去洗海水澡么，哈哈，有意思得很。而且牛乳之为物，不是很蛊惑人的。然我不是一定不去九龙耳。信至今尚未覆他。他最近的木刻似乎无惊人之进步，我的希望只有更推远一点了。"（同上，43页）

一九五三年黄永玉离开香港到北京，进中央美院任教；汪曾祺在北京文联，编《说说唱唱》。两人同居一城，有来有往，却也各有所忙；

此后长久遭逢动荡变幻，各自经历悲欢沉浮，交往渐由密而疏。

一九九七年汪曾祺谢世，黄裳翻检遗笺，作《忆汪曾祺——故人书简之四》，"重温昔梦，渺若山河"。

二〇〇六年黄永玉写《黄裳浅识》，其中说道："解放后，我一直对朋友鼓吹三样事，汪曾祺的文章、陆志庠的画、凤凰的风景，人都不信。到六十年代，曾祺的文章《羊舍一夕》要出版了，我作了木刻插图……"《羊舍一夕》一九六三年初由中国少儿社出版时改名《羊舍的夜晚》，是三个短篇的集子，黄永玉作插图和封面设计。

二〇一一年十一月，黄永玉为巴金故居画大幅巴金像，在故居开放之日前来参加仪式，第二天与老朋友黄裳相聚。黄裳写《永玉的来访》（这大概是黄裳最后的文章之一吧，过了不到一年，他即去世），记录了他们的"笔谈"，其中有如下情形：

> 在饭桌上他用自己的墨水笔写下的第一句话是：
> "我和曾祺吃了你一辈子。"
> 这，横看竖看都是一句错话或醉话，实际台上没有酒，只有茶。
> 借此机会，我再次提出："你实在应该好好写一写曾祺了。"
> 永玉摇摇头说："我一直写不下去。……曾祺晚年给一群青年作家包围了。……"

《无愁河的浪荡汉子》进入第三部，开始解决这个问题。

二〇二〇年七月九日

平常心与非常心
——史铁生论

一

一首歌里有这样两句歌词：

> 也许我将独自跳舞
>
> 也许独自在街头漫步

好长时间以来，这两句歌词被我有意地从它原来的上下文语境中分离出来，独立地萦绕于耳，体味在心。欲舞而形单影只，真跳起来是怎样一幅情景？漫步在街头，看人间风物、日常景象，同时又沉思冥想，说不准因而产生一种超升之感。一人而有这两种状态、情怀，在我看来就兼具平常心与非常心。想到史铁生，就总也摆脱不掉这样的印象：他既是一个漫步者，也是一个舞者。

但史铁生踏进文坛之前就瘫痪了。我非常能够理解许多关于史铁生的评论为什么总是从这一严酷的事实出发，由人论文，人与文互相投射，纠缠于残疾、自杀、死亡等等问题。折磨着史铁生的问题同时也成为批评家探究的中心，是很正常的，而且创作与批评都由此提出了许多有深度有意思的话题。然而，过于集中、过于中心化的洞见，也许遮蔽了对其他向度问题的探讨。我在想，读史铁生的时候，能不能"分散"一下注意力，要把已知的严酷事实从意识中完全抹去不太可能，但却可以"淡化"此种意识，像看一个普通人的作品一样看史铁生的作品，这样或许会有另外的发现吧？我立即意识到要实施这样的想法困难重重，史铁生的作品本身就把读者的注意力向"中心"拉得很紧。尽管如此，却不妨一试。

二

平常心不执不固，不躁不厉，阅尽万象，汇于一心。持平常心的人是一个安静的观察者，又是一个敏慧的反省者。史铁生的《我与地坛》（一九九一年）最能体现出这些特征来：

> 十五年了，我还是总得到那古园里去，去它的老树下或荒草边或颓墙旁，去默坐，去呆想，去推开耳边的嘈杂理一理纷乱的思绪，去窥看自己的心灵。十五年中，这古园的形体被不能理解它的人肆意雕琢，幸好有些东西是任谁也不能改变它的。譬如祭坛石门中的落日，寂静的光辉平铺的一刻，地上的每一个坎坷都被映照

得灿烂；譬如在园中最为落寞的时间，一群雨燕便出来高歌，把天地都叫喊得苍凉；譬如冬天雪地上孩子的脚印，总让人猜想他们是谁，曾在哪儿做过些什么，然后又到哪儿去了；譬如那些苍黑的古柏，你忧郁的时候它们镇静地站在那儿，你欣喜的时候它们依然镇静地站在那儿，它们没日没夜地站在那儿从你没有出生一直站到这个世界上又没了你的时候……

要是换一个人来看，地坛很可能就会是另外一幅情景，感受也会大大不同，那我们就得承认观感态度对观感对象（如地坛）和观感主体（如"我"）的影响。事实上，在浑然天成的语言表述中，主体、态度及对象三者之间，往往融合为一，不可离析，缺一不可。细究起来，这种情形中最重要的反倒是外在于主体的对象，需要借助它，主体才能将态度显现，并且在态度显现的同时，实现从主体向对象的趋赴和让渡，对象成了主体的归宿，不合则不能心静神安，达观从容。一旦融合，对象对于主体来说就不再是外在的了。在《我与地坛》中，史铁生找到了地坛"这样一个宁静的去处"。"去处"，随手拈来的一个词，可以做两层意义上的理解，一是指客观存在的一个地方，再一层意思就是说，它是自我之所，是"我"投奔的方向，而且包含了一种心情在里面。"我"与地坛那种神秘性的契合、感应，不是别的，是一种物我合一的自适状态："在满园弥漫的沉静光芒中，一个人更容易看到时间，并看见自己的身影。"

从这里很容易看出东方传统的文化观念和审美理想的积淀。此处不深究这个问题，但不妨注意这一点。有论者谈史铁生时，曾引周作人译日本作家永井荷风的散文，这倒是颇具慧眼的一种对照："雨夜啼月的杜鹃，阵雨中散落的秋天树叶，落花飘风的钟声，途穷日暮的山路上的雪，凡是无常、无告、无望的，使人无端嗟叹此世只是一梦的，这样的一切东西，于我都是可亲，于我都是可怀……"[1]

平常心之为平常，正在于主体能在一般风物、日常情景中，有可感可怀。平常既是"心"的性质，也是主客交融的客体的性质，即主体投射的对象是平常的。在传统的文化观念与审美观念中，一般认为平常心不易获得，它是需要经过一个修养、熏陶、领悟的文化过程之后才能够达到的人生境界与艺术境界。我不以为史铁生身上也存在一个这样的过程，尽管时间也在帮助他不断地提升自己，但史铁生之平常心初登文坛时即有，而且一直伴随他走过这些年，愈臻善美。直到现在，我还记得读高中时在笔记本上工工整整抄录下来的《我的遥远的清平湾》（一九八三年）中的句子：

> 火红的太阳把牛和人的影子长长地印在山坡上，扶犁的后面
> 跟着撒粪的，撒粪的后头跟着点籽的，点籽的后头是打土坷垃的，
> 一行人慢慢地、有节奏地向前移动，随着那悠长的吆牛声。吆牛
> 声有时疲惫、凄婉；有时又欢快、诙谐，引动一片笑声。那情景几
> 乎使我忘记自己是生活在哪个世纪，默默地想着人类遥远而漫长

1　参见胡河清《史铁生论》，载《当代作家评论》1991年第3期；所引永井荷风散文的中文译文，出自周作人《知堂回想录》，703页，三育图书有限公司，1980年。

的历史。人类好像就是这么走过来的。

如果再考虑到命运的残酷无情，你会觉得史铁生能存一份平常心是一件了不起的事情。不管怎么说，中国传统士大夫的进退用藏、得意失意，毕竟都是在自身生命与外在的社会现实之间展开的一种关系，在这种关系中，最大的悲哀莫过于自我的价值不能得到体现和证实，在这个时候就需要平常心来克服沮丧、颓唐和愤懑，把一切看轻看透，进而达到自娱自适自乐的状态。这样的一种心理平衡之所以比较容易获得，原因在于我们的传统文化中已经形成了"达则兼济天下，穷则独善其身"一类的自我与外在关系的调节模式，一代又一代被尊崇的士大夫很多是这样走来的，不仅有前例可循，而且有文化传统的力量在暗中支持、诱导。但是，史铁生面对的，却是生命自身的问题，而不是自我与外界的关系，命运摧残身体，其结果很可能是摧毁精神，身外之物看淡容易，把自我的严重创伤、把生命本身看轻就非常困难。事实上史铁生也没有把这些看轻。那么，他的心理平衡是如何达到的？他怎么还会有一份平常心？

这实在是个很大的难题。身外之物不可得时，可以返回自我，以对自我的重视（乃至自恋）来看低自我之外的一切。但史铁生无法这样做，他正是在打量自我时才产生巨大的痛苦，一己的生命毫无优越感可言。这时候，幸亏有一种通常的说法帮助了他，我想，靠了这种想法，他才摆脱了几乎无法克服的心理危机：谈人生时，出现频率很高的一个词"命运"，通常被认为是一种不可捉摸、无法抵御的外在力量，它要怎样

　　　　　　　　　　　　　　　当代小说六家

摆布人，人是无能为力的。这样，在人与命运之间，就存在一种难以把握的关系。本来，对于史铁生来说，生命的创伤与身体的疾患完全是自我内部的事情，它就是自我本身，不可能与自我形成一种依赖于距离才存在的关系，因为关系是在双方以上的存在中才可能成立。没有关系，哪里能够谈到平衡呢？然而史铁生设置了一种关系，即自我与命运的关系：他把最最具体的、最最真切的遭遇与痛苦从自我中抽离出来，以为这完全是由于神秘的命运造成的，进而把这当成命运本身，这样，自我对其遭遇与痛苦的承担，就被转变成一种自我与抽象之物——命运之间的关系，本是生命内部的承担因此成为自我对外物命运的承担，像《宿命》（一九八八年）一类的小说就可以在这样的基础上解释。这样一种转换，因为借助了一种被认可的说法，是非常隐蔽、难以察觉的，对于史铁生本人来说，转换的发生可能在有意识与无意识之间，但其结果却大大有利于挽救心理危机，它提供了一条心理出路。应当承认，个体生命承受痛苦的能力有限，同时也必须宽容地对待以转换痛苦的方式对痛苦的承受，不妨把这叫做担当痛苦的策略。直面惨淡的人生，需要无尽的勇气，但人生惨淡至无力直面时，要么转换痛苦，以一种可承受的方式承受下来，要么是生命的毁灭。史铁生选择了前者，他把内在的痛苦外化，把具体的遭遇抽象化，把不能忍受的一切都扔给命运，然后再设法调整自我与命运的关系，力求达到一种平衡。在这种选择中，给人印象至深的倒不是勇气的不足，不是逃避，反而有一种智慧在其中：可以设想，在此种境况中选择个体生命的毁灭者，并不一定就是因为勇气太多，却很可能是缺少了这样一种智慧。

正是这种智慧,给史铁生的平常心打下了根基。智慧这类东西,说不大清楚,它既可能在文化传统中找到源头、给养,又是个体生命一己的属性;它既是后天精神修炼的结果,却又须原先就有"慧根"。说史铁生的智慧,进而说史铁生的平常心,在这方方面面之间都要有所照顾,偏废了就恐怕与实际情形产生较大的差距。再说平常心本身,就不是"偏""废",不是"执"。

平常心于平常人眼、人耳、入一切感官之事物,能够体验到一种呼应与投射,其最高境界正是文化传统崇仰的古典理想:天人合一。由凡俗而超越,由渺小而伟大,由狭隘而恢宏,由小道切切而大音希声,由条分缕析而混沌冥漠,至天人合一之境,平常心也许是途经的一站吧。至于具有平常心是否就能达到这种最高的古典理想境界,就很难说了。史铁生呢? 也不好说,但不妨读《我之舞》(一九八六年),可以体会到一种自我超升的大气,一种平常心的丰厚蕴涵,一种在默默中发生的心灵震颤——

　　　　我独自在祭坛上坐着,看地移天行。

三

行文至此,我隐隐产生了一种不安:我是不是过分强调了史铁生的平常心? 实际情形就是这样吗? 事实上,史铁生身上果真存在着另一种状态,我把它概括为非常心。说不准历史上真有这样的高人,他能够把平常心贯穿始终，一生不忧不惧，静观生命在和风细雨、花鸟虫鱼和日月光华中磨蚀而无异样感受。史铁生绝不是此类的得道者，他靠智慧把痛苦外化，把遭遇抽象化，这种特殊的转换如果推向极端，就会把自我抽空。但显然转换无法彻底，自我无法抽空，无法把一切都推给命运。内在的痛苦、具体的遭遇、生而有之的欲望，自我无力排除得干干净净，除非走向毁灭。于是，我们就时常从史铁生那里听到不堪的呻吟、尖利的呼叫和絮絮叨叨的抱怨，时常能够感觉到无休无止的生之欲望与死之诱惑的拉锯战以史铁生的心灵与大脑为战场在猛烈进行。这些当然不是平常心了。

我并不以为个体在展示生命的过程中，平常心是最值得崇仰与称道的；而非常心，在我一己的想法里，可以分为两种状态。

一种尚未及平常心，其表现如自我迷恋之"执"，琐细处的计划，对不如意的牢骚、抱怨，对痛苦的反复咀嚼乃至发展为病态的创伤意识，等等。尽管说这一切可能够不上什么样的人生境界，但因其真实性，因其暴露出的人性弱点与局限具有普遍意义，我们在面对此种境况时，如果不能表现出悲天悯人的情怀，至少也该宽容对待。在史铁生的作品中，此种非常心的流露也不难觅见，由此我们容易看到一个更真实、更接近于具体生活、更直接表达具体感受的史铁生。平常心中有很重的文化意味，某种意义上是人对文化的体现，这里可见的却多是活生生的个体对特定命运的真切承担。

还有另外一种非常心，我以为其境界绝不比平常心稍低一点点，甚至可以明确地说：平常心是一个处于中间的刻度，其上其下各有一种状态的非常心，而其上状态的非常心，就非常难能可贵。它以最真实的人生境遇和最深入的内心痛苦为基础，将一己的生命放在天地宇宙之间而不觉其小，反而因背景的恢宏和深邃更显生命之大。史铁生特别感动我的，就是这样一种不时表现出来的非常心，此时的史铁生，不再从平常心发出意味悠长、宁静致远的浅吟低唱，而代之以心灵的激情与精神的伟力，呈现出来的不再是一个漫步者的形象，不再是静观的柔顺与和谐，而是昂扬若狂的生命的舞蹈。

　　生命之舞本来是个比喻性或象征性的说法，但具体到史铁生身上，就必须从更深广的人生意义上来看。在史铁生的小说中，短篇《我之舞》和中篇《礼拜日》（一九八七年）是我特别看重的。《我之舞》多次写到幻觉幻象，而且重笔浓彩，产生出十分强大的震撼力。生命之舞不仅迷住了小说中的人物路、老孟和"我"，而且也会迷住以心灵去读小说的一切人。路有些"痴"，他曾到过一座神秘的灰房子，老孟说那可能是一个用宝石拼接成的空心球，里面漆黑一团。路"用自己的衣裳点了一把火在手里摇，轰的一声就再也看不见边儿了。无边无际，无边无际，无边无际……"

　　　　老孟自管说下去："每一颗宝石里都映出一个人和一把火，每一颗宝石里都映出所有的宝石也就有无数个人和无数把火，天上地下轰轰隆隆的都是火声，天上地下都是人举着火。"

　　　　世启说："老孟，你今天喝得太多了。"

　　　　老孟自管说下去："我说路，你干吗不跳个舞试试看？你干吗不在里头举着火跳个舞？你那时应该举着火跳个舞试试看。"

本文开头曾问过这样一句：欲舞而形单影只，真跳起来是怎样一幅情景？不想答案却是出乎意料的——

"你要是跳起来你就知道了，路，你就会看见全世界都跟着你跳。"

路呆呆地梦想着跳舞。

答案不是想出来的，而是跳起来后才看到的。个体存在的孤立无助，一直是困扰现代人的一个基本问题，这里设想出一种解救之道，不露自我迷恋和自我可怜的味道，却强调以自我的积极行动，带动起个体与全体的融会。

神秘的灰房子倏忽间不见，化为一座古祭坛，下肢残疾的老孟和"我"几次看到一对男女在古祭坛上舞蹈，受到感染的同时也产生了一种遗憾：他们原本跳得不坏，可是在还有力气去死的时候，这两个人却不想跳了。后来老孟自己是用完了所有力气的，他等待的女人带来一辆能够跳舞的轮椅，"他们从黄昏跳到半夜，从半夜跳到天明，从天明跳到晌午，从晌午跳到日落。谁也没有发现是什么时候，老孟用尽所有的力气了，那奇妙的轮椅仍然驮着他翩翩而舞"。

《礼拜日》的分量由我看来，并不在表达出诸如渴求人与人之间彻底沟通而达到存在的彻底自由的理念，其分量在于宏大的时空架构，在于在这种架构中表现关于生命的一切。迁徙的鹿群，北极圈附近的冰河，狼与鹿不动声色的心智较量与肉体的殊死搏斗；男人为了寻找的长途跋涉，荒漠，魔笛，书，灿烂的星空和一种达观的领悟：自由是写在不自由之中的一颗心，彻底的理解是写在不可能彻底理解之上的一种智慧；少女，老头，花开花落，悠悠万古时光。在这样宏大的时空架构中，生命不是缩在一个小角落里庸庸碌碌、自生自灭的过程，生命无所不在，它能够以精神的超越性达到精骛八极、心游万仞的境界。并不是任何单独的存在方式都能够以如此宏大的时空为背景，也不是任何单独的存在方式都能够将心气与激情充盈于如此宏大的时空，以时空之大显个体生命之大，以宇宙之辉煌显人生之辉煌，这实在是一般人难以企及的非常心之投射。"天上人间，男人和女人神游六合，似洪荒之婴孩绝无羞耻之念，说尽疯话傻话呆话蠢话；恰幽冥之灵魂，不识物界之规矩，为所欲为。"

　　这是一种人生境界，精神境界；落实为文，又是一种艺术境界，诗的境界。其间过程，由人生、精神直至艺术与文学，水到渠成，有一气贯穿之势，无矫揉造作之姿。根植充沛的底蕴，超升凡俗庸常，追求阔大深远，人生与艺术合而为一，皆可因尽非常之心而达非常之成就。我不禁想起梁朝钟嵘的真知灼见，以为与此契合，几近天衣无缝：所谓"气之动物，物之感人，故摇荡性情，形诸舞咏。照烛三才，晖丽万有。灵祇待之以致飨，幽微藉之以昭告"；所谓"动天地，感鬼神"；所谓"凡斯种种，感荡心灵，非陈诗何以展其义？非长歌何以骋其情？"（《诗品序》）"展其义""骋其情"，所以有史铁生的作品。

四

在世界大都会的一个角落里，有一位深居简出的诗人，写过一首叫《六月的上午》的诗，缪斯拨弄和弦，让这首诗和前引的两句歌词貌合神亦合。因为一己的固执吧，想起史铁生，就想到那两句歌词；想到那两句歌词，就想到这首诗。其中写道：

两三个男人

在直角形的街口谈天漫步

他们闭上眼睛

心里的眼睛就张开

张大成一个巨大无比的街口

他们于此狂舞若痴若醉

像有死亡在诱惑和牵引

像有一只所有鸟的鸟

像有一个所有的星宿和太阳的太阳

一九九二年七月二日复旦南区

以心为底

——史铁生的文学和他的读者

一

史铁生在二〇一一年元旦前的一天辞世，原本以为，这就是一个令人哀痛的残酷事实；可是这些天来，史铁生的亲人、朋友、同行，还有许许多多天南海北的读者，在深挚的哀思和缅怀之外，还表达出了另外一种情绪、感受和思想。从单个的人来说，这另外的东西也许是微弱的，甚至是无意识地表现出来的，可是汇集到一起，就形成了富有感染力的氛围和能量。我感受特别深的，是许许多多不知道名字的读者的反应：原来有这么多人读史铁生，原来史铁生的文学曾经给过他们这么深的感动、记忆，甚至是面对困难和命运的力量。平常日子里，这些读者散落在各自的位置上，淹没在人群之中，无声无息，很难注意到他们的存在；可是史铁生的去世，他们的哀伤和追怀，把他们从感情和精神上聚集到了一起，让他们自己也开始认识同伴，原来他们不是单个的，他们有这么多同伴——史铁生的文学，原来有这样的力量。

这么多年来，文学界已经习惯抱怨文学受冷落，抱怨纯文学没有读者，更有人早就预言了文学未来的死亡。史铁生不是活跃的"明星"作家，他的每一本书印数都不多，可是今天我们看到了史铁生的读者，这么多普普通通的读者。不必测度这些读者的数量，也不必夸大这个数量，他们从史铁生的文学中获得的深刻感动和持久的精神力量，还不够足以说明，读者从来就在而且一直在，他们热爱好的文学，需要好的文学，他们也懂得好的文学？过去如此，现在也是如此，将来也会如此。

我刻意强调普通读者的感受和需要，是因为，普通人的心，也是衡量文学价值的一座天平。不是唯一的天平，至少是非常重要的一座天平。今天，我们在对待作家的文学成就、作家的文学史地位等诸如此类的"专业"问题、"学术"问题的时候，在多大程度上考虑到普通人的心这座天平？

放在这座心的天平上，史铁生的文学就是有沉实分量的文学。

二

史铁生一九七九年开始发表作品，从"新时期文学"之初一直到二十一世纪的第一个十年结束，历时三十年而终。这三十年，中国文学一个潮流接着一个潮流，当代文学史的叙述顺流而下，一些命名、术语和阶段划分大家已经耳熟能详，几乎成了"共识"；另一些还存在争议，却仍然在争议之中命名、划分、使用。史铁生属于哪个潮流？放在哪个阶段？

我想没有人能够回答好这个问题。当代作家,其中不少可以放在某个潮流、某个阶段讲,史铁生不能。史铁生不引领潮流,也不"预流"。

　　譬如说,他是知青,一九八三年发表的回忆陕北上山下乡生活的《我的遥远的清平湾》更是赢得了广泛的声誉,可是这篇作品与前前后后的"知青文学"多么不一样;一九八四、一九八五年"寻根文学"兴盛,有人爬梳"寻根文学"的初期脉络,把《我的遥远的清平湾》看作预示或先声一类的作品,未尝没有道理,但其实却不能算"寻根文学",除非对"寻根"另作解释。

　　再譬如说,史铁生对文学实验和形式探索兴趣浓烈,从早期的短篇、中篇,到后来的两部长篇——一九九六年的《务虚笔记》和二〇〇六年的《我的丁一之旅》,写作实践上的"先锋性",与"先锋文学"相比也不逊风骚,可即便如此,还是不能把史铁生归在"先锋作家"之列,"先锋文学"的名目涵盖不了史铁生文学的特质。

　　史铁生不是一个封闭的人,他的写作与三十年来中国文学的变化声息相通,丝缕相连,却从来就在潮流之外,在热点之外,在喧嚣之外。他一个人,写萦绕于他自己一颗心的事与思,结果却是通向了许许多多颗心。

三

　　史铁生曾经说过:"我的生命密码根本是两条:残疾与爱情。"(《扶

轮问路》)

史铁生插队时，在"最狂妄的年纪"双腿瘫痪；三十岁又添新病，两肾一死一伤；后来又发展成尿毒症，透析成了家常便饭。如何对待切身的痛苦和抛不掉的命运，成了他最日常也是最核心的问题。史铁生的写作，就是从须臾不曾离身的问题开始，一点一点，一步一步艰难地往前走的。命运摧残身体，其结果往往是连精神也一道摧毁了。史铁生却能够让精神立起来，一步一步往前走。他的作品，其实就是他的精神历程的叙述。

这个精神，靠什么往前走呢？对史铁生来说，其中特别重要的，是思想，不是名词思想，不是现成的东西，是动词，是自己去思，自己去想。用什么去思想？不是理论、观念、逻辑、方法，是用心。心思，心想，思想两个字，本来就都是以心为底。这思想的起点在哪里？起点就是切身的问题，是不脱空的，空来空去的思想，没有摩擦力，徒具思想的形式而已；而史铁生所思所想，始终跟切身的问题血肉相连，跟生死的疑问纠结辩难。这思想能够走到哪里？它有终点吗？没有，怕是活多久就要想多久了。"有谁把人间的疑难全部看清，并一一处置停当了吗？"那么写作呢？"正是一条无始无终的人生路引得人要写作，正因为这路上疑难遍布，写作才有了根由，不是吗？"（《诚实与善思》）所以个人的写作不会枯竭，人类的文学不会死亡。

在史铁生的作品中，有一部分读来十分艰难，因为他叙述得就很艰难，更因为他想得艰难，思得艰难。想明白一点点，精神就往前走一点点。想明白一层，精神就往上进一层。这个精神的历程漫长而曲折，进三步退两步，爬上去再掉下来再爬上去，但正因为这样不堪和艰难，才显出尊严、庄严和崇高。到后来，就能够从容观物从容观我，就能够爱己爱人爱世界甚至爱命运，就能够由狭隘而恢宏，就能够将一己的生命放在天地宇宙之间而不觉其小，反而因背景的宏大和深邃而显现生命的宏大和深邃。

一九九一年发表的《我与地坛》，是史铁生影响最为深广的作品，它浸润和洗礼了那么多读者的心灵。这一万多字，不仅仅是史铁生在地坛待了十五年的结晶，更是他的精神历程上进到这一层才得以写出来的，仿佛自然而然地呈现在我们眼前，其实在这之前已经磕磕绊绊、跌打滚爬地走过异常艰险的来路。

生命有它的来路，也有它的去处。你想让你的生命怎么样，就是庄严的欲望。史铁生在小说（如一九八六年的短篇《我之舞》和一九八七年的中篇《礼拜日》）里描述过心灵的激情和精神的伟力所产生的生命舞蹈，昂扬若狂，震颤心魂。爱情也是一种欲望，也是生命的一个去处。在现实的爱情生活中，史铁生是幸运的。我们读《希米，希米》这首献给妻子的诗，开头是："希米，希米／我怕我是走错了地方／谁想却碰上了你！"走错了地方，这不过是平常的经验，可是史铁生也许说的是，他降生到这个世界上，又遭遇这样苦难的命运，这本是个错误；但是意料之外的相遇和爱情，却使得这个错误变得可以承担、可以经历。在《扶轮问路》里，史铁生写道，想到这句诗的时候，还想到了梵高信中的话："我是地球上的陌生人，（这儿）隐藏了对我的许多要求"，"实际上我们穿越大地，我们只是经历生活"，"我们从遥远的地方来，到遥远的地方去……我们是地球上的朝拜者和陌生人"。

四

"死不过是一个谣言",这是史铁生《永在》这首诗里的一句;借用这句诗来说,预言未来文学的死亡,也不过是一个谣言。史铁生的辞世,激发出潜藏在许许多多普通心灵中对于文学的珍重和感念,这不是悲观的信息。对于史铁生个人来说,死亡也许确实是解脱的"节日"。在这个"节日",许许多多普通的心灵以表达对史铁生文学的热爱的方式,表达了对于好的文学的真诚渴求。对于文学来说,这个"节日"就应该包含对这些心灵的承诺、对责任的费心承担。史铁生《节日》的前两句是:

呵,节日已经来临
请费心把我抬稳

二〇一一年一月七日

大地守夜人

——张炜论

一

　　一连几个晚上，写下上面这样一个题目之后，就再也写不出一个字。本来是因为要说的话一遍遍在心里翻滚，要像作家本人那样"激切地理解和欣悦地相告"，可是真开始动笔，却感到有一种什么东西在阻塞着表达。这不免令人懊恼。后来我慢慢明白，我无力先清除掉这阻塞再作表达，我必须在对阻塞的克服过程中完成表达。这会是一个什么样的过程呢？我说不准，但我非常明确的是，推动我来做这件事的，是一种复活的欢乐，它得自于张炜的作品，特别是《九月寓言》，因此，我现在来谈张炜，从最初的情形看，并不出于某种深思熟虑的动机，而是不能自抑的欢乐使然。

　　还有什么样的欢乐比复活的快乐更大、更真实、更令人沉醉和冥思？然而叙述又必须对抗阻塞，痛苦要和欢乐相伴相随是无法避免的了。

二

　　从张炜开始发表小说到现在，当代文学的变化颇有些让人目不暇接，文坛热浪一潮连着一潮，趋变弄新作为对相当长一段历史时期内僵化文学的反弹，作为对压抑性的意识形态话语的叛离，为当代文学的发展进行多向探索开启了多种可能性空间，因而受到批评时尚的鼓励，甚至赋予这种方式本身以肯定的文学价值，几乎无暇顾及和探讨这种方式的价值和可能性的限度。张炜给人的一般印象似乎是，既不开风气，也不凑热闹，不追随什么人，后面也没有一大帮追随者，一个人做一个人的事情，把写作当成劳动，一个字一个字往稿纸上刻，于是就有了《芦青河告诉我》（一九八三年）、《浪漫的秋夜》（一九八六年）、《秋天的愤怒》（一九八六年）、《秋夜》（一九八七年）、《童眸》（一九八八年）、《美妙雨夜》（一九九一年）等中短篇小说集。这期间长篇小说《古船》（一九八六年）的问世给文坛带来强烈的震撼，也让不少人心里暗暗为张炜捏了一把汗：在为新时期文学贡献了当时最优秀的一部长篇之后，在调动和使用了长期积累的思考、才识和气力之后，张炜还能再写出些什么？几年以后，长篇小说《我的田园》（一九九一年）几乎是悄悄地出版了；接下来的一年，长篇小说《九月寓言》发表——这好像是不可思议的事情，我们简直不敢期待会有这样一部如此令人激动的作品。

　　因为有了《九月寓言》，我对张炜在这之前的作品也获得了新的体认。比如说，以前零零碎碎地看那些中短篇小说，常常觉得不太够味，形式上缺乏"创新"，内容也说不上有多么"深刻"，现在把这些作品连贯起来重读，才反省自己也许是吃惯了放了太多味精的东西，口味变坏了也难说。张炜有篇小说叫《采树鳔》，看了这个题目没有什么特别的感觉，甚至没想起这个题目说的是什么，但读着读着，尘封的记忆就被冲开了，童年的情景像潮水般涌来。原来我已经把什么叫树鳔忘得一干二净，小时候喜欢做的事已经被所谓的知识、经历、眼花缭乱的新奇事物淹没了。小说还给我一段生活，让我心里重新装下那晶莹透亮的树鳔，它"是从树木的伤口、裂缝中流出来的"，"是大树干涸凝结的血液和精髓"。这些年张炜由着心性写，心性变创作也变，从少年感觉写到成人的悲悯与苦辩，写到浑然天成的大境界，变化不可谓不大，但心性在，则变化必有根有源，而心性之作在当前文学中的缺乏，更反衬出张炜之变的内在性和相对稳定性，对比于外在的随机应变，内在的自然变化毋宁说更像是一种"不变"。

三

在《关于〈九月寓言〉答记者问》中，张炜说："我想把所处那个小房子四周的'地气'找准，要这样就会做得很完整。"这句话可供阐释的空间很大，至少有这么几个问题："完整"显然是作为一种写作理想来追求的，它内含了价值肯定性，我们能不能把它解释得更具体一些？为什么要找准"地气"就会做得"完整"？"地气"又是什么？

《九月寓言》的绝大部分是藏在登州海角一个待迁的小房子里写出的，"小房子有说不出的简陋"，"隐蔽又安静"，"走出小房子往西，不远就是无边的田野、林子。在那里心也可以沉下来，感觉一些东西"。"那个小房子不久就要拆了，我给它留下了照片。五年劳作借了它的空间、时间，和它的精气，我怎么能不感激它。小房子破，它的精神比起现代建筑材料搞成的大楼来，完全不同。它的精神虽然并不更好，却更让人信赖和受用。"一般来看，这里说的只是一个写作环境，其实质却是探讨生存的根基的一种具体和朴素的表达。在这里张炜提出土地、野地的概念。人本身是不自足、不"完整"的，是土地的生物，也只有贴紧热土、融入野地，才能接通与根源的联系，才能生存得"完整"。"土地精神是具体的，它就在每个人的脚下。"而且，它有其恒定性。但是，"难的是怎样感知它"。

对于当代人来说，土地的精神在很大程度上是被隔离开了。要感知它，必须穿过隔离层，必须有勇气敢于大拒绝，习惯大拒绝。被拒绝的不仅是吵声四起的街巷，到处充斥的宣传品、刊物、报纸，追求实利的愿望，蛮横聚起的浮华和粗鄙的财富，而且是包括所有这一切在内的整个的生存方式。这样的大拒绝无疑过于艰难，它仿佛是想以个体的力量与整个人类发展的方向相对抗，因为现今的生存本身即是人类社会历史运作的结果。最常见的情形可能是，这样的对抗因为力量相差悬殊而使对抗的个体沮丧绝望，失魂落魄。但张炜身上出现了相反的情形，拒绝的个体获得了无穷的支撑力量，个体因为融入根源而不再势单力孤，个体的拒绝也就是土地的拒绝，相对于土地，它所要拒绝的东西反倒是短暂的，容易消失的了。

然而简单的道理在当下越来越难以被理解和接受，朴素的东西在离朴素越来越远的现代人眼里竟成了最不易弄懂的东西了。这样的状况潜在地影响着张炜的创作。张炜不大叙述情节曲折复杂的故事，在许许多多中短篇里，他常常只是设计一个基本的场景，借小说里的人物，苦口婆心，把自己所思所想所感——道出，像《远行之嘱》《三想》《梦中苦辩》等，在此一点上表现得尤为突出。在另外一些作品里，张炜更注重展现具体的生命形态，把大地上生存的欢乐与苦难真诚写出，把大地本身的欢乐和苦难真诚写出，《九月寓言》是这一类作品的典范之作。

张炜带着一身清纯的稚气踏上文坛，在一批充盈少年感的作品发表之后，当时的批评和张炜本人都产生出不满足的感觉，曾经有论者指出，"他的人物似乎都被自然淘洗了似的，作品的社会色彩也被自然冲淡了。这曾形成了他的作品的艺术特色，也形成了他的创作的局限"[1]。"所以摆在年轻的张炜面前的课题是，如何在坚持自己艺术个性的前提下，面向复杂激烈的社会矛盾，深化作品的主题。"[2]从我现在的眼光看来，这种被张炜自己在理性上认可的说法，却未必就特别合乎他本性的自然要求，但另一方面，试着去接受与一己的性情不是一触即合的东西也未必是坏事；再说，张炜本性中的正义感与善良在他阅历增加的同时，一定也在冲击着他的心灵。半是有意识地寻找自己创作

1　肖平：《〈秋天的愤怒〉序》，《秋天的愤怒》，人民文学出版社，1986年。
2　宋遂良：《〈芦青河告诉我〉序》，《芦青河告诉我》，山东人民出版社，1983年。

上的突破，半是基于作为一个艺术家基本的责任感，逼得张炜没法在社会的不义和人间的苦难面前闭上眼睛，《秋天的思索》《秋天的愤怒》等作品就反映了张炜此种情境中的心绪和想法，这当中包含了种种被压抑着的痛苦和愤怒。从这一类作品很自然地过渡到了长篇《古船》。

　　按照常规来衡量，《古船》可能是张炜写得最具小说形式的一部小说，处理的题材选择了文学史上的基本话题，写人间世界，反思历史，关注现实，检讨人性，忏悔罪恶。在这一切之上，是作家布满血丝的眼睛、冥思苦想的神情和悲天悯人的胸怀。在洼狸镇数十年的苦难历史包围和纠缠之中，隋抱朴一个人孤单地守着磨房，不言不语，白天黑夜地琢磨苦难的根源和彻底清除苦难的途径。他一遍一遍地读《共产党宣言》，想从它与洼狸镇的关联中寻出真义，找到把生活过好的办法。在《古船》中，张炜对人性和苦难的反省触到了根底，具有惊心动魄的力量。赵多多贪婪无度，多行不义，惯于残杀和剥削，他掌握洼狸镇人的命根子粉丝厂，当然就只能滋生苦难；但把粉丝厂从赵多多手里夺过来，换一个人，比如隋见素，就会摆脱苦难和流血吗？隋抱朴并不相信共同承受了太多苦难的弟弟，苦难承受者对苦难的反抗很可能只是导致苦难的延续和扩大，而并不根除苦难。"你这样的人会自己抱紧金子，谁也不给——有人会用石头砸你，你会用牙去撕咬，就又流血了。见素！你听到了吧？你明白了没有？"罪恶不仅仅只存在于某几个人身上，人类本身即有孽根，孽根不除，苦难难免。而且，苦难一有机会就会被人"传染"，"他们的可恨不在于已经做了什么，在于他们会做什么，不看到这个步数，就不会真恨苦难，不会真恨丑恶，惨剧还会再到洼狸镇上"。

到《九月寓言》，苦难依然存在于小村人的生活中，但是我们读《九月寓言》最强烈的感受却是生存的欢乐和生命的飞扬，《古船》里那种透不过气来的紧张、压抑之感被一扫而空，而代之以自由流畅纵放狂歌的无限魅力。为什么会有如此迥然不同的艺术效果呢？

在某种意义上，张炜慢慢"接受"了苦难。苦难是生活最好的老师这一古老朴素的观念进入了张炜的意识，更重要的是，张炜对苦难的反省使他产生了一种转换和杜绝苦难的想法。那就是，苦难经历所激起的对于苦难的憎恨并不一定导致以恶抗恶，也有可能成为一种向善的力量，人在苦难中学会了真诚和善良，懂得了正义和互爱。苦难在《九月寓言》中的"可接受性"或许包含了这样的意思。但对上面问题的解答主要还不在于此，我们还需要另寻路径。

回到曾经提出要讨论的"完整"的概念，我们可以试着做出这样的推断：《古船》的世界是不"完整"的。这一点还可以说得更明确一些。《古船》写的是人间世界，而人间世界是不"完整"的。这一发现对于一向自居于万物中心的人类来说可是件吃惊的事。《古船》的世界拥挤不堪，浊气深重，隋抱朴最后虽然站了出来，但仍让人担心他是否真能肩起重负而不被再一次压垮。对比《九月寓言》，则大大不同。《九月寓言》造天地境界，它写的是一个与外界隔绝的小村，小村人的苦难像日子一样久远绵长，而且也不乏残暴与血腥，然而所有这一切因在天地境界之中而显现出更高层次的存在形态，人间的浊气被天地吸纳、消融，人不再局促于人间而存活于天地之间，得天地之精气与自然之清明，时空顿然开阔无边，万物生生不息，活力长存。在这个世界里，露筋和闪婆浪漫传奇、引人入胜的爱情与流浪，金祥历尽千难万险寻找烙煎饼的鏊子和被全村人当成宝贝的忆苦，乃至能够集体推动碾盘飞快旋转的鼹鼠，田野里火红的地瓜，几乎所有的一切，都因为融入了造化而获得源头活水，并散发出弥漫天地又如精灵一般的"魅"力。

事实上《九月寓言》所写，既不神秘也不玄虚，那是最实在的生活。为数不少的当代人因为远离这种生活而不能理解、不能感受这种生活，我却在读这部长篇时获得了无与伦比的愉悦。不仅因为我童年的生活复现了，更重要的是因此而重新建立起与土地那种与生俱来的亲情，重新拥有一些真实的苦难和欢乐并生并存的日子。"谁知道夜幕后边藏下了这么多欢乐？一伙儿男男女女夜夜跑上街头，窜到野地里。他们打架、在土末里滚动，钻到庄稼深处唱歌，汗湿的头发贴在脑门上。这样闹到午夜，有时干脆迎着鸡鸣回家。""咚咚奔跑的脚步把滴水成冰的天气磨得滚烫，黑漆漆的夜色里掺了蜜糖。跑啊跑啊，庄稼娃舍得下金银财宝，舍不下这一个个长夜哩。"小说写基本的食、色，写真正的欢乐和苦难，其中的情景应该是每个人记忆中的情景，像张炜说的那样，"实际上这本书更接近很多人的乡村生活回忆录——越是这样，他们当中有些人越要惊讶地拒绝。这真没有多少必要"。即使这样的情景不存在于个体的记忆中，它也应该而且一定存在于一个种族、一个民族甚至是整个人类的历史记忆中，道理简单到再也没法简单，我们人类就是从这里、从这样的情景中走过来的。也许，我们已经走得太远了。

走得太远就需要返回。历史发展、社会进步和人的进化的观念向来是只承认、只倡导向"前"的，一味地向"前"，甚至顾不上、想不到应该不时回过头来校正一下方向，那么，走得越远就可能偏得越远。在张炜的小说中，有不少篇章是用一个基本定型的结构来展开叙述：一个城里人，在城里生活得烦躁不安、无聊乏味，或者是因为一个很偶然的原因来到农村，通常的情况是他到的地方就是他出生或成长的地方，于是，他在这里才恢复了对生活的真切感受，人生才似乎可能有所为。这里很容易出现一种不加仔细思索的"误读"，似乎是张炜明显地提供了一个现代工业文明和农业文明对立的模式，在价值取向上表现出田园主义的历史反动。这一许多人都耳熟能详的说法套在张炜身上过于牵强，不仅不说明问题，而且掩盖了张炜一己的思考和感受。张炜想表达人对于自我的根源的寻求，而自我的根源也就是万物的根源，即大地之母。张炜竭力想要人明白的是，大地不只是农业文明的范畴，它是一个元概念，超越对立的文化模式，而具有最普遍的意义。短篇小说《满地落叶》情节很简单，是说"一九八五年秋天我在胶东西北部小平原的一个果园里住了一个星期"，遇到一个从城市跑到果园深处做乡村教师的姑娘肖潇，两人之间有这样一段对话：

> 肖潇贴着一株梨树站下来。她问："你刚踏入果园的时候，没有什么奇怪的感觉吗？"
>
> 我回忆着刚来那天的印象。她自语似的说下去："我第一次出差路过这儿，简直给惊呆了。这么大的一片，完全是另一个世界

呀。在那座城市里我老有一种做客的感觉，原来是这个世界在等待我。我就要求调到了这里。"

"那座城市是我们的出生地，它变得生疏了，而这里倒好像是生活了几辈子的地方。"我说道。

她热切地看着我："真是这样。"

在"我"告别果园和肖潇的时候，心里是这样想的："此行以及关于此行的一切只是生活中的一瞬，但又似乎包含了人生的全部欢乐和全部悲怆。"

到长篇小说《我的田园》,《满地落叶》中对一片果园的精神感念强化成直接有力的行动，主人公来到乡下，承包了一片残败荒凉的葡萄园，用几年的时间使葡萄园变成了丰收的乐园和身心的栖居之地。"我的田园"是一个精神乌托邦，同时，寻找它和建造它又是人在现实中的急务。事实上，对于大地来说，这样的乌托邦却是最实在不过的，它保证每一个走向大地的人都不会两手空空，一无所获。

大地是什么？它默默无语，只有走向它、投入它，才能感知、领受它的恩泽和德行，它的柔情和力量。大地不是理智的对象，更不是等而下之的实利和技术的对象，人越来越会按照知识、权力、利益、效率、速度等等以及其他一切相关的现代法则来言说和评价，对于无法用这样的法则来言说的事物常常持强烈的拒斥态度，似乎是，不可言说的，就是无关紧要的，就是可以忽略不计。大地的真义隐而不显。如果说当代社会还熟知这个词，那也只是熟知它被现行的言说法则所歪曲后的意义，而这个意义是可以图谋、可以计算、可以分割的，于是大地的厄运就自人间降临，人类这个大地的不肖之子就成为大地肆无忌惮的暴君。即使是反对对大地施暴、反省人类行为的人，也不免对于大地的真义茫然无知，保护环境的用意不就是"利用"环境吗？人类自我中心的顽症怕是到了无法医治的地步，自我中心主义的庸俗、肤浅大行其道，在贤明的君主和暴君之间将会有一场旷日持久的争斗。然而，大地就是"环境"吗？人与大地之间就是这样的关系吗？在当代文学绝少见到的至性深思的散文《融入野地》中，张炜把他一直在感受着的一个想法明确地表达出来："人实际上不过是一棵会移动的树"，人只不过是大地的一个器官。"我跟紧了故地的精灵，随它游遍每一道沟坎。我的歌唱时而荡在心底，时而随风飘动。""我充任了故地的劣等秘书，耳听口念手书，痴迷恍惚，不敢稍离半步。""从此我的吟哦不是一己之事，也非我能左右。一个人消逝了，一株树诞生了。"

正是跟大地重新建立起根本性的联系，才能使自身不能"完整"的人间"完整"起来。而意识到人是大地的生物或器官，是大地之子，才能进而破除人类自我中心主义的迷障，放宽视野，看到大地的满堂子孙，再进而反省人类在整个宇宙结构中的恰当位置，反省人类对待自我之外的生命和事物的态度和方式。大地养育万物，而人类只是其中之一，丝毫也不意味着人类的渺小和微不足道，恰恰相反，对大地的亲情和尊重正引导出对自我生命的亲情和尊重，同时也特别强调出对大地之上其他生命的亲情和尊重。在我们这片土地上，大概到处都发生过的一件事对张炜刺激很大，它甚至曾经成为规模浩大的"活动"或者"运动",那就是打狗。张炜几次提起过它,还以此为因由写成了小说《梦中苦辩》。类似于打狗这样的行为会被一再重复,"因为它源于顽劣的天性,残酷愚昧、胆怯猥琐,在阴暗的角落里咬牙切齿"。进一步的事实是,"对其他生命的不宽容,对自己也是一样"。而任由仇恨蔓延,必然激起大自然的反击,梦中苦辩的老人泪水滚烫,"真的,我总觉得大自然与人类决战的时刻就要来到了!……"《问母亲》《三想》都是张炜充满揪心之痛的醒世之作,他为被残暴对待的大地上的生命和残暴对待大地的人类泣血长歌,忧愤不已。特别是《三想》,并置了一个在大自然中流连忘返的"奇怪的城里人"、一只遭受人类伤害的母狼、一棵阅尽大山的荣辱兴衰的百年老树的所思所想,三种生命形式并举,共同反省历史和现实。在一个军事封锁区,"我"发现,"这个世界恰恰是因为拒绝了人、依靠着大自然的汤水慢慢调养,才滋润成今天这个样子。这真是令我无比震惊的又一个事实"。母狼对人类的至高无上质疑:"人如果真是至高无上的,就除非没有太阳和土地。"老树则无比宽厚地呼吁:"我热爱的人们啊,你们美丽,你们神圣,你们就是我们。你们的交谈就是我们的交谈,你们的生育就是我们的生育,你们的奔跑就是我们的奔跑!"张炜在小说中又一次强调,人的一切毛病,"实在是与周围的世界割断了联系的缘故"。置身大山,面对那些可爱的生灵,"我在这儿替所有的人恳求了……"在《融入野地》里,张炜明确表示,"我所提醒人们注意的只是一些最普通的东西,因为它们之中蕴含的因素使人惊讶,最终将被牢记。我关注的不仅仅是人,而是与人不可分割的所有事物"。"我的声音混同于草响虫鸣,与原野的喧声整齐划一。

这儿不需要一位独立于世的歌手；事实上也做不到。我竭尽全力只能仿个真，以获取在它们身侧同唱的资格。"

张炜从自己的切身感受出发，上升到对"完整"世界的思想上的探索和精神上的呼唤，其意义我们一时还很难做出充分的估计和评价。阿尔贝特·爱因斯坦称赞"敬畏生命"伦理学的倡导者史怀泽的事业，认为这种事业"是对我们在道德上麻木和无心灵的文化传统的摆脱"，善良的心会"认识到史怀泽质朴的伟大"。阿尔贝特·史怀泽提出，"只涉及人对人关系的伦理学是不完整的，从而也不可能具有充分的伦理动能"。"只有体验到对一切生命负有无限责任的伦理才有思想根据。人对人行为的伦理决不会独自产生，它产生于人对一切生命的普遍行为。"而"根本上完整的""敬畏生命"的伦理学，使"我们与宇宙建立了一种精神关系。我们由此而体验到的内心生活，给予我们创造一种精神的、伦理的文化的意志和能力，这种文化将使我们以一种比过去更高的方式生存和活动于世。由于敬畏生命的伦理学，我们成了另一种人"[1]。"成为另一种人"，也就是张炜"融入野地"之后所感受到的"生命仍在，性质却得到了转换"。达到这样的境界，"自我而生的音响韵节就留在了另一个世界。我寻求同类因为我爱他们、爱纯美的一切，寻求的结果却使我化为了一棵树。……但我却没有了孤独。孤独是另一边的概念，洋溢着另一边的气味。从此尽是树的阅历，也是它的经验和感受"。

1　阿尔贝特·史怀泽：《敬畏生命》，8—9页，上海社会科学院出版社，1992年。

四

写作行为的发生一开始是出于作家个体的内在必然性，当然这里所指的是那种"真诚"的写作；但这种内在必然性究竟包含了哪些成分，颇费猜摸。而对于写作目的的自我设置和对作品意义的自我期待，在化为写作的内驱力推动写作的同时，也极大地影响着写作的方式和作品的构成。张炜显然不是那种"自赏"的作家。他不仅把写作当成自我表达的形式，更看重它作为一种影响和渗透周遭世界的存在方式。他反复强调自己的写作是一种回忆，亦即要从"沉淀"在心灵里的东西去升华和生发；他也常常说到创作就像写信，是跟自我之外的广大世界联结的途径，在这种联结中获得生命的色彩、生气、意义和欢乐。

张炜说："我觉得艺术家应该是尘世上的提醒者，是一个守夜者。"张炜还说道："当你坐在一个角落时，你就可以跟整个世界对话。"（《芦青河四问》）这两句话放在一起，令人怦然心动。张炜所选择的参与世界的方式是一种与世俗的取向背道而驰的方式，它以对被弃的时间和空间的钟情和拥有来表现。俗世的中心，喧嚣的白昼，社会和现实掩没了自然和大地，功利和欲望遮蔽了隐秘和本质，纷繁多变的表象喧宾夺主，而千万年不曾更移的根基默然退避。只有当俗世休息的时候，夜深人静，大地才自由地敞开，永恒才自在地显露。而尘世的角落，正在大地的中央。人通过返回故地而走向大地，而"故地处于大地的中央"，每一个人的"整个世界都是那一小片土地生长延伸出来的"。然而，要与大地和永恒交流和沟通，用世俗的语汇却没法进行，因为在自然万物听来那是"一门拙劣的外语"，现代人的感知器官被各种各样的讯息媒介狂轰滥炸，怕是失去了基本的辨析和感受能力，所以我们必须重新寻找能够通向隐秘和本质的感知方式，在这一点上，大概也需要一个返回的过程，恢复人在还没有完全从自然的母体上剥离下来时具有的与大自然对话的能力。这种能力本来是人与生俱来的，但却在人的"发展"和"远行"中不经意失落了。

> 在安怡温和的长夜，野香熏人。追思和畅想赶走了孤单，一腔柔情也有了着落。我变得谦让和理解，试着原谅过去不曾原谅的东西，也追究着根性里的东西。夜的声息繁复无边，我在其间想象；在它的启示之下，我甚至又一次探寻起词语的奥秘。……还有田野的气声、回响，深夜里游动的光。这些又该如何模拟出一个成词并汇入现代人的通解？这不仅是饶有兴趣的实验，它同时也接近了某种意义和目的。我在默默夜色里找准了声义及它们的切口，等于是按住万物突突的脉搏。(《融入野地》)

大地的隐秘落实到语言作品中，其存在形式如同它在大地上的存在一样，"不是具体的故事、事例，而是沉淀到这一切之中的东西。它们才能构成奥秘，比如时代的、人性的、宿命的、风俗的、禁忌的……是这些说不清的方面"。张炜小说里的事件一般都很简单，甚至简单到每每让人以为不足以构成小说的程度，却又常常产生厚重和使人沉醉或欢乐、使人悲悯或苦思的效果，想来是大地的隐秘和本质源源不断的辐射透过张炜的叙述被我们真切地感受到了。

五

大地的隐秘和本质、人类生存的永恒根基通过张炜的叙述被感受，这是既让人欣慰又让人悲哀的事。欣慰的是我们还能感受，还没有完全麻木不仁，我们有幸还能成为张炜作品的受惠者；悲哀的是我在心里一直有这样的疑问，我不知道如果我们不通过张炜，我们会不会产生像张炜那样的感受和敏悟，哪怕只是产生那样一种冲动？我们自己有能力、有勇气直接融入大地，获得第一性的感受、思想和精神吗？在张炜的感受、思想和我们通过张炜来感受、来思想之间，是有不少差别的。我现在明白，正是这种差别，阻塞着我对张炜、对自我复活的欢乐的理解和叙述。但大地的力量引导我走到这里了，它透过张炜的作品依然强大无穷。追求"简单、真实和落定"的现代游子，我们能够找到一个去处吗？我们能够在张炜"融入野地"之后也踏上那迢迢长路吗？

这条长路犹如长夜。在漫漫夜色里，谁在长思不绝？谁在悲天悯人？谁在知心认命？心界之内，喧嚣也难以渗入，它只在耳畔化为了夜色。无光无色的域内，只需伸手触摸，而不以目视。在这儿，传统的知与见失去了原有的意义。神游的脚步磨得夜气发烫，心甘情愿一意追踪。(《融入野地》)

一九九三年十一月中旬　上海沙地

不绝长流

——再说张炜言及张承志

《九月寓言》在表达上的自由、流畅、丰厚、圆满，实在是个令人吃惊的事实。这些年文学上的新变使以往程式化的僵硬叙述不再占据话语形式的主导地位，其明显的意识形态内核更是遭到冷遇。使此一点显豁的文学原因，主要应该归功于反叛者各种各样的文学试验和探索。然而，仅仅靠反叛不足以撑起一片文学新天地。我们当然不能说当代中国的文学探索仅仅立足于反叛陈规，先锋文学自有一己的文学新空间，在文学史的进程上功不可没，这一点当毋庸置疑；但也正是在先锋文学劳苦功高的地方，埋下了自我难以超越的障碍，即一种对象性的制约和自我意识的制约。反叛者的文学在其逻辑起点上是先设定（或是实存的，或为虚拟的）了反叛的对象，在这之后的文学行为中，即使是在最肆无忌惮的文学表现中，自我意识中的对象性仍然是一个厚重的阴影，仍然是产生焦虑之源，先锋文学的极端化倾向或根于此。因此，先锋文学是争取自由而不自由的文学，同时，也是在争取自由的过程中不得不牺牲了许多正常权利的文学，而它本身，也是为了开路而牺牲的文学。一般说来，先锋文学是尖锐的，同时也就不具有包容性和"大气"；先锋文学是时段性的，相对性的，那么强加在它身上的永远的期望也就未必是它负担得起的，也未尽合理。先锋文学的这些特征没有张炜作品的比照也能够被认识到，以张炜作品做参鉴，会看得更清楚一些。但我想弄明白的是，为什么会有这么一种差别存在。

在先锋文学分化，不少当年的先锋掉头向俗的时候，一位未被通行的先锋概念"纳入"的作家张承志，却仍然在坚持他的孤独长旅，跋涉于艰难的朝圣之路。张承志和张炜这两位作家，从作品所表现出的面貌看，一阳刚，一阴柔，但两个人都拒绝了俗世和现时，都独立站在文学的潮流之外做自己的探索。对于这两位作家来说，他们所选择的地理位置也正是心灵和精神的位置。张炜在海边的农村守望着自己的精神家园，张承志更是跑到了汉文化的边缘地带，在内蒙古草原、新疆文化枢纽和伊斯兰黄土高原寻找立命的根基。但张承志的文学表述仍然让人感受到强烈的现实压迫，也就是说，他还是很在乎一直被他拒绝的现实，他的孤傲和愤怒正是在乎的表征。问题确实是两个方面的。一方面，孤傲和愤怒帮助成全了张承志的文学表达，舍此则张承志不再是张承志；另一方面，孤傲和愤怒使张承志没有办法很好地表达自己，在躁动不安的状态中他没法全心全意投身于他的立命根基，他几乎总是不忘发泄对现实的敌意，他的叙述在很多时候呈现一种向两端撕扯的紧张状态。具体到这两位作家之间的互相参照，我仍然是为了想弄明白张炜的《九月寓言》为什么会产生圆满的表述效果。

先锋作家想"创造"一种东西，张承志想"寻找"一种东西。张炜像他们一样不能在俗世里、在随波逐流中获得精神的安定，但他既不存"创造"的妄念，也用不着到自我之外去"寻找"。现代人漫无目的地寻找精神家园的努力很可能是无效的，而靠试图去"复活"某种已经死了的东西来医治现代的病症更是白费力气，真死了的东西再也活不了。张炜所做的工作是"发现"和"发扬"不死的东西，它是生命，是精神，是自然，是传统，是历史，不死的东西难以命名，只能排列很多的词语来捕捉它，而它就是《九月寓言》里所写的那种生生不息。《九月寓言》里的时间很模糊，但一定要确定它的时间跨度也不难，然而确定的时间跨度却并不一定比感受到的时间跨度更加真实、更有意义，这部书的时间挡板是不存在的，它好像就是一部亘古以来的故事，或者说它是一部活在我们身上的历史的故事，因为它是生生不息的，所以它是我们的祖先的故事，同时也是我们自己的故事。比如小说中写到长长的、动人的、流光溢彩淋漓尽致的忆苦，村民们把这种意识形态化的形式彻底改造成了一种最自然不过的生命活动和原始节庆，而对它的最基本的感受，就是我们的祖先从那漫长的苦难中一步一步走过来，在生生不息的苦难中生生不息地走过来，代代相传，绵延不绝。张炜想要表达的就是这样一种活的东西，而要发现活的东西，只能在活的东西身上发现，生生不息的东西在死物身上找不到。可叹的是，我们的文化和文学确实有许多时候和这个朴素的道理对着干。

这里还有一个很大的问题，那就是，张炜所发现的活的东西，是不是我们每个人都可以找得到？对于张炜来说，对生生不息的东西视而不见要比深切感受它更加困难，也许在一段时间里，世俗尘物遮蔽了张炜的深切感受，但生生不息的东西是不会被永远遮蔽的，它自己就会动起来，帮助张炜抖掉身上的遮蔽之物，牵引他返回他生长的大地，而只要融入这片亘古的土地，顺从自然和天性敞开心扉，历经千年而不衰的生生不息就会立刻在个体之我的身上强烈地涌动。这时他敏悟到，大地的本质或生生不息事物的最深、最基本的内里都不是一个硬核，而是一个绵长不绝的流程，并且要流到自我的身上，还要通过自我流传下去。生生不息肯定不是孤立的个体的特征，它归从于一个比我更大更长的流程。让生生不息之流从自我身上通过，也即意味着自我的消融和归从，我不再彰显，因为我是在自己家里，我与最深的根基恢复了最亲密的联系。我不再彰显但我心安气定，我消融了但我更大更长。原来自我也像本质一样，也不应该是一个坚硬不化的核，个性和卓立不群只能突出一个孤单的、势单力薄的局限之我，要获得大我、成就大我就不能硬要坚持个性之我，让生生不息通过我充实我，我才活了。

如果不考虑可能性，只就现实而言，并不是每个人都能够找到从千古流传到自己身上的活的东西。事实是，历史所曾经拥有的许多东西确实已经死去，它们不再与我们相关相连，复活它们在本质上是不可能的。但历史本身不死，只在于每个时刻的现实中的人能否在当下即感受到活的历史的勃勃生机。我们在现实中的许多困窘是由于拒绝历史造成的，常常我们害怕被历史吞没，被历史压倒或禁锢，我们不把历史当成柔软之物，不把历史视为母性，我们往往由于胆怯而对历史扮出凶相，对它强硬，和它一刀两断。我们有意识地让历史在我们身上死掉，很难说我们不是蓄意谋杀。但这样一来，我们的生存就变得单薄、孤弱，丧失了生生不息的本源，丧失了生存的强大后盾。先锋文学当然不能简单地说成如此，但无可否认先锋文学非常明显地表露了这样的倾向。接下来再看作家张承志。张承志强烈地渴望复活他所钟情的历史，同时又强烈地渴望自我的皈依和融入，换句话未尝不可以说成是，孤傲的个性需要强大的精神支持。在《心灵史》的代前言里，他这样解释自己："也许我追求的就是消失。""长久以来，我匹马单枪闯过了一阵又一阵。但我渐渐感到了一种奇特的感情，一种战士或男子汉的渴望皈依、渴望被征服、渴望巨大的收容的感情。"而基本的形式就是"做一支哲合忍耶的笔"。这样的人生形式与张炜在《融入野地》里的表述是相通的，张炜是化为了故地上的一个器官，充任大地的"劣等秘书"，一己的吟哦从此变成与大地万物的共同鸣唱。但比较张承志和张炜在个性之我的融化过程中的基本感受，却能够发现不少的差别。张承志所做的是人生的"选择"，其情势犹如"站在人生的分水岭上"，抉择时"肉躯和灵魂都被撕扯得疼痛"；张炜则更自然和率性，他投入大地时神情痴迷，满溢着一种返回了阔别多年的家乡，扑到日思夜念的母亲怀里的欣喜和激情，又散发出一种重新接通了本源之后顷刻间充沛旺盛的生机。

事实上，当代社会中的人或多或少都存在一种表达上的文化障碍，这种障碍的普遍性使它很难被仅仅看成某一些个人的问题，它应该算作是一个时代的病症。然而张炜在写作《九月寓言》时获得了强大的免疫力，一些基本的思想、感情，表达得几乎是不可思议地流畅、圆润、充沛，而且从容、飞扬、率性，富有特别的光彩和魅力。张炜在《九月寓言》里的表达，躲躲闪闪、扭扭捏捏、怪里怪气、声嘶力竭的时代流行病是见不到的，他就有这样的能力和勇气，把真诚直接平和地表达出来，同时也自然地表达出身在角落、心与世界对话的愿望和大气。张炜从哪里获得这样非凡的力量？与永恒的大地相依，身上涌动着千万年以来的清流活水，时代病症的障碍在张炜那里也就不是障碍了。这样的境界一点也不玄虚，它就在《九月寓言》这样的世界中，这个世界普通而不是个别，真实而不是（不需要）隐喻和象征，这里就是生生不息的自然、历史、传统、现实、生命和精神。

一九九三年十二月十五日　上海沙地

行将失传的方言和它的世界

——从这个角度看张炜《丑行或浪漫》

一

中国当代小说家的语言自觉，近些年来渐成一种"小气候"。其间说不上有多少"共识"，不同作家的思想见解和创作实践往往互相矛盾、彼此辩难、冲突不已，但它们却表露了一个共同的前提：对文学来说，通行的现代汉语／普通话的不足，以及写作者在其中所感受到的限制。

也就是说，一个需要共同面对的问题，"抓住"了一些以各自不同的方式来面对它的作家们。

这样也就容易明白，我在这里所说的中国当代小说家的语言自觉，一指的不是个人的语言修养和语言能力的提高，这通常是在对现行标准充分承认的前提下进行的，它的意义是个人的，而不是语言的；二指的也不是作家的语言哲学观念，譬如说在"第三代"诗人那里，"诗到

当代小说六家

语言为止""语言即世界"一类的观念产生过重要的影响，也波及小说界，但这样的语言哲学观念可以在抽象的层次讨论，可以在不涉及具体创作、不涉及具体语言种类（如现代汉语）的层次上讨论。在这里，重要的是中国小说家在现代汉语／普通话的写作实践中各自的困惑、反省和"突围"之道。

从这个意义上来看当代文学，其特殊的价值和与其相对应的要害问题，就有可能会逐渐显现。我们至少应该注意到贾平凹的小说语言意识和实践，莫言汪洋恣肆的"胡说"，李锐坚持多年的对现代白话传统的质疑性思考，韩少功的"准词典式"写作，张承志文体的异质因素。说到张承志，我们更多地着眼于他的精神立场和他的文字所承载的内容，往往忽略了他语言上与标准的现代汉语／普通话之间的巨大差异以及由此而来的文体上的独特魅力。

我还愿意提到刘震云，他的《故乡面和花朵》《一腔废话》，有强烈的语言追求，但这种追求不怎么被当回事，作者的苦心不被解。这种语言追求的前提也就是那个需要共同面对的问题，刘震云自己的说法是："汉语在语种上，对于创作已经有了障碍。这种语种的想象力，就像长江黄河的河床，其功能在很大程度上沙化了，那种干巴巴的东西非常多。生活语言的力量被破坏了。这种语言用于以往那种'新理想'的创作，即使是夸张一点，也足够了。但是像《一腔废话》这样的，想用这种语言表达一种非常微妙的状况，就非常捉襟见肘，非常不够用。""一个作家存在的意义是什么？无非是对一种语种的想象力负责。

这需要一个过程。我们的语言在沙漠里呆得太久了。"[1]

我同意这个意思，不同意在表达这个意思的时候"语种"这个词的用法。因为一说到"语种"的问题，就说到了根子上，而"语言的沙漠化"不是根子上的问题，还用那个比喻来说，长江黄河的河床，不是一开始就沙化了。但我非常认同"生活语言的力量被破坏了"这一基本判断，更为"对一种语种的想象力负责"这一自我认同的"野心"而感奋。

"生活语言"——当代小说创作中还有多少"生活语言"？王鸿生在对一个年轻作家的批评中，敏锐地指出，小说的语言是"瘫痪的语言，无根的语言，没有故乡的语言。它无法脱离情节要素而自立，也没有生命的质感和自然的气息，更不会焕发某种经由地域文化长期浸润而形成的韵致和光泽。主导这种语言的力量，既不是痛苦的人生经验，也不是参悟不透的命运玄机，而是被竭力掩饰着的肤浅的说明冲动……人、事、理均处在一个真正的'缩减的旋涡'之中，'生活世界'在这旋涡里宿命般地黯淡下去，逐渐堕入'存在的遗忘'"[2]。在我看来，这种批评完全可以在更大范围内针对某类创作的一般情形而言，而不仅仅是对个别作家；反过来说，之所以会导致这种状况，导致"小说之死"，恐怕也不仅仅是个别作家的问题。

---

1 刘震云：《在写作中认识世界》，《中国当代作家面面观：寻找文学的魂灵》，147页，春风文艺出版社，2003年。
2 王鸿生：《小说之死》，《中国当代作家面面观：寻找文学的魂灵》，497页。

二

在另外一个意义上，即使是优秀的小说家，他作品的语言也可能是"没有故乡的语言"。余华曾经表达过类似的感受：对他这样在南方小城镇长大的人来说，用普通话写作，差不多就好像是用一门外语写作。也就是说，他的"生活语言"与"写作语言"差不多是两种不同的东西。只不过，余华把这门"外语"掌握得很好——这主要是靠他个人的能力；但不能指望大多数作家都有这样的能力，更根本地说，不能指望靠这样的个人能力来掩盖、来弥合"生活语言"和"写作语言"之间的差异、断裂和不可通约性。

我们可以想象这样的过程：对于一个"生活世界"的语言与普通话差别很大的作家来说，写作在某种程度上变成了"翻译"："生活世界"——"生活语言"——"写作语言"。但从"生活语言"到"写作语言"的转换，是写作者在暗中完成的，读者看到的只是最终的纸面结果。

这个被掩藏起来的环节困难重重，其中当然包含了无法克服的问题。一个"翻译者"的无奈、妥协、挫折，或者他的得意、喜悦、胜利，都藏在了纸面语言的背后。

我这样想象的时候，预设了面对这个问题的是一个好作家，他为了自己的忠实而甘愿去经受这个艰难的过程。但即使是一个这样的好作家，时日既久，他也会慢慢习惯了写作和"写作语言"，习惯了用"写作语言"来描述和思考，甚至当他想什么的时候在他心里响起的不再是方言的腔调而是普通话的声音，这个时候，他的写作可能就发生了相当大的变化，他不再需要把"生活语言"转换成"写作语言"，他不再需要去暗中经历这个痛苦的"翻译"过程，他胜任直接用"写作语言"来打量、描述、分析"生活世界"，他已经成为一个富有经验的好作家，他可以把那个困难重重的环节抛弃了，他可以不再理会多余的"生活语言"。

当这样一种并非和"生活世界"相生相伴的"写作语言"来"深入生活"的时候，"生活世界"就不能不面临着被缩减、删改、戏弄、强暴的威胁；还有比这更糟糕的，是"写作语言"的极端自负把写作完全变成了"写作语言"的自说自话，自我表演，它似乎是在"写生活"却对"生活世界"视而不见，"生活世界"也就只有堕入"存在的遗忘"。

当然还可以设想另外的情形，就是一个作家，他的生活和他的写作自始至终都是隔绝的，这样他的写作从一开始就不需要"生活语言"，他不需要在错综复杂的关系中纠缠，他可以让他的写作建造一个无所指涉的孤立世界。这不在我们讨论范围之内。

这样想来，几年前的《马桥词典》就是一部了不起的作品。韩少功把通常写作过程中被暗中"翻译"乃至被粗暴省略的"生活语言"从纸面的背后写到了纸面上，而且放到中心聚光的位置，通行的标准语言通过对"马桥词语"扎根其中的"生活世界"的描述使这些方言土语得到有效的阐释。"马桥方言"不是韩少功的方言，他是一个外来者，也就是说，"马桥方言"不是韩少功的自然语言，他需要去弄明白，需要有意识地去体会，需要用他的语言去"翻译"。这个"翻译"的过程和性质，与我们上面讲的把自己的自然语言的某种方言"翻译"成"写作语言"的过程和性质正好相反：韩少功的"翻译"凸显了方言、"生活语言"的独特性、差异性和丰富性，而另一种暗中的"翻译"则把这些东西牺牲掉了，因为它需要"写作语言"的胜利，需要"写作语言"驯服"生活语言"、方言不能够进入公共流通领域的个性，以保证写作的进行。

但是，《马桥词典》仍然留下了不可克服的矛盾，这是韩少功的身份、方式和与这种语言的关系决定了的。尽管外来者韩少功对这种语言保持了足够的谦逊和尊重，尽管他把"马桥词语"放到了中心的地位，这种方言仍然无法获得充分的主体性。这不仅是说阐释总不可能尽善尽美，用通行的现代汉语／普通话来阐释方言一定会留下阐释的"余数"；更根本的是，阐释进行的时候，是通行的现代汉语／普通话在说话，而不是"马桥词语"在说话，"马桥词语"只能被动地等待着被描述、被揭示、被凸显。它是在中心，可是它不是充分的主体。

三

那么，方言能够自己说话吗？它不需要经过"翻译"就能够直接进入文学写作中？

一八九二年，松江人韩邦庆创办文艺期刊《海上奇书》，他自己的小说《海上花列传》就在上面连载，一八九四年出版完整的六十四回单行本。孙玉声《退醒庐笔记》记载了他和作者的一段对话："余则谓此书通体皆操吴语，恐阅者不甚了了；且吴语中有音无字之字甚多，下笔时殊费研考，不如改易通俗白话为佳。乃韩言：'曹雪芹撰《石头记》皆操京语，我书安见不可以操吴语？'"[1]

韩邦庆这话说得理直气壮，毫不掩饰为人的狂傲和文学上的抱负。这部作品虽然不获风行于时，三十多年后却被新文学的开山人物胡适奉为"吴语文学的第一部杰作"。一九二六年亚东书局出版标点本《海上花》，前有胡适、刘半农序，合力推举。胡适说："方言的文学所以可贵，正因为方言最能表现人的神理。通俗的白话固然远胜于古文，但终不如方言的能表现说话的人的神情口气。古文里的人物是死人；通俗官话里的人物是做作不自然的活人；方言土语里的人物是自然流露的人。"[2]"死人"与"活人"的对立当然是胡适典型的"五四"式思维和判断，"古文里的人物是死人"正确与否这里不论，但通俗的白话和方言土语的区别的确意义重大，关乎"神理"。"神理"这个词出现在小说的《例言》里，胡适是接过来顺着用。

刘半农强调"地域的神味"，与胡适说的"神理"相通；但刘半农比胡适更敏感、更明确地指出了普通白话（通行的小说"写作语言"）与方言土语（"生活语言"）之间的不平等关系，以及人们对这种不平等的"习惯"，对因此而"牺牲""地域的神味"的"习惯"。刘半农是这样说的："假如我们做一篇小说，把中间的北京人的口白，全用普通的白话写，北京人看了一定要不满意；若是全用苏白写，那就非但北京

---

1 孙玉声：《退醒庐笔记》，转引自范伯群主编《中国近现代通俗文学史》，34 页，江苏教育出版社，1999 年。

2 胡适：《海上花列传序》，《胡适文集 4·胡适文存三集》，408 页，北京大学出版社，1998 年。

人，无论什么人都要向我们提出抗议的。反之，若用普通白话或京话来记述南方人的声口，可就连南方人也不见得说什么。这是什么缘故呢？这是被习惯迷混了。我们以为习惯上可以用普通白话或京话来做一切文章，所以做了之后，即使把地域的神味牺牲了，自己还并不觉得。"[1]

新文学重要人物的郑重其事，显然不单是就作品论作品，而是从中国新文学的整体建设着眼的，胡适在序里就很明白地说："如果这一部方言文学的杰作还能引起别处文人创作各地方言文学的兴味，如果从今以后有各地的方言文学继续起来供给中国新文学的新材料，新血液，新生命，——那么，韩子云与他的《海上花列传》真可以说是给中国文学开一个新局面了。"[2]

遗憾的是，这样一个"新局面"并未出现；不但如此，就连这部作品本身也一直挣不脱失落的命运。以至于许多年后，对这部"失落的杰作"情有独钟而对它的命运耿耿于怀的张爱玲，费时费力，不仅将它翻译成英文，而且把它改写成国语。"我等于做打捞工作，把书中吴语翻译出来，像译外文一样，难免有些地方失去语气的神韵，但是希望至少替大众保存了这本书。"[3]

韩邦庆和胡适说的"神理"，刘半农说的"神味"，张爱玲说的"神韵"，到底是什么呢？为什么用方言就能表现出来，用普通白话就会失

---

1 刘半农：《读〈海上花列传〉》，《半农杂文》第一册，245—246页，北平星云堂书店，1934年；本文据上海书店1983年影印本引。

2 胡适：《海上花列传序》，《胡适文集4·胡适文存三集》，412页。

3 张爱玲：《〈国语海上花列传〉译者识》，《国语海上花列传I·海上花开》，2页，上海古籍出版社，1995年。

去呢？

从晚清就已经开始，至"五四"而大张旗鼓地推进的中国现代语文运动，目的是创造和规范一种统一的"普遍的民族共同语言"，它不仅反对文言，而且要超越方言。虽然文言的因素、方言的因素都可以利用，但它们只能作为这种新的现代普遍语言的极为有限的零星资源而被吸纳，整体性的取向是被排斥的。方言的多样性、差异性，特别是它的土根性，正是需要克服和牺牲的东西。

早在二十世纪之初，章太炎就对各种脱离语文的本根建造新语文的设想持强烈反对意见，他反对的不是现代语文的建设，而是极力主张要"有根柢"地达成这种建设。他身体力行，从当今民间语言入手，博考方言土语的古今音转、根柢由来，从古语今语中探求古今一贯之理，以应将来现代语文之用。一九〇八年，撰成《新方言》，序中说："世人学欧罗巴语，多寻其语根，溯之希腊、罗甸；今国语顾不欲推见本始，此尚不足齿于冠带之伦，何有于问学乎？"又说，"读吾书者，虽身在陇亩，与夫市井贩夫，当知今之殊言，不违姬、汉"[1]。刘师培在《新方言》后序中也说："委巷之谈，妇孺之语，转能保故言而不失。"又说，"夫言以足志，音以审言；音明则言通，言通则志达"。并寄希望"异日统一民言"，"有取于斯"[2]。

且不说这一思路与中国现代语文运动的主流相违，单是这"推见本始"的工作，繁难艰深，与在现实的压力和危机中急迫地想拿出应对

1　章太炎：《新方言序》，《章太炎全集》（七），3 页、5 页，上海人民出版社，1999 年。
2　刘师培：《后序一》，《章太炎全集》（七），135 页、134 页。

　　　　　　　　　　　　　　　　　　　　当代小说六家

性方案的历史情境格格不入。大势所趋，现代白话文应机运而生，随时代而长。

语言的"神理""神味""神韵"，是与语言的"根柢"紧密相连的，之所以说方言是有"根柢"的语言，一方面，"但令士大夫略通小学，则知今世方言上合周汉者众"[1]，另一方面，方言又是当今"生活世界"的语言，是"生活语言"。两方面——语言的"根柢"和生活的"根柢"——合起来，可以说方言是有历史的活的语言。虽然中国现代语文运动一开始就倡导并长期致力于言文一致的目标，但时至今日，"写作语言"和"生活语言"的分离仍然是创作中令人困扰的问题。

四

就这样，我们遇到了张炜的《丑行或浪漫》，一部用登州话创作的长篇小说。

登州地处山东半岛东端，武周如意元年（六九二年）置州，明洪武九年（一三七六年）升为府，一九一三年废。废后很长时间里，当地百姓仍习惯沿用旧称。"我"的祖父生于一九一六年，一生不理行政区划的变更，不顾登州府在他出生之前就没了的现实，开口还是登州府如何如何。

登州话和普通话之间的距离，与吴语和普通白话之间的距离，当

1　章太炎：《汉字统一会之荒陋》，原载《民报》第 17 期，1907 年。

然不好比;《海上花》的对白吴方言区以外的人读不懂,《丑行或浪漫》却并没有给山东半岛以外的人阅读造成多大的障碍。这当然主要是因为普通话本就以北方方言为基础。但北方方言的区域十分广阔，各地语言的个性和之间的差异，被笼而统之地“超越”了，产生出在这之上的、清除了“土”性的普通话。各地方言是“土”的，除了“假洋鬼子”，没听有人说普通话“土”，因为普通话在“上边”，离“土”远；方言呢，不仅就在“土”上，而且还有扯不断的长长“土根”埋在土里。登州这块悠久之地，它的方言“土根”自然也深；登州自古至今又一直是一块生机盎然的活泼之地，它的方言也不僵滞，也不拘泥，也不顽固，倒是根深叶茂，生机盎然，活活泼泼。

张炜怎么会用登州方言创作一部小说呢?《海上花》主要是用方言写对白，张炜的这部作品不仅里面的人物说话用方言，整个作品的叙述都顺从着方言的声韵气口，渗透着方言的活泼精神。他是怎样走到了这一步?

简单回答这个问题。对于一位有二十多年的创作历史，并且贡献了中国当代文学极为重要的作品的作家来说，他的文学语言经验，不可不谓丰富；他的绝大部分作品，是用规范的现代汉语写成的，而且，用通行的标准来衡量，也无法否认作家出色的语言才华。也就是说，他完全可以一直就用这样的语言写下去，规范，而且规范得才华出众。但是，随着民间的生活世界在他创作中越来越深入、越来越充分地展现，民间语言的因素也越来越突出地融入作品中，譬如中篇《蘑菇七种》、长篇《九月寓言》等。民间语言因素的融入，拓开了一个创作的新境界。

这样一个新境界有着特殊的吸引力，吸引作家再进一步地走下去。

陈思和用"民间"的理论来重新梳理二十世纪中国文学史的一种走向，是九十年代以来中国现当代文学研究的一个重要创见。[1] 随着创作实践不断出现新现象，提出新问题，这一理论阐释有可能进一步深化。文学表现民间，是依托语言来实现的：一、用规范的现代汉语/普通话来表现民间；二、用融入了民间语言因素但整体上仍基本规范的现代汉语来表现民间；三、用民间语言来表现民间。三者显然处在不同的层面上。不仅是语言的层面不同，而且不同类型的语言所内蕴的视角、价值立场、选择倾向，也不相同。

用民间语言来表现民间，民间世界才通过它自己的语言真正获得了主体性；民间语言也通过自由、独立、完整的运用，而自己展现了自己，它就是一种语言，而不只是夹杂在规范和标准语言中的、零星的、可选择地吸收的语言因素。

张炜登州出生登州长大，登州方言是他的"母语"，他让这片土地的"生活语言"上升为他自己的"写作语言"——更准确地说，是他自己的"写作语言"下降为这片土地的"生活语言"——事情就是这么简单。

与语言的位移同理，文学里的真正民间，更准确地说，不是把民间上升为文学，而是把文学下降到民间——事情也就这么简单。

1　见陈思和：《还原民间——文学的省思》，东大图书公司，1997 年。除了《民间的沉浮——从抗战到"文革"文学史的一个尝试性解释》和《民间的还原——"文革"后文学史某种走向的解释》两篇长文外，还有评论张炜创作的《还原民间——谈张炜〈九月寓言〉》。

五

现在，我们应该到里面来看看这个登州方言的世界了。

主人公叫刘蜜蜡，她抗暴抗恶，踏上出逃（外力逼迫）和寻找（内心渴求）的坎坷长路，在大山广野间奔跑流浪，二十多年后与当年的俊美少年重新聚首。小说的线索就是这一个丰硕健美女人的生命传奇。

但是，线索串起的，却是一个阔大的生活世界。如果在这部作品里只读到一个人或几个人的故事，就把这部作品读小了。事实上，这个宽阔的生活世界比哪个人物都重要。所有的人物，都是这个生活世界的活生生的表现。这样也许就可以理解，为什么作者在写到刘蜜蜡之外的人、事、物，或者与刘蜜蜡关系不大的各种情形时，也总是兴致盎然，涉笔成趣。

譬如，刘蜜蜡第一次出逃，寻找启蒙老师——也是她深爱的一个男人——雷丁，得知雷丁跳河被枪打死，深更半夜在野外仰天大哭。接下来写，白天，河两岸红薯掘出来了，成堆成簇晒着太阳；村子家家做南瓜饼。"人说吃多了这样的饼身子就会长得圆鼓鼓的，从屁股到大腿胳膊，再到乳房。河边姑娘小伙子在正午的庄稼地里干活，被太阳晒得舒心大叫。他们相互夸着，小伙子说：'瞧大腿像水桶似的，妈耶吓人'、'哎呀胖成了犊子哩，保险你一冬不瘦。'姑娘红着脸说：'你才是犊子哩，没遮没拦胡咧咧。''那边过来的更胖哩，哎呀我看清了，多大的婆娘哎。'刘蜜蜡听到议论，就索性走到了地中央。年轻人见了赶路的主动搭话，还掏出兜里的花生和杏子给她吃。'我来帮你们做活吧。'‘做吧做吧，头儿不在怎么都行。'蜜蜡挨近的是两个小媳妇，就问她们：‘快有孩儿了吧？'一个摇头说：‘没呢。不歇气吃酸杏儿的时候才是哩。'另一个接上：‘也有的到时候撒了泼吃辣椒，一口一个大红辣椒眼都不眨。'她们啧啧着，都说这是早晚的事儿：‘那些不懂事的男人哪，像小孩儿一样怪能闹腾，早晚有一天嘚嚓一声，让咱怀上了。'几个人哈哈大笑。小媳妇说：‘男人们真有办法，能让咱爱吃酸和辣什么的。'另一个说：‘那得看是谁了。如果是俗话说的盐碱薄地，就生不出根苗了。'最后一句让蜜蜡瞪大了眼睛，长时间不再吱声。有人问她：‘大妹妹咱多句话儿：你有了婆家还是没有？'‘没有。'‘哟哟，快许下个吧，大奶儿暄蓬蓬的，日子久了也不是个法儿呀。'”[1]

所引的这一段（其实只是一个长自然段里节出来的一小部分，全书的段落大都很长，像没有停息的生活世界），并不是作品里特别突出的部分，单从字面上看，方言土语的性质也不是特别强。我多少有些随意地挑选一段能够体现作品一般情形的普通的文字，正是想说明这个方言的民间世界的一般情形。

在作品里，我们会遇到诸如“窝儿老”“憽了瞪”“书房”“张口叉”“上紧”“嚯咦”“来哉”“砸了锅”“郎当岁”“白不浏刺”“泼揍”“老了苗”“撒丫子”“脱巴”“酒漏”“不喜见”“坏了醋”“搅弄”“迂磨”“悍气”“物件”“饿痨”“泼皮”“人家老孩儿”“主家”“骚达子”等等字词，从写到纸面上的字词来看，其中有的是北方

1　张炜：《丑行或浪漫》，154—155页，云南人民出版社，2003年。

方言区共有的，大多是登州一带独用的；但即使是字词共同的（这一类在作品里不少见），说话的"气口"也绝不相同。也就是说，在方言里，声音比文字重要，有不少方言是有音无字的；说到"气口"，就更见方言的精细微妙、源远流长了。一种地方"气口"不仅发散当时当地生活的气息，而且更能够上接古音古韵，所以有时特别有力和生动。

更进一步说，在乡村民间世界里，语言（也就是方言）远比文字重要得多，费孝通在他的名著《乡土中国》中甚至认为，在传统的中国乡土社会，语言即已足够，哪里用得着文字？"这样说，中国如果是乡土社会，怎么会有文字的呢？我的回答是中国社会从基层上看去是乡土性，中国的文字并不是在基层上发生。最早的文字就是庙堂性的，一直到目前还不是我们乡下人的东西。我们的文字另有它发生的背景，我在本文所需要指出的是在这基层上，有语言而无文字。"[1]"言为心声"，乡野的"心声"存在于乡野之民的语言，文学表现民间，如果不能贴近这语言，也就与"心声"隔了、远了，自然也就与民间隔了、远了。

我们从方言的角度来看《丑行或浪漫》，注重的不是一些特别的字、词、句，而是这样一种语言浑成一体的自然表达所呈现出来的一个整体性的世界的精神。

回头看上面摘引的那一段叙述。这短短的一段，从食物（红薯、南瓜饼、花生、杏子）说到身体（屁股、大腿、胳膊、乳房），从身体说到怀孕生殖（男人们"怪能闹腾"，"嘭嚓一声，让咱怀上了"，生出"根

1　费孝通：《乡土中国生育制度》，22—23 页，北京大学出版社，1998 年。

苗"），转换顺畅，语意天成。这里说的是乡村生活的基本内容，突出的是它的"天然"的性质。一个现代的城里人也会说，饮食男女是人生的基本内容——这之间有什么不同吗？

对于一个现代人来说，饮食男女，不论哪一项，都是个人的、个体化的，这首先是因为，一个现代的身体是私有的、个体的；而在这里，在这片乡野民间，身体的本性还没有脱离生活领域，没有彻底个体化，没有和外界分离，这与现代那种狭隘意义和确切意义上的身体和生理截然不同。在这里，身体的因素被看作是群体性的，同一切自我隔离和自我封闭相对立，同一切无视大地和身体的重要性的自命不凡相对立，它的体现者不是孤立的生物学个体，也不是私己主义的个体，而是人类群体，并且是生生不息的人类群体。身体的因素具有积极的、肯定的性质，在这样的身体形象中，主导的因素是丰腴、生长、繁殖和兴旺，而且带有一种从本性发出的欢乐。[1]

刘蜜蜡健壮丰硕，女性特征突出，这一点作品屡屡彰显；这样的女性身体，也许只有在大地之上的民间世界里才水灵俊秀，在气韵生动的方言描述里才生气勃发。民间大美，绝不是一个孤立和隔绝的概念，这其实是对与之相连的整个生活世界的积极肯定，是对人类繁衍不息的生命过程的积极肯定。说句实在话，也只有身心被民间精神充分浸染过的作家，才敢写"丰乳肥臀"，像莫言，像张炜：莫言写得放肆而

1　这里的论述化用了巴赫金讨论"拉伯雷的创作与中世纪和文艺复兴时期的民间文化"时对"物质—肉体因素"的观点，见《巴赫金全集》第六卷，22—24页，河北教育出版社，1998年。

大气磅礴，张炜写得深蕴而意远情长、光彩照人。大地之上的身体，与各种各类现代空间／房间里的身体是不一样的。现代的人体观念，或者更进一步，时尚的人体观念，与这种民间观念的悬殊差异，反映出来绝不仅仅是所谓的"审美"观念的变化，而是人、身体与整个生活世界的关系的重大变化。韩少功在他的长篇作品《暗示》里，谈到了他称之为"另一个无性化时代"的"骨感美人"："这些超级名模们在 T 型舞台上骨瘦如柴、冷漠无情、面色苍白、不男不女，居然成为了当代女性美的偶像。骨瘦如柴是一种不便于劳动和生育的体态，冷漠无情是一种不适于在公共集体中生活的神态，乌唇和蓝眼影等等似乎暗示出她们夜生活的放纵无度和疲惫不堪，更像是独身者、吸毒者、精神病人以及古代女巫的面目。体重或三围看来已经逼近了生理极限，她们给人的感觉，是她们正挣扎在饿死前的奄奄一息，只是一片飘飘忽忽的影子，一口气就足以吹倒，随时准备牺牲在换装室里或者是走出大剧场的那一刻。"显然，韩少功并不想克制自己，他认为这些"身体自残"的超级模特，"表现为她们对生命正常形象的一步步远离"。[1]刘蜜蜡"泼吃""泼长"，"大白脸庞喜煞人"、"大奶儿暄蓬蓬"、"大腚"、"浑实"，这样的"大水孩儿"与现代美女是两个世界的人。

　　与身体因素的积极肯定性质结为一体的，是刘蜜蜡整个生命传奇的积极肯定性质。刘蜜蜡所遭受的种种骇人听闻的折磨、虐待，所经历的种种非同寻常的艰难苦痛，足以摧垮一个人的生命意志，毁坏一

1　韩少功：《暗示》，《钟山》2002 年第 5 期，81 页。

个人对生活的基本信念。但刘蜜蜡没有。在刘蜜蜡漫长的流浪生涯中，我们强烈感受到的，是生命的趣味不熄、不灭，是生活的世界活泼无尽。她甚至感到一种她未曾明了的"幸福"，她想："我这辈子就在野地里跑哩，一直跑到'有喜'。"[1] 生命和生活世界都会遭受大恶的强暴摧残，但这里的生命和生活世界都没有转化为消极的否定性质。刘蜜蜡胜利了，但这种胜利不是个人的胜利，是生命与之紧密相连的生活世界的胜利，是民间积极肯定的精神的胜利。方言叙述了这种胜利，方言也分享了与之紧密相连的胜利。

六

《丑行或浪漫》的第三章《食人番家事》、第五章《河马传》，集中呈现了这个生活世界里的坏和恶，而且是大坏大恶。

在我们的文学中，常见的是小奸小坏；而且，似乎是要写出人物复杂性的思想在起作用，常常坏也坏得压抑，坏得不彻底，坏得鬼鬼祟祟，总之，坏得不爽。复杂性似乎是，好人也不真那么好，坏人也不见得多么坏。面目模糊差不多就是复杂性了。

《丑行或浪漫》抛弃了这种所谓的复杂性，却并没有走向简单、教条和僵化。它敢放笔直写大坏大恶，而且，它有能力把坏和恶不当成一个本质性的定义来演绎，而是当成一种同样丰富多彩的生命现象来叙

---

1 张炜：《丑行或浪漫》，145 页。

述。坏和恶是一种生命现象，而且有些时候具有强大的生命力。所以，我们在这部作品里看到的坏，坏得有活力，坏得有感情，坏得有追求；坏得趣味横生，坏得花样翻新，坏得淋漓尽致；还有，坏得满足，坏得快乐。

大坏大恶，就是要这样坏和恶得没有限制，没有好和善作为一个对立面，没有好和善的意识，同时也就是没有坏和恶的自我意识，坏和恶得不知道什么是坏和恶。

在一个乡野小村，再坏再恶又能如何？多大的人物啊？这样问就似乎不太懂得中国乡村社会了。小油矬和他父亲老獾，那是伍爷一人之下众人之上的人物；什么叫一人之下众人之上？伍爷呢，当然就是皇帝。这个道理伍爷的"军师"二先生说得明白："使上了'缩地法'，把一村缩成一国，差不多也就是皇上了。"[1]这样一来，至高的权力就保证了坏和恶的蓬勃发展，保证了坏和恶充分施展的舞台空间，甚至保证了坏和恶的艺术性，保证了坏和恶的持久魅力。想想看吧，伍爷巨大的身躯，像大河马一般丑陋，可是这具丑陋的躯体似乎有着领袖般的各个方面的超凡魅力（chrisma），有着似乎无穷无尽的能量。从民间权力运作显影特殊时期的现代社会政治风云，当然非作者本意，但读者未尝不可以得其某种"神似"之处。

坏和恶其来有自，作品追究了历史。但像这样的历史追究，恐怕只有民间的视角和方言的叙述最适合担当。老獾讲家史，说："世上人

---

1 张炜：《丑行或浪漫》，174页。

叫咱'食人番'呢，咱这支人嘴里一左一右有两颗尖牙，后来一代一代下来大荤腥没了，尖牙也就蜕成两颗小不点儿萎在嘴里，你照着镜子擎着灯扒拉着看吧，一看就知道了。"[1]"伍爷为什么对咱好？他也是古谱上寻不着的人口，用一个假'伍'藏住了身哩……（口）里边一面一颗小獠牙。你当这是怎么？这是要在人堆里啃咬哩。"[2]

特别有趣的是二先生为伍爷写了一部"传书"，自然从上溯几代写起，来龙去脉交代清楚；一路下来，写到传主伍爷，"十五岁长成街上霸主，大小童子皆为身边喽啰。孬人闻其声而色变，常人观其行而规避。大小村落，泱泱民间，莫不知虎门又添豹子，苍天再降灾星。先人既老，兵权私授，上级倚重，根红苗正。君不见督都来视，执手而行，酒过三巡，声色俱厉……吾虽年长十岁有二，或可为伍爷记叙日常行止，收拾一路碎银……吾半生觅得病妻一枚苟延残喘，幸得伍爷关爱方获一分活趣，不至轻生。吾平生所见伟人多乎不多，身材宽大声如洪钟者仅此一例。且不说治理保甲技高一筹，设文臣置武将以逸待劳，平日里安卧榻上身覆朱红缎被，大街上一片升平井井有条。真正是以静制动，运筹帷幄，决胜于千里之外。其人声势远播，恩威并举，毗邻如上村之头黑儿来见，每每弓身低眉，乃畏惧之状。凡强力之士必有余兴存焉，俺伍爷虽日理万机，仍旧异趣盎然令人惊骇。本传书依据不为贤者讳之原则，在此慎记传主瑕疵一二，以承续太史公之遗风"[3]。以下所

---

1 张炜：《丑行或浪漫》，88 页。

2 张炜：《丑行或浪漫》，114 页。

3 张炜：《丑行或浪漫》，208 页。

记"余兴""异趣"，无非"袭人妻女"之类。

二先生写"传书"，对方言土语，虽终不免夹杂一二，整体却是极力回避的，一是因为，为"伟人"作传，当然不能用村语野言，须得"高雅"之文才相般配；况且，"传书"为古已有之之体裁，有它自身的原则、模式和要求。二是因为，二先生是有文化的人，"有书底子"，这一优势——意味着特殊的资格和权力，意味着乡村的"文治"——的明显标记，就是和那些无知乡民说话不一样，且会写字作文。这部"传书"实在有些妙不可言。它歌功颂德，阿谀逢迎，文过饰非，却又从记叙中透露了真实生动的历史信息；它满篇陈词滥调，随处可见各类文体的混合杂交，却在新的组合和拼接中碰撞出了或大或小的缝隙和裂口，得以窥见被掩藏的图景；它有时老谋深算，有时却轻率放肆；它可能刚刚说皇帝穿着新衣服，马上又接口说皇帝没穿衣服；它常常一知半解，不懂装懂，可是，这一知半解和不懂装懂反倒可能一语中的，一针见血。

在《丑行或浪漫》这么一部方言之书的里面，放进了一部戏仿的"伟人传"，堪称神来之笔。作者写大坏大恶，对这部"传书"借力多多。同时，在方言的大地上，我们又可见别样语言的奇观。

七

在《丑行或浪漫》里，一如在《九月寓言》和其他的一些中短篇里，出现的人物大都有非常独特的名字，这几乎可以说是张炜小说的一个特殊记号。这样的记号，可以算作作家个人化风格的一部分；但其根底是非个人化的，是民间生活世界和民间精神的自然标记。

张炜讲过这样的事："三十年前有这样一个小村，它让人记忆深刻：小村里的很多孩子都有古怪有趣的名字。比如说有一家生了一个女孩，伸手揪一揪皮肤很紧，就取名为'紧皮儿'；还有一家生了个男孩，脸膛窄窄的，笑起来嘎嘎响，家里就给他取了个名字叫'嘎嘎'；另有一家的孩子眼很大，而且眼角吊着，就被唤做'老虎眼'。小村西北角的一对夫妇比较矮，他们希望自己的孩子能高一些，就给他取名'爱长'。"

张炜把这称为"自由命名的能力"。

这种"自由命名的能力"是依托生活世界、靠方言来实现的。

这种"自由命名的能力"并不仅仅表现为取名字，而且表现为对置身其中的生活世界的自主性。譬如说，《九月寓言》里写的"忆苦"、《丑行或浪漫》里写的"辩论会"，本来都是政治意识形态的仪式，但是这种自主性却把它们变成了集体共同参与的节日性活动，意识形态的因素没有被完全消除，但却在整体上充分民间化了。这种自由的自主性把这样的仪式改造成了平凡日常生活之外的另一种戏剧化的生活，而且人人都不同程度地参与其中。

可是，这种"自由命名的能力"，这种自主性，正在逐步丧失。

我们也许可以想得到"三十年后的小村怎样了"——"满街的孩子找不到一个古怪有趣的名字——所有名字都差不多。……不仅这样，当年的'紧皮儿''爱长''嘎嘎''老虎眼'们，他们自己也不喜欢别人叫原来的名字。显然他们认为那是一种羞愧。"[1]

这种"自由命名的能力"的丧失，背后是"自由命名的语言"的丧失，是生活世界的完整性的丧失。

方言已经没有办法统一乡土农民的生活。今天已经很少有乡村集体活动——集体劳动、集体娱乐，方言的集体场域不那么容易见得到了。方言和方言的语境、方言和方言的大地之间那种天生的默契和亲密无间的交融没有了。说方言的农民们，即使他们没有背井离乡加入涌向城市的"民工潮"里，即使他们还留在他们的土地上，那片土地也已经大大不同了。在现在的这片加速变化的土地上，他们只是一个个孤单无助的人，孤单无助地对付生活的重压，孤单无助地面对越来越普通话化的世界：不仅是教育的彻底普通话化，而且是生活也越来越深入地普通话化，就连娱乐也是，娱乐内容是普通话化的，娱乐形式是家庭化、私人化的。普通话化，简单一点说，也就是现代化在语言上的变体。偶尔在某类电视节目里听到方言，可那样的方言只不过是点缀，是调味品，甚至是可笑的东西，被嘲笑的对象。他们的语言不断遭受剥夺，他们生活世界的完整性不复存在。

二十世纪产生了重大影响的语言学家索绪尔在《日内瓦大学就职演说》中讲道："语言不会自然死去，也不会寿终正寝。但突然死去却是可能的。其死法之一，是因为完全外在的原因语言被抹杀掉了。"譬如说，把普遍的共同语强加给说方言的人，就有可能抹杀掉方言吧。索

1　张炜：《世界与你的角落》，《中国当代作家面面观：寻找文学的魂灵》，31 页。

绪尔继续说，"在这种情况下，只有政治的支配是不够的，首先需要确立文明的优越地位。而且，文字语言常常是不可缺少的，就是说必须通过学校、教会、政府即涉及公私两端的生活全体来强行推行其支配。这种事情，在历史上被无数次地反复着。"[1]

不过方言还会持续存在下去吧？但又能持续多久呢？如果方言活泼泼的精神没有了，与这活泼泼的精神共生的生活世界没有了，只剩下一个声音的躯壳，除了做一种语言的"标本"，被当作一种语言的"遗迹"，还有什么活生生的意义？

由此而言，《丑行或浪漫》生气灌注、自由流淌的方言及其神理、神味、神韵，行将从生活的大地上失传？这部作品是登州方言和这个方言的生活世界的绝唱和挽歌？

我很疑惑。

也许不是这样？也许我们对方言及其生活世界所内蕴的积极肯定性质估计得太不够充分，也许这样的积极肯定性质会创造出新的生命活力？也许这样的积极肯定的性质——而不是整体性的贬黜、否定、对立——会引导我们去重新寻找与悠久之根柢相沟通的新的方式，重新建立生活、语言、写作之间的息息相通的联系？

二〇〇三年十月八日

1　柄谷行人在讨论"书写语言与民族主义"时引用了索绪尔《日内瓦大学就职演说》中的这段话，本文是从这里转引的，见柄谷行人《日本现代文学的起源》，198页，生活·读书·新知三联书店，2003年。

一物之通，生机处处

——王安忆《天香》的几个层次

一

大概是三十多年前，王安忆留意到上海的一种特产，"顾绣"，那是晚明出自露香园顾氏家族女眷们的针线手艺，本是消闲，后来却成了维持家道的生计。人生的经验（哪怕只是注意力的经验）真是一点一滴都不会浪费，经过了这么长的时间，这颗有意无意间撒下的"种子"，积蓄了力量，准备起破土的计划——王安忆要把最初的留意和长时间的酝酿，变成写作。

这就开始了另一个阶段，自觉工作的阶段。

我想之前的酝酿阶段，其实有很大一部分是不自觉的，跟将来要写的这个作品没有直接关系，却又是特别重要的，重要到什么程度呢？重要到要为这个作品准备好一个作者的程度。这话说起来有点绕，那简单一点说，就是，要写这部作品的王安忆已经不同于写《长恨歌》

的王安忆，当然更不同于再早的王安忆。这一点后面谈这部作品时会有些微的触及。

在有意识的自觉阶段，遇到的一个个具体困难和克服困难的一项项工作就是无法避免的。王安忆一直强调她是一个写实的作家，那就得受"实"的限制，不能像那些自恃才华超群的作家天马行空地虚构历史。要进入从晚明到清初的这个时代里，还得做许多扎扎实实的笨功课。这方面的情形，王安忆在和《收获》的责任编辑钟红明对话时有一些披露。[1] 小说的想象力，必须遵守生活的纪律，遵循历史的逻辑，不能凭空想象，这是王安忆一贯的写作态度和方式。花力气做功课，在她个人是自然的事，在熟悉她的文学观的人看来，也没有多少惊奇可言。

但我读这部作品，读出了意外的惊喜。这部作品有几个不同的层次，这是其一；其二，不同层次之间，又不是隔断的，而是呼应的、循环的、融通的，有机地构成了作品的整体气象。

二

《天香》[2] 的故事起于嘉靖三十八年（一五五九年），止于康熙六年（一六六七年）。从晚明到清初这一百多年间，上海一个申姓大家族从兴旺奢华，到繁花将尽——但王安忆写的不是家族的兴衰史，而是在这个家族兴衰的舞台上，一项女性的刺绣工艺——"天香园绣"如何产生，

1　王安忆、钟红明：《访问〈天香〉》，《上海文学》2011年第3期。
2　王安忆：《天香》，麦田出版，2011年。本文引用依据此版本，在文中标出页码。

如何提升到出神入化、天下绝品的境地，又如何从至高的精尖处回落，流出天香园，流向轰轰烈烈的世俗民间，与百姓日用生计相连。这最后的阶段，按照惯常的思路容易写成衰落，这物件的衰落与家族的衰落相对应；倘若真这样"顺理成章"地处理，必然落入俗套且不说，更重要的是，扼杀了生机。王安忆的"物质文化史"却反写衰落，最终还有力量把"天香园绣"的命运推向广阔的生机之中。

其实从家族历史来说，小说开初，写造园，写享乐，写各类奢华，已经是在兴旺的顶点了；再往后，就只能走下坡路，只是一开始下坡的感觉不会那么明显，但趋势已成。"天香园绣"生于这样的家族趋势中，却逆势成长，往上走，上出一层，又上出一层。要说生机，这个物件本身的历史亦不妨说成生机的历史。小物件，却有逆大势的生机，便是大生机。

物的背后是人，物质文化史隐藏着生命活动的信息。早在正式从事物质文化史研究之前的一九四九年，沈从文就在一篇自传里形象地说到这种关系："看到小银匠捶制银锁银鱼，一面因事流泪，一面用小钢模敲击花纹。看到小木匠和小媳妇作手艺，我发现了工作成果以外工作者的情绪或紧贴，或游离。并明白一件艺术品的制作，除劳动外还有个更多方面的相互依存关系。"对于工艺美术的爱好，"有一点还想特别提出，即爱好的不仅仅是美术，还更爱那个产生动人作品的性格的心，一种真正'人'的素朴的心"[1]。说到人，说到性格，说到心，

1　沈从文：《关于西南漆器及其他》，《沈从文全集》第 27 卷，22 页，23 页，太原：北岳文艺出版社 2002 年。

那就是小说的擅场了。"天香园绣"的历史，就是几代女性的手和心所创造的。

先是出身苏州世代织工的闵女儿，把上乘绣艺带进天香园；遇上秉承书香渊源的小绸，绣艺融入诗心，才更上层楼。小绸是柯海的妻子，为柯海纳闵女儿为妾而郁闷无已，曾作璇玑图以自寄；若没有妯娌镇海媳妇从中化解通好，小绸和闵女儿这两个连话都不说的人怎么可能合作，哪里会有"天香园绣"？镇海媳妇早亡，小绸和闵女儿一起绣寿衣，"园子里的声息都偃止了，野鸭群夹着鸳鸯回巢睡了，只这绣阁醒着，那窗户格子，就像是泪眼，盈而不泻。一长串西施牡丹停在寿衣的前襟，从脚面升到颈项了，就在合棺的一霎，一并吐蕊开花，芬芳弥漫"（141页）。这三个人，是"天香园绣"第一代的关键。所以后来希昭对蕙兰说过这样的话："天香园绣中，不止有艺，有诗书画，还有心，多少人的心！前二者尚能学，后者却决非学不学的事，唯有揣摩，体察，同心同德，方能够得那么一点一滴真知！""前辈人的心事心知，与咱们不知隔了多少层。"（509页）

"天香园绣"要再往上走，发展到极致，就因缘际会，落到第二代沈希昭身上了，集前辈之大成，开绣画之新境。但在希昭从杭州嫁进天香园的前后，申家的败落已经日益外露，申家老爷要一副上好的棺材木头，还是用希昭首次落款"武陵绣史"的四开屏绣画换来的。闺阁女红不但流出了天香园，而且越来越成为家用的一个来源。不知不觉间，消闲／消费的方式，转变为生产的方式。

要说这个方式的彻底转变，就到第三代蕙兰了。蕙兰是从天香园嫁出去的，要了"天香园绣"的名号做嫁妆，果然在婆媳相依为命的艰难日子里，用绣品支撑起稳定的生活。"天香园绣"到了蕙兰这里别开生面，这个生面不是绣品本身技艺、境界上更加精进，这一点在她婶婶希昭那里已经登峰造极，蕙兰做的是把这项工艺与生活、生计、生命更紧密地联系起来，给了这项工艺更踏实、更朴素、更宽厚的力量。她违逆艺不外传的规矩，设帐授徒，其实是生面大开，那两个无以自立的女徒弟，将来就要以此自立，以此安身。这是她们的生机，也未尝不是"天香园绣"新的生机。落尽华丽，锦心犹在。这样的生机大，而且庄严。

作品中有一段希昭跟蕙兰说"天香园绣"的来历，从闵女儿说起。蕙兰问，那闵又是从何处得艺？这一问真是问得好；答得更好："这就不得而知了……莫小看草莽民间，角角落落里不知藏了多少慧心慧手……大块造物，实是无限久远，天地间，散漫之气蕴无数次聚离，终于凝结成形；又有无数次天时地利人杰相碰相撞，方才花落谁家！"（508页）起自民间，经过闺阁向上提升精进，又回到民间，到蕙兰这里，就完成了一个循环。没有这个循环，就是不通，不通，也就断了生机。希昭把"天香园绣"推向了极高处，但"高处不胜寒"；蕙兰走了向下的路，看起来方向相反，其实是条循环的路，连接起了归处和来处。

三

《天香》写的是物。但一部大体量的作品，如何靠一物支撑？此物的选择就有讲究。王安忆多年前留意"顾绣"，不论这出于有意识的选择还是无意识的遭遇，现在回过头去看，是预留了拓展空间的。这一物件选得好，就因为自身含有展开的空间，好就好在它是四通八达的。四通八达是此物本身内含的性质，但作家也要有意识地去响应这种性质，有能力去创造性地写出来才行。

天工开物，织造是一种，织造向上生出绣艺，绣艺向上生出"天香园绣"。但它本质上是工艺品，能上能下。向上是艺术，发展到极处是罕见天才的至高的艺术；向下是实用、日用，与百姓生活相连，与民间生计相关。这是"天香园绣"的上下通，连接起不同层面的世界。

天工开物，假借人手，所以物中有人，有人的性格、遭遇、修养、技巧、慧心、神思。这些因素综合外化，变成有形的物，"天香园绣"是其中之一。这是"天香园绣"的里外通，连接起与各种人事、各色人生的关系。

还有一通，是与时势通，与"气数"通，与历史的大逻辑通。"顾绣"产生于晚明，王安忆说："一旦去了解，却发现那个时代里，样样件件都似乎是为这故事准备的。比如，《天工开物》就是在明代完成的，这可说是一个象征性的事件，象征人对生产技术的认识与掌握已进步到自觉的阶段，这又帮助我理解'顾绣'这一件出品里的含义。"[1]这不过是"样样件件"的一例，凡此种种，浑成大势与"气数"，"天香园绣"也是顺了、应了、通了这样的大势和"气数"。作品里有一节，对这一通叙述得极有识见和魄力，我以为也是整部作品的一个力量的凝聚点。

1　王安忆、钟红明：《访问〈天香〉》。

这一段出现在第二卷。闵师傅来上海走亲家，在"天香园"随处闲看，见到的是残荷杂乱、百花园荒芜、蜘蛛结网、桃林凋败，申家的境况已经了然。但接着上了绣阁，见女眷们集中在一起热闹地织绣，不由得"心中却生出一种踏实，仿佛那园子里的荒凉此时忽地烟消云散，回到热腾腾的人间。闵师傅舒出一口气，笑道：好一个繁花胜景！"（278页）闵师傅兴致盎然地和她们聊了一大会儿——

> 闵师傅出绣阁时，太阳已近中天，树阴投了一地，其间无数晶亮的碎日头，就像漫撒了银币。有一股生机勃勃然，遍地都是，颓圮的竹棚木屋；杂乱的草丛；水面上的浮萍、残荷、败叶间；空落落的碧漪堂；伤了根的桃林里……此时都没了荒芜气，而是蛮横得很。还不止园子自身拔出来的力道，更是来自园子外头，似乎从四面八方合拢而来，强劲到说不定哪一天会将这园子夷平。所以，闵师傅先前以为的气数将尽，实在是因为有更大的气数，势不可挡摧枯拉朽，这是什么样的气数，又会有如何的造化？闵师傅不禁有些胆寒。出来园子，过方浜进申宅，左右环顾，无处不见桅帆如林，顶上是无际的一片天，那天香园在天地间，如同一粒粟子。（284页）

"天香园绣"能逆申家的衰势而兴，不只是闺阁中几个女性的个人才艺和能力，也与这个"更大的气数"息息相关。闵师傅真是有识见的手艺人，能敏锐感知到"园子外头"那种"从四面八方合拢而来"的时势与历史的伟力。闵师傅的识见，其实是作者的识见，放长放宽视界，就能清楚地看到，这"气数"和伟力，把一个几近荒蛮之地造就成了一个繁华鼎沸的上海。

要说《天香》写的是上海，是上海现代"史前"的传奇，那不仅仅是说它写的是"天香园"这"一粒粟子"内部的传奇；还有更大的一层，是造就一座都市的蛮力、时势、"气数"和历史的大逻辑。这更大的一层没有直接去写，却通过"天香园绣"的兴起和流传，释放出种种强烈的信息。作品的格局，为之大开。如果没有这一层，就只能是"一粒粟子"的体量和格局。王安忆何等的魄力，敢于把她自己一笔一画精心描摹"天香园"的世界称之为"一粒粟子"？因为她有一个更大的参照系，"天香园"外，大历史的脚步声已经轰然响起。

四

"天香园在天地间"，天地何谓？"五四"以来，文学里面少有天地，多是人间。人事已经令人招架不暇，哪里还顾得上天地？所以说这一百年来的文学是"人的文学"，大致是个事实。古早时候的文学不只是"人的文学"，那里面有天地气象。人在天地间，文学岂能自外于天地？

但天地不言，文学又能如何言说？大抽象无法直接说，就从身边可得而观之的天地所生的种种具象、具体的物事说起。举两段花事的描写。

一段出现在第一卷，小绸和闵女儿去看疯和尚种的花畦。两人的情绪都还在镇海媳妇早丧的伤逝之中，之间的关系恰在隔阂将要消除却又无以突破之际，出绣阁，入花田，猛然间一片绚烂至极的景象扑面迎来，来不及反应似的"都屏住了气"，忘记天上还是人间。"天地间全让颜色和光线填满了，还有一种无声的声音，充盈于光和色之中。辨不出是怎样的静与响，就觉得光和色都在颤动，人则不禁微悸，轻轻打着颤。"花间还有各种野物在飞舞，活物在拱动——

> 小绸和闵都不敢走动，怕惊醒了什么似的。蝶群又回来了，还有落在她们衣裙的绣花上的。蜂也来了，嗡嗡地从耳边一阵阵掠过，那天地里的响就是它们搅的，就知道有多少野物在飞舞。脚下的地仿佛也在动，又是什么活物在拱，拱，拱出土，长成不知什么样的东西。这些光色动止全铺排开来，织成类似氤氲的虚静，人处在其中有一种茫然和怅然，不知何时何地，又是何人。要说是会骇怕的，可却又长了胆子，无所畏惧。（158页）

繁盛至极的花事，平淡地看不过是天地一景，但若有感知，天地也就在其中了。小绸她们猝不及防地遭遇此等胜景，那感知也就格外强烈一些，虽然言语上表达不出，但身处其中的惊悸、茫然和怅然，确是因为触着了另一层境界——远在家族人事、绣阁怨嗔之上的境界——而产生。有一点感知，就会有一点通，有一点通，就会有一点力——天地传导过来的力，"要说是会骇怕的，可却又长了胆子，无所畏惧"，这就是"生生"。

小说第三卷，又有一段写花事，其时蕙兰婆家家道尚可；但不久之后就发生人亡变故，蕙兰亮出手艺，以"天香园绣"支撑家用。某日阿嗤邀几位老爷去法华镇看牡丹，农家以稼穑司花事，园里也没有别的点缀，一色的牡丹。"老爷们都笑：乡下人的一根筋，说种牡丹就种牡丹，养得又如此壮硕肥大，都结得出果实了！阿嗤说：庄户人家的口味，都厚重。老爷们道：这就是本意了，怎么说？不是正史，亦不是稗史，是渔樵闲话！"接下来描写，寥寥几笔——

　　　那牡丹花只是红、紫、白三种本色，并无奇丽，一味地盛开，红的通红，白的雪白，紫的如天鹅绒缎。农家人惜地，在花畦里插种了蚕豆，正结荚，绿生生的，真是有无限的生机。太阳暖洋洋，扑拉拉地撒下光和热，炊烟升起来，携着柴火的气味。（400页）

　　小说首卷的花事瑰丽绚烂之至，这末卷的却是简单朴素之至。连语言句式也简单到家，朴素到勇敢的地步：本色的花，"红的通红，白的雪白"。更朴实的是花畦里的蚕豆和太阳下的柴火气味。生活的气息和人间的烟火，与花事合而为一。"天地有大德曰生"，太阳"扑拉拉"撒下的光和热，作用于花，也作用于菜；"生生之谓易"，蕙兰把"天香园绣"带出"天香园"，带进俗世民间，即是"易"，也即是带进了未来可能的无限生机。

　　王安忆写上海，这一回推到了现代的"史前"，与此前她笔下的现代都市风貌不同，别有天地。要说明代也算不上古，但对上海来说就是"古早"了。在上海的这个"古早"时期，毕竟人近天地，近天地而有感知，近一点，通一点，就是另一层境界，另一种格局。要我说，《天香》在王安忆的上海写作谱系里，不只是新增加了一个品种，不只是多写了一个历史阶段而已，而是上出一层境界，扩出一种格局。放到少有天地、多是人间的当代文学创作中来看，其意义更不可等闲视之。

五

汪曾祺谈他老师的文物研究，称之为"抒情的考古学"；沈从文八十岁生日，汪曾祺写给他的诗里有一联："玩物从来非丧志，著书老去为抒情。"[1] 沈从文后半生最重要的作品《中国古代服饰研究》，在以文学为学习或研究对象的学生和学者眼里，总不免视之为另外一个领域的专门学问，望而生畏，王德威却劝同学"飞奔"到图书馆找来看一看，或者不妨当作"小说"来读。他没有在文字里写出"小说"这个词，却清晰地勾勒了这部著作叙事和抒情交织的结构："这本书一方面是一个顺时的逻辑性的叙事，但是另一方面却有强烈的随机意味。而这个随机的意味总是因为一件对象而兴起，总是看到一个实在的东西，沈从文有感而发，然后由这个物件开始敷衍出某一时代和环境'穿着'的体制，'穿着'和社会的关系，以及沈从文作为一个考古研究者对于这样一个穿着、式样和意义的感悟。基于此，我甚至大胆地提出来，这是

---

1 汪曾祺：《星斗其文，赤子其人》，《蒲桥集》，66 页，作家出版社，1992 年。

一种'物色'的观念的新体验。无论这是多么狭义的'物'的解释，因为这样一个对物、物象、对象、风物的延伸的理解，沈从文开始他'缘情'的书写。"[1]

王安忆的作品不是关于"顾绣"的考古学著作，而是叙述"天香园绣"的虚构性小说，但写这部作品的王安忆和研究物质文化史的沈从文，在取径、感知、方法诸多方面却有大的相通。王安忆不喜欢"新文艺腔"的"抒情"方式和做派，但"天香园绣"的通性格人心、关时运气数、法天地造化，何尝不是沈从文心目中的"抽象的抒情"。

一物之兴起流转，也关乎历史的大逻辑，也感应天地"生生"之大德。小说似乎可以不理会这些，因为理会了，怕被这些东西压垮，变成历史逻辑的填充物和说明书，变成天地之德的说教文和言道书。才力不足，往往致此。小说，按王安忆的比喻，近乎曲，写的是俗情，是世事。我把王安忆的说法理解成小说的一个基本的性质，却并非画地为牢的清规戒律。如果有能力、有悟心、有气魄写俗情世事而与历史的逻辑和天地的生机相通呢？

《淮南子·要略》里有两句话："故言道而不言事，则无以与世浮沉；言事而不言道，则无以与化游息。"以"与世浮沉"和"与化游息"兼行并用。借用来说《天香》，"言事"而能入乎俗世人情、关乎历史变迁的一面，自然不在话下；"言道"，这个说法用不上，太高太重也太抽象了，但分明有朝着这个方向敞开感知的心，我在文中一直避免"道"这

1　王德威:《抒情传统与中国现代性》，131页，生活·读书·新知三联书店，2010年。

个词，而说是近天地，近一点，通一点，感知一点，上出一层。不要嫌一点为少，对于一个人、一部作品来说，对于文学来说，这一点其实是很大的格局和很高的境地。所以我认为，《天香》不仅仅是"世情小说"层次的作品，不仅仅是"轰轰烈烈的小世界"；它还有另一个层次，触着了"浩浩荡荡的大天地"。"轰轰烈烈的小世界"和"浩浩荡荡的大天地"，也许本就不隔，本就相通。这两个层次融合起来，才使得《天香》生机处处，既庄严正大，又可亲可感，不止不息吧。

二〇一一年四月十二日

《天香》里的"莲"

——王安忆小说的起与收，时间和历史

一

王安忆写小说，还抱持着一种朴素的责任感：来龙去脉，不能马虎，不能讨巧省力，必得有可靠的起点，有环环相扣、经得起推敲的过程，有让人信得过的结局。自从现代主义文学兴起之后，这样本分的态度和老实的写法，就常常不免被视为不合时宜了。

《天香》[1]的叙述，也是如此。

先从起点说起。现代小说的叙述起点，常常是突然放在你面前的，为什么会有这个起点，往往略而不谈，也常常无从追问。像宇宙大爆炸似的，一切从这里开始，那么这里就是起点。王安忆小说的起点，却通常并不是叙述最开始的那个点，而是在叙述中才慢慢形成那个起点。也就是说，起点也有个来路，不是天上掉下来的。《天香》的中心是"天

1　王安忆:《天香》，人民文学出版社，2011年。本文引用依据此版本，在文中标出页码。

香园绣"，要写"天香园绣"，先写"天香园"，写"天香园"如何从无到有，所以小说第一卷是"造园"。上一辈造园，下一辈长成，娶妻纳妾，女性闺阁伤心寂寞，以绣活遣怀寄情，才逐渐产生了"天香园绣"。"天香园绣"的起点是在闵女儿和小绸拿起绣针的时刻，但她们聚在绣阁、支起花绷、拿起绣针，并不是无缘无故的。

有了这个起点再往后，这一路漫长，从第一代小绸和闵女儿的开创之功，到第二代希昭的绣画新境，再到第三代蕙兰的外传流布，上出下潜，波折变化，是小说的主体，也就是那个一步一步往前推进的过程。

写到哪里为止呢？小说最后一段文字是："康熙六年，绣幔中出品一幅绣字，《董其昌行书昼锦堂记》。其自蕙兰始，渐成规矩，每学成后，便绣数字，代代相接，终绣成全文；四百八十八字，字字如莲，莲开遍地。"（407页）

这好像只是以交代收尾，其实却不能看成只是交代。"字字如莲"是一层意象，"莲开遍地"是更上一层的意象，八个字，两层意象，两重境界。全书的力量最终汇聚于此，集中迸发出"莲开遍地"的光辉：深蕴，阔大，落实，而生机盎然。

以此收尾，既是收，也是放，收得住，又放得开，而境界全出。但其来路，也即历史，却也是从无到有，一步一步走来，步步有落脚处，步步有向上心，见出有情生命的庄严。

二

从最后的"莲"往回追溯，我们来看看"莲"这个词，是怎么一步一步演化的，怎么从物象变成意象，又怎么从普通的意象变成托境界而出的中心意象。小说很多地方写"莲"，王安忆下笔之时，未必前思后想，有意处处照应，倘若那样，也就刻板了；但也绝不是信笔涂鸦，写于当写之处，至于此处和彼处的关系，即使不做设计，也会自然生成。作者也许无意，读者却不妨有心。

小说开篇写"造园"，园成之时，已过栽莲季节，年轻的柯海荒唐使性，从四方车载人拉，造出"一夜莲花"的奇闻。这样的莲花，不过就是莲花而已；柯海的父亲夜宴宾客，先自制蜡烛，烛内嵌入花蕊，放置在荷花芯子里，点亮莲池内一朵朵荷花，立时香云缭绕，是为"香云海"。"香云海"似乎比"一夜莲花"上品，但其实还是柯海妻子小绸说得透彻，不过是靠银子堆砌。如果联系到上面说的起点问题，这里的叙述就还在"天香园绣"的起点之前，起点之前有"莲"，但这个词也就是一个普通意义上指物的词。

待到起点，"莲"再次出现，此时，叙述的笔调就不一样了。闵女儿嫁给柯海为妾，新来乍到，敛声息气，一个人孤单的时候多，就拿出娘家带来的绣花的家什：挑出一张睡莲图，覆上绫子，用炭笔描下来花瓣叶条，再针绣。娘家是苏州世代织工，绣活自小就会，但此时此刻，情境与在娘家做女儿时当然大为不同：

这一幅睡莲图是漫天地撒开，闵女儿好像看见了自家庭院里那几口大缸里的花，停在水面，……那浮莲的淡香便渗透盈满。身上，发上，拈针的手指尖上都是，人就像花心中的一株蕊。渐渐地，缸里的睡莲移到了面前的绫上，没有颜色，只有炭笔的黑和绫面的白，很像睡莲在月色中的影。……好了，睡莲的影铺满白绫，从花样上揭起，双手张开，对光看，不是影，是花魂。简直要对闵女儿说话了，说的是花语，惟女儿家才懂，就像闺阁里的私心话。（61页）

睡莲图，娘家庭院大缸里的浮莲，描在白绫上的莲图，还有即将用针绣出的浅粉的红的莲花；现实，回忆，花影，花魂，花语，寂寞女儿心。"莲"在这里，在"天香园绣"的起点上，交织了如此重重叠叠的内容。此时的"莲"，不再是一个单纯指物的词，它变成了一个意象，而这个意象的内涵也绝不是单一的。

略去中间多处写莲的地方不述，小说末卷，蕙兰丧夫之后，绣素不绣艳，于是绣字，绣的是《昼锦堂记》。《昼锦堂记》是欧阳修的名文，书法名家笔墨相就，代不乏人，董其昌行书是其中之一。开"天香园绣"绣画新境的婶婶希昭，曾得董其昌的指点，临过董其昌行书。蕙兰绣希昭所临的字，"那数百个字，每一字有多少笔，每一笔又需多少针，每一针在其中只可说是沧海一粟。蕙兰却觉着一股喜悦，好像无尽的岁月都变成有形，可一日一日收进怀中，于是，满心踏实"（327页）。

后来蕙兰设帐授徒，跟她学的两个女孩子看绣字，"只当这是草叶花瓣，丝练璎珞，或是灯影烛光，勿管字不字的，又勿管写的是什么，只觉得出神入化！"（397页）一派天真率性，却无意中得了书画相通的体会。成品后"字字如莲"，自不是凭空说起。而说的是"如莲"，即是以意生象，以象达意，而不必真有莲了。

但我还要说，紧接着的"莲开遍地"的"莲"是更上一层的意象和境界，"字字如莲"还有"字"和"莲"的对应，"莲开遍地"的"莲"却是有这个对应而又大大超出了这个对应，升华幻化，充盈弥散，而又凝聚结晶一般的实实在在。三十多万字的行文连绵逶迤，至此而止，告成大功。

所以，如《董其昌行书昼锦堂记屏》这样的绣品，是时日所积、人文所化、有情所寄等等综合多种因素逐渐形成，这当中包含了多少内容，需要文学想象去发现，去阐明，去体会于心、形之于文。

我因好奇，对照了用作《天香》封面背景图的顾绣董书《昼锦堂记》和董其昌的行书，感觉还是不一样。这就对了，绣品里面有董其昌，更必然有希昭，有蕙兰，有代代相接的慧心巧手，有绣品自身的意趣和格调，此物既出，已然自成。

三

从起点之前的"一夜莲花"，到起点上的睡莲意象，再到收尾处的"字字如莲，莲开遍地"，"天香园绣"的历史脉络的节点标记清晰。当然，从偌大的作品中只取一"莲"的演化来立说，一定没有述及其丰富的、具体的内容；但就是这小小的线索，也隐含了重要的历史感受和观念，那就是，人的劳动和创造、情感和智慧所结晶的各种形式的文化——包括以物质形式体现的文化，才是与世长存的，才是历史中价值不灭的。现实里的莲花时有残败，"天香园"的莲池也早已废毁，连"天香园"也没有了，连明朝也灭亡了，可是"如莲"的绣品仍在，而且"莲开遍地"。"一些生死两寂寞的人"，以文字、以工艺、以器物保留下来的东西，成为"连接历史沟通人我的工具。因之历史如相连续，为时空所阻隔的感情，千载之下百世之后还如相晤对"[1]。

四

我曾经写《一物之通，生机处处》[2]讨论"天香园绣"的通性格人心、关时运气数、法天地造化，由此而论《天香》的几个层次，谈的是小说的空间气象；但小说也是时间的艺术，《天香》写的又是一种女性绣品的历史，时间脉络自然是重要的事情。时间脉络在空间气象中逐步推移，由头到尾，起承转合，叙述才完整起来。借"莲"说事，说的就是《天香》的时间脉络，以及小说的叙述在这时间的推移和变化中完成了什么。

1　沈从文：《致张兆和》（1952年1月24日），《沈从文全集》第19卷，311页，北岳文艺出版社，2002年。
2　张新颖：《一物之通，生机处处》，《当代作家评论》，2011年第4期。

回头再说小说的起点和收尾。前面说王安忆小说的起点是慢慢形成的，是有来路的，那么，就还可以再往前追溯：小说从"造园"写起，那么为什么在这个时代兴起了造园的风气？这种能量是从哪里、怎么积聚起来的？这是一种什么样的能量？如此等等，不同的人会问出不同的问题吧，不同的问题也能把往前追溯的距离带到不同远近的地方。这就是有来路的起点的好处。前面还说小说的收尾，既是收，也是放，收得住，又放得开，也就是说，没有收死。那么这个结尾，在读者那里，也就还可以再往后延展。小说本身的叙述，有头有尾，已经完整；但完整并不是封闭的意思，它的时间脉络，既向前，也向后开放。"天香园绣"的历史，在历史长河中有它的前因后果；造就"天香园绣"的能量，在历史能量的流转中也有它的前接后续。这不是孤立的历史，不是只封闭在一段时空里的能量。《天香》以一物之兴切入上海早期的一段历史，倘若把这段历史和这种能量，放在上海这座城市的前世今生中来感受和观察，可能会更明白小说这样的起点和收尾所暗含的开阔眼光。

二〇一一年七月十九日

文明的缝隙，"考古层"的愁绪

——王安忆《匿名》的"大故事"

一、"发生学"

我好奇一部作品在产生出来之前，作家是怎么意识到它的。这里面有触机，或许还不止一次两次；有日常的无意中的积累，意识半昧半明的酝酿，从不自觉到自觉的探问，然后，豁然开朗或逐渐成形——特别是对于一部大篇幅的作品来说，大多得经历这么复杂的过程吧。等到明确了——明确了它是一部可以写的作品——之后，写作就正式开始了。

《匿名》[1]就挑起了我这样的好奇心。王安忆怎么会写这么一部小说？问出这样的问题，也就意味着，这部小说的出现，对于自以为熟悉王安忆创作的我来说，多少有些意外。

---

[1] 王安忆：《匿名》，人民文学出版社，2016年。本文对这部作品的引用，依据此版本，在文中标出页码。

——说不定，对于王安忆本人来说，也还多少有些意外。

三年前，我读到王安忆的一个短篇，叫《林窟》。说是小说，也不太"像"，没有人物，没有故事，当然也没有情节，写的是大山里一个小小的地方，走近了它，却没有走进去，它深藏在山坳里，进去的路已经被草木密合。站在盘山公路边，遥望那个曾经有人生活过的小小地方，思绪纷披，不能自已，却戛然结束了："林窟这地方决不是杜撰，它确有其地，就在括苍山脉之中，沿楠溪江一路进去。方才说的曾经有人去过，那人就是我妈妈，去的时间是在上世纪的七十年代。相隔四十年，我于二〇一二年走近它，走近它，然后弃它而去。"[1]

二〇一二年夏天，王安忆去温州永嘉，带着上海电影制片厂油印的剧本《苍山志》，按照母亲茹志鹃当年的笔记，寻访她和谢晋等一行人为筹拍电影曾经来过的几个地方。这一经历，她写在散文《括苍山，楠溪江》里。文章特别记下了这样一些地名：五尺镇，里湾潭，柴皮，西茅山，七里半，还有林窟。林窟本来只三五户人家，窝在深而逼仄的山坳里，因地处交界，七十年代发展出暗中交易的集市，旺时达到几千人，母亲笔记里留下了当时的盛况；现在，却完全被荒草杂树淹没，向当地人打听，回答都是，这地方"没有了"——什么叫做"没有了"呢？[2]

也许，我们可以尝试猜测、想象、分析王安忆的心理。括苍山脉中这么一个小地方，走近了，却没有走进去，就离开了，本来，也可以

---

1 王安忆：《林窟》，《众声喧哗》，152页，上海文艺出版社，2013年。
2 王安忆：《括苍山，楠溪江》，《文汇报》2012年10月8日。

是一件平常的事，固然遗憾，但离开就离开了，不妨一切到此为止。但王安忆把"离开"这么一个合乎现实理性的自然行为，出以一个很重的词，"弃它而去"，里面有她自己未必全然自觉的自责成分。有过感情离开才叫"弃"，哪里来的感情？什么样的感情？母亲曾经在这里生活过，曾经在这里费心费力想做一件事而最终未能完成，因此而产生感情，属于人之常情，不过，还是过于私人性了；超出这私人性的，是这里曾经有人生活过，这里的生活曾经发展到繁盛的阶段，这里有兴，有衰，有废，林莽苍苍，蕴藏着什么样的人事、历程、命运——就这么离开，她会很不情愿，很不甘心吧？"弃"这个很决绝的字眼，反倒透露出不情不愿不甘。

而现在，这个地方从行政区划和地图上消失了，从当地人的口中"没有了"，她能够心平气和地接受这个"可疑"的事实而不耿耿于怀？

那么，设想一个人，进到这个她没有进去的地方——她的本分可是一个小说家——怎么样？安排一个没有名字的人，到这个"没有了"的地方来，会如何？这个"没有了"的地方，有一种奇特的召唤力量，召唤一个人进来。

问题是，到哪里找一个人，找一个什么样的人？

这就要说到更早的事了。二十世纪八十年代，王安忆到妇联信访站听访了一段时间，其间遇到一个女性，她丈夫是个大学教师，退休的时候教委安排到雁荡山旅游，他就在这个活动中失踪了。"这个故事，我其实心里时常在想的，我要给他找个出路啊，他去什么地方了。好像最最通常的就是说他想重新过一生，连妇联的老师都想到了，当然他有权利，也有可能；但对于一个一下子不见的人来讲，这总不是一个太有回报的结果。我希望这个失踪事件更有回报。"[1]

将近三十年后，王安忆把这个失踪者安排到括苍山之中：先进林窟，再到九丈，后去县城，最终融入楠溪江。

这，就是小说《匿名》的简略的"发生学"。

二、叙述：转喻和隐喻

《匿名》讲述的线索并不复杂：一个退休的人，在一家台资企业又找了份清闲的工作，有一天莫名其妙地被绑架，绑架的一方意识到绑错了人，就把他送进苍茫大山荒僻的深处，任其自生自灭。他一个人过夏，经秋，历冬，到了春天，一场大火逼迫他逃离，被好心人发现，送到镇里的养老院，过了一段时间又送往县城的福利院。等到他的身份逐渐被查明，眼看上海的家人就要来接他回去的当口，他失足落进了江水。

这条线索，时间长度是一年多。如果画出这一条线，上面概括的关节，不过是几个点，光看这几个点，不足以理解这条线。线是由无数的点组成的，密密麻麻，小说的叙述就是要写这些密密麻麻的点，以及这些点之间的关联，具体就是这个没有名字的人接连的经历，不断遭遇的人和事。

1　王安忆、张新颖：《文明的缝隙，除不尽的余数，抽象的美学——关于〈匿名〉的对谈》，《南方文坛》2016 年第 2 期。

但这条线只是这一个人的线，他不断遭遇的人和事，也各有其线。遭遇，也就是相交了，相交于某个点，然后或重叠，或平行，或时即时离，或分道扬镳，各有轨迹，却也互相影响。这些线错综复杂，产生不同意义的关系，不管怎样，它们共同构成了面，有了面，才能"展开"，"展开"小说世界的丰富性。

一般来说，长篇小说的写作，以完成上述任务，描述出一个相对完整的世界为目的。由点到点的连接，由线到线的交叉，由面到面的扩展，叙述以整体上转喻的方式进行。整体上转喻的方式，换成简单的大白话，就是讲，接着讲，讲下去。拿语言的横聚合和纵聚合来比拟，转喻的叙述就是横聚合的不断延伸。

那么，转喻的叙述是不是意味着小说的平面化，不能产生出立体的结构？当然不是，因为可以叙述出不同的面，面和面之间的关系就产生出立体的结构；即使只有一个面，这个面也完全可能是不平整的，不同的因素和力量作用于这个面的不同部分，使得这些不同部分并非处在同一层次上，因而这个面本身就可能是立体结构。

另一方面，整体上转喻的叙述，并不排斥局部的隐喻式叙述，字、词、句，意象、人物、情节，都可能是隐喻的或具有隐喻性；甚至，整体上转喻叙述完成的作品，其核心就是一个完整的隐喻，也大有可能。但是，很难想象整体上以隐喻的叙述方式去写作长篇小说，隐喻的叙述适合于诗，一个短篇小说也可以用隐喻的叙述完成，篇幅浩大的长篇如果以隐喻的叙述贯穿始终，必定是困难重重，这类似于以写诗的方式写一部长篇小说。不仅对写作来说是困难的，对阅读也是如此。

不过，很难想象、困难重重的事情也有人尝试，特别是现代以来，出现过这样的作品，当然，数量上比较少。

《匿名》的叙述，框架和线索是转喻式的，但是在转喻叙述行进过程中的任何一个点上，都有可能停顿下来，思考这个点，探索这个点背后的世界，这样叙述就改变了方向，不是直线连到下一个点，而是往另一个维度行走了。这样的情形经常发生，密集地发生，就显出隐喻叙述的比重和分量。这部作品的深层内涵，在我看来，多是隐喻的叙述揭示出来的。所以，从叙述的方式来说，这部作品不仅不同于王安忆以往的很多作品，也不同于我们惯常阅读的小说。明白了这一点，或许能够有助于我们的阅读；否则，当我们带着习惯的转喻式叙述的阅读期待来读这部作品的时候，可能会碰壁，会晕头转向，会不明所以。这也就是我啰嗦上面这些话的原因。

也可以用不啰嗦的话来说，这部小说的叙述方式，要求读者的，不是"读下去"，而是"读进去"。

什么叫"读进去"呢？举一个简单的小例子，小说里这个独自在荒山深处生存的人，野果生蔬果腹，某一天，他忽然闻到"熟食的气味"。"熟食的气味"就是一个停顿的点，从这个点，可以进入文明的历史过程中：熟食唤起了个人感官的记忆，这种个人感官的记忆其实是人类的文明赋予的。火的发明和使用；野生植物的辨识、选择、驯化和培育，使得它的果实能够成为人的食物；从生食向熟食的过渡，因为熟食而使人发生的变化；如此等等。如果以这样的眼光来重新打量现在的日常世界，从眼前"看进去"，可以看很久，可以看很多，而平常，大都是忽略掉的。

三、进化和退化、"考古层"

好了，现在，就让我们进入《匿名》的世界。

我们现在的日常生活，有一个平台，由长久的历史所形成的文明的平台，我们在这个平台上立足，弹跳，开展各种活动。细究起来，这个文明的平台当然不平，那么换一个词，叫文明的地面。有一天，这个文明的地面，突然裂开了一条小小的缝隙，坍塌了小小的一块，一个人猝不及防地从坍塌的地方坠落了下去——《匿名》的世界，就是突然坠落进去的世界。

由此出现的问题是：一、他坠落了下去，他会怎样？二、他重新置身的这个世界，是什么样的世界？三、他和这个世界发生和建立什么样的关系？这几个问题，不是依次出现的，而是交织在一起，纠缠着，搅扰着，时明时暗，却一直存在那里。

这个普通的市民，在上海这样的都市里，度过了大半生，如果不出意外，余下的生命也将沿着庸常的轨道，平平凡凡走到终点。可偏偏就出了意外，更意外的是，这个意外发生之后，他已经不在这个高度发达的文明的地面上，而被抛入荒蛮的深山深处。空间上是从上海到林窟，时间上呢，那种坠落更惊人，从现代掉进古代——还不是近的古代，更像是人类生活的早期——他被抛入了时间的深处。

这一惊变导致了记忆的严重丧失，也就是说，他以往在文明的地面上积累的生命经验的总和，一下子被除去了很多。这样也有个好处，大大减轻了身上文明的负担和牵绊，得以全力应付眼前严峻的生存问题。求生的本能是那样强大，刺激出蛰伏在身体里的多种能力。如果不是遭遇这种突变，他一定意识不到他身体里还潜藏着这样那样的能力，他迅速地"变种"，差不多像"半个"原始人。为什么说像"半个"原始人？因为处在从文明向原始退化的途中，没有走到底，说"半个"也是说多了。

现代的个体生命，是人类漫长的进化过程的结果，在个体生命降生之前，他未曾经历的进化历程的信息，遗传保存到个体生命之中，而他未必自知；现在，这个没有名字的人，从原始向现代进化的方向上倒转，进化发展出来的能力在退化、在丧失，与此同时，进化过程中闲置、萎缩、淘汰的能力被激活，唤醒，重新获得。退化的过程，并非能力的全然丧失，而是一部分能力丧失的同时，获得另一部分能力；进化也可作如是观，并非全部能力的获得，也是获得了一部分，丧失了另一部分。更复杂一点说，进化、退化，有时齐头并进，有时互相撕扯，难解难分。单向的进化，单向的退化，都是简化的描述。

到了这里，多少可以看出，《匿名》要写的，不是一个特殊的人在文明的地面上的遭遇，而是借着某一个人，写人在文明的历史层次中，在进化/退化的历史层次中，可能会有什么样的经历。简单说，就是从文明的地面上，到文明的地层中，会发生什么。

为什么要强调层次呢？王安忆没有走极端，让这个人变成完全的野人，环境也不是从未开化过的彻底的蛮荒，倘若是从文明彻底坠入野蛮，倒也简单了，也就没有层次不层次的问题。有层次，参差地存在，才丰富，也复杂。回想这篇文章一开始就讲的《匿名》的"发生学"，林窟所以会成为写作的触发之地，不是王安忆对蛮荒有感情，而是对这个蛮荒之地曾经渐离蛮荒、发生过人类的生活、发展出人类的文明、而后这生活和文明又遭遇毁弃、这地方又退向荒蛮，生发出千头万绪、难以名状却又实实在在地堵在心头的感受。

这个人初到林窟，于密林荒草中发现被遗弃的房屋，利用为栖身之处，他把依地形而建、错落相接的房屋编号，一号、二号、三号、三点五号、四号，以数字排序，就好像考古学家为发掘的坑穴编号，一号坑、二号坑、三号坑。看起来很简单、很自然的行为，其实显现的是文明培育出来的能力，他身上还残留着这样的能力。数字排序之外，他又取符号、文字的形，给房屋以象形的标识，"将身处环境描画出一幅地图。好比原始人在陶器上描画绳纹、云纹、雷电纹，从具象进步到抽象，而他则反向，从文字退到图案"（79页）。你看，即使是退化，也利用了之前进化成果的残留。

看似荒野的世界，其实有"考古层"，有文明积淀的地层；退向原始的无名人，其实不可能回到元初，进化的成果阻碍着退化的进程，哪里就那么容易一下子变成完全的野人？人身上，也有文明积淀的"地层"，也有"考古层"。那么，这个人和这个世界的关系，就不是一个单一层次的人和单一层次的世界之间的单一的关系了，即便是生存这个最现实的问题压倒了一切其他问题，为解决这个问题，互相之间也是有妥协、有商量、有含糊、有决断，甚至，还有默契、还有关照、还有呼应呢。

别说这个人，就是一直生活在苍茫大山里的人，譬如说把这个人带进林窟的哑子，身上也是"考古层"："哑子的历史无意识全在手足的劳动中产生，经历以及未经历的人类史从他身体走过，这身体里有的是社会发展的动力，从类人猿到人，从原始人到现代人，从无文字到有文字，从无记载到有记载。哑子他浑然不觉……"（97页）

四、看见他们

哑子是这个没有名字的人发生重要关联的一个人，有这样关联的人，还有二点、麻和尚、敦睦、病猫似的孩子小先心、白化病少年鹏飞。他们都有些特别，异样，各有奇怪的来历。

哑子生在野地，被阿公拾回家，长在藤了根，一个破布样的村子，几乎是挂在山壁上。阿公死后，哑子流落到五尺镇，又被麻和尚捡着，从此就跟着在道上混，四处为家。他哑，却不聋，而且别有一种常人不及的聪明，可谓一窍蒙蔽，六窍通透。

二点，跟着兄嫂住在野骨，他们是最后迁出林窟的一家人。二点年纪大约近四十，身心却停留在六七岁的光景，更准确点说，身体是个"成年的孩子"，心智以变形的方式生长为一种"成熟的天真"。

麻和尚，来自一个烧碗窑的古镇，他从出生到长成少年，短短的时间即经历过窑业的复兴、凋敝、移民——水库淹没了他的老家，一千年的烧窑史瞬息凝固在水底世界。麻和尚后来走上法外世界，建立了自己的地盘。

敦睦，从种植靛青的偏僻山村出走，斗过狼，蹲过监，陪伴过死囚，死囚是个高人，得到他的指点，脱胎换骨，再回到苍山里的九丈，改名敦睦，狼相随之而改，迅速成为道中后起的头号人物。

小先心，先天心脏病的小孩，为父母所弃，由福利院收养。

白化病少年，从大山里一个自我隔绝的地方来，那里都是白化病患者，弃世而居，这个少年却是叛逆，到外面的世界走自己的路，给自己起名鹏飞。

他们本来都是大山的这个角落那个角落里的人，可是他们又和一般的山民不一样，甚至可以说是异类，因着各自的原因，离开了原来的生活；他们走到社会化程度更高一些的生活中来，却又和这个社会保持奇怪的关系，并不融入社会的普通规范中，又是这个社会的异类。他们失去了身份，甚至失去了名字——他们都没有随着生命降生到世上而起、一直陪伴着他们的名字，他们的名字要么是诨号，要么是别人给的，要么是自己后来起的。他们的存在，好像都是不存在，可是他们明明存在。没有人知道他们的来历，他们藏匿了自己的来历，守口如瓶：我知道我的来历，就是不告诉你！

他们的世界，就是匿名的世界；在这个匿名的世界里，还要添上半途加入者，那个和他们发生关联，失去记忆、失去名字，也没有人知道他的来历的人。"你们没有人知道我的故事，鹏飞本想对志愿者说的，其实，是对自己说，结果呢，却仿佛对全世界说。你们没有人知道我从哪里来，就像老新不知道他从哪里来。我从来没有说过，不想说，一想

起就泪流满面。"（438页）

他们生存在文明的缝隙里，倘若我们看不见文明的缝隙，我们就看不见他们。

文明的缝隙？什么样的缝隙？"偏离历史的主流，再偏离稗史的支流，继而从怪力乱神末流离开，绕过记载、口传、风闻，所有透露的可能性，唯有这样的封闭，才会诞生出个别性。"（341—342页）

《匿名》看见了他们，写出了他们，写出了与我们同一个物种的他们的个别性。

五、林窟

这个被错绑的人进林窟，是因为哑子。麻和尚把绑错的人交给哑子处理，哑子怎么处理呢？藤了根这么个小小的地方，却是有信仰的，信仰化成单纯的戒律，就是不杀生。哑子在素净的藤了根长大，还种下了喜洁净、忌荤腥的怪病。山是大洁净，时间是洁净的根源，"无限的时间，可以净化无限的腐朽……他终于知道把这个人带去哪里了，就是带去山里边，带进无限的时间"（70页）。

哑子小时候跟着阿公卖树，去过林窟，现在思想跟着脚走，又走进了山的这个极深极逼仄之处。"在旁人眼里是山，在哑子，就是生生息息，周而复始。"可是，这个人放进山里了，却没有进入生息的循环，哑子看得出来。"在无人的旷寂之中"，哑子不由得对这个人生出"同类"的相惜。（80—81页）接下来，哑子做的事是帮助、引导、示范，要能适应了环境，生存下来，才可能进入自然的循环和轮回。这个人跟着哑子劳作，采集、种植、储存，这是物质性的一面；精神性的一面，这个人也逐渐蜕变，靠近哑子，"用肢体进行思考、解析、记忆"，"这一系列精神活动无法辐射得更远，至多是在视力可见范围。那一号房屋在他就是单纯的冷和无眠，并不涉及绝境一类的概念。……他的感官不断增幅，以纵深阻断作代价。确实，纵深度被割裂了，一旦脱离实物越入抽象，立刻停止。……差一点，差一点，他就要向纵深去，却及时驻步，将自己留在实际的处境里。这是安全地带，出于防御危险的本能反应。那纵深的抽象的虚茫，逝去的已知和将来的未知都是黑洞，唯有现在，至少，他还活着"（103—104页）。

林窟这个毁弃了的地方，因为他还活着，有了人烟。他不是一个有强大力量的人，他说不上对抗这个环境，他多是顺从，多是适应，在顺从和适应中求得生存；然而，这么弱的存在，这么一个被改变的人，也多少改变了林窟。怎么改变？有了人，就是改变。虽然只是他一个人，可这个穴窟也是从没有人到有人啊。有了人，就有了人烟，人气。这一缕微弱的人烟，人气，引来了二点。

二点是又一个帮助他活下去的人。但二点寻到林窟，岂止是帮助一个陌生人？林窟是二点的老家，这个本是陌生人的他，在二点眼里，像死去的父亲，是又"一个爹"。两个人在时间的空茫中邂逅，邂逅之处，正是二点在时间中开始的那个源头，是二点生命中最深切的记忆之地。

二点带出了林窟起起落落的历史。往远说，洪武年间，先人到此劈山伐木，从林莽中掏出一洞天地，人丁旺时百来口；过三百年，却锐减至最初的二三户；又过二百年，泥石流埋了村落。到二点和他哥哥出世，时间在二十世纪六十年代末七十年代初，人口五户，田地集拢起来为"七亩二分三厘五丝六毫一忽"，"这一'忽'是多少，也只有老人知道，为半个手掌"（131页）。但就是这大山褶皱里的一个小小的点，却正处缙云、永嘉、青田三县交界，因地利暗中发展出交换市场，定期集市，一时火热鼎沸，为打压这种"投机倒把"，竟然动用了直升机、军用吉普车。多年以后，外面的世界有了自由市场，林窟偷偷摸摸的交易也就失去了意义。为生计，一户接一户地迁出，终于没有了人，连地名也从行政区划里消失。这个世界末梢的地方，还给了自然的力量，还给了洪荒的时间。

这个没有名字的人的到来，搅扰了荒芜的走向；也通过他的眼睛，过去人类生活的痕迹和文明的遗留，得以呈现。在他退化的过程中，"从人类退到灵长类再退到灵猫一类"的途中，他遭遇了文明的旧物和人类发展的残存遗产："蓄水槽、犁铧片、梁和椽的锯痕和榫眼、瓦爿、灯盏、铁镬、骰子，上一纪文明的鳞爪，从时空壁垒的砖缝渗漏，可以纵观人类社会发展史：石器时代、铁器时代、陶器时代、石油时代，骰子代表哪一个时代？从材质说，可追溯到原始陆生植物裸蕨类出现的地质年代，刻字是仓颉之后，卦算出自周易，工艺从鲁班诞生，机要则在将来未来。"（214—215页）

现在的退化和曾经的进化错杂相遇，参差存在。文明的旧物，有些现在仍然可以利用；有些，即使从实际的用途中蝉蜕，还是犹如化石，蕴藏着也提示着曾经的努力、智慧和文明的愿心。譬如他珍爱草莽世界中发现的那个精巧的灯盏，"提着不发光的灯，风化的灯芯被他拔出来扔了，这灯在他手底下大忽悠，好像唱着歌，歌唱发光的往昔……"（102页）

六、重启

一场大火，把林窟烧为焦土，真就是废墟了。没有名字的人逃出来，在柴皮这个地方，被二点兄弟找到，送到九丈的养老院。由此开始，他重新进入人世，重新"进化"一次。

这个"二次进化"，不同于一个诞生的新人，面对一个全新的世界。养老院里的人叫他老新，他真是又老又新，老里有新，新里有老。

即使经历了严重的退化，他也没有忘记文字，哪怕只认得文字的躯壳，懵懂于文字的内涵。文字的一笔一画，都是文明用力刻下的深痕，他在林窟，不是还用文字和哑子交流？林窟窝棚的墙壁上，不是还留有前代的文字印记？到了养老院，他负责记账——他都不记得了，他以前可是学会计、做文秘的——还有，他教小天心识字、算术。往后，到城里的福利院，少年鹏飞竟然是翻着《辞海》，随意挑出一个又一个字，用概率来探测他老新的身世之谜。

回到人世间，老新要重新启动，最重要的开始，就是语言。奇异的是，文字和语音分解成两个部分，他用文字书写并无大碍，张口说话却困难重重。他说两个字的词，继而说四个字的词组，从词不达意到渐渐接近语义，说话的欲望蓬勃地滋长。可是，他得经过怎样剧烈的过程，才能有所突破。从空寂的深山一下子置身人声鼎沸、语音庞杂的九丈老街，汹涌的音节壅塞耳道，他一个失语的人，怎么应付得了这复杂的局面？结果就是，"他被这岩浆般的语音笼罩，封锁住听觉"。这是最初的阶段，嘈杂的人声反而关上了老新的听觉；接下来，有所转机，"有一些日子过去，夯实的语音疏松点了，透出缝隙，渗漏进认知的光，那就是普通话。……循这些微的光，析出左右上下。自在些了，从外部看，就是机灵些了，而且每天都有进步"——普通话激活了老新的听觉，而且，普通话通向文字，语音和文字有了弥合起来的可能："普通话不只是救命稻草，更成舟船——好在有文字，文字最终收揽全部，九九归一。倘不是文字，普通话也于事无补。"老新身上文字的刻痕，就这样起了作用。"现在，随着普通话，老新认识和辨析周遭环境"，并"逐渐恢复自觉性"。（275—276页）但是，文字，普通话，就像盘山公路，都是人工模仿造化建立的通道，喊喊喳喳的语音躲避人工通道而一路形成的无影无形的默契，却将老新排斥在外，老新打开的听觉，又休眠了。或者说，听觉转为异常活跃的视觉，在直观中呈现语义，一切都变成可视的，连思想也可视。总之，"老新的各项感官以及功能正处在分离中，它们各自为政，各行其是，等待契机，重新合为一体。这可是个混乱时期……老新的内部正经历着激烈的动荡"（281页）。

这一天，敦睦和所长说起从北京上海发起的一项慈善援助计划，包括小先心这样的先天心脏病治疗，关键的当口，老新的听觉恢复，而且，前一段时间噤声，这会儿突然说话了。所长说：去！老新说，如何去？合缝对茬，这才叫说话呢！所长"戏谑地学一句：乡下人，到上海——老新接下去念：上海闲话讲勿来！这句歌谣方一出口，在座三个大人，包括老新自己都是一惊。原来普通话之外，他还能说上海话，接着，第三句歌谣也出来了：米西米西炒咸菜！"（284页）

语言既已启动，整个人的变化也就快速而巨大。敦睦带他和小先心去县城福利院，路上经过一个酒店，老新走出自己的客房，在迷宫似的走廊里转来转去，找不到自己的房间。在走廊里意外和哑子照面，他认出了哑子，哑子第一次却没有认出他，可见变得厉害。不是外形和表情神态的变化，而是，"更彻底，彻底到足够换一种人类"。哑子的视觉其实有过人之处，他看到了实质："这个人在走廊里行走，像是走在这幢建筑的肠道，一粒未被消化的什么籽。其他人都在各自的床上休息，他却找不到自己的床。一粒籽，这就对了，这才是哑子认不出他的原因，他变了物种，变得难以消化和吸收"（301页）——哑子曾经设想让大山消化和吸收他，如今他已重回人世社会，重新"进化"，结果，还是难以被社会消化和吸收。

七、文明的愁绪

老新重启的"进化"历程，由低到高，由简到繁，由慢到快，但《匿名》没有让他重返原来的生活，重返文明的地面，而安排他滑落进流淌不息的江水，交付给时间的长河。

水底的世界，仿佛是一个巨大的文明弃物博物馆，废墟，杂碎，随便哪一样，不都是一段历史？从古到今，人类的努力，似乎不过是堆积一层又一层毁坏、颓败的文明，"所谓考古层，就是累积的愁绪。旧石器的愁，新石器的愁，青铜的愁，彩陶的愁……"（340页）什么敌得过洪荒的时间？人类为时间标上文明的记号，可是再大再深的记号，也会从时间上剥落，沉没于时间的水底。

个人呢？个人身上分段的时间，也像"考古层"，也是愁绪叠着愁绪；可放在时间里，简直连"忽略不计"的"忽"都算不上。想想看，夜晚的星光洒向水面，那星光，远古出发，此刻才抵达这里，个人的生命，放在这样的时间里，说是"白驹过隙"，都夸大了。

如此一来，会不会就一径遁入虚无？这好像是寻常的路径，没有阻遏，很容易滑入这样的感受和意识的套路；在王安忆这里，此时却出现了一种思想，就是能量的转换和守恒。"下一次是上一次的简单重复，还是递进式的，或者偏离出去，形成崭新的文明？那旧文明的壳，会不会固化成模型，规定新文明的格式？或者，有一天，模型崩塌，碎成片，那么，又会不会是新文明的原材料？"（340页）

疑疑惑惑，问题丛生；可就是存在这些疑惑，叩问这些问题，才表明文明的不甘，人的不甘。确定的是，即便是文明的弃物，也不可能回去了，不可能回到原初的状态——"在这里，漂流的尽是一些纳入不进或者排斥出来的残余，就像除法里的余数，多少破东西：碗碴子，碎成齑粉，碎成齑粉也回不进原始性——土里面去了；炭泥，烧成灰也回不到原始性——木头里去了；塑料袋，更别提了，你让它回哪里去？汽车轮胎，回哪里去？他呢，还能回到沉船里吐泡泡的小孩子？这就叫开

弓没有回头箭，这就是必然性的力量。那么，就让我们顺应着它继续进化吧！那碗碴子不定又能变成个什么来。"（436—437）

八、"大故事"

从一起绑架案，讲到退化，讲到"二次进化"，讲到无限的时间和自然史，讲到模拟自然史、改变自然史的文明史，讲到文明史的忧伤，讲到"考古层"的愁绪……这，还是小说吗？这是小说能够承担的任务吗？

小说，我们已经习惯了是"小"说；可《匿名》，分明就是"大"说。

小说，不妨是"小"说，但又何妨是"大"说，又何妨讲一个"大故事"。

当然，"大故事"，亦何妨从"小"说起。所以，还是小说。

对小说这种形式来说，讲一个"大故事"，也是一个机会，用这个机会来做一次非常规的测试，能力测试，承重测试，弹性测试，边界测试。

《匿名》出自作家的野心，野心之大，接千载，游万仞；但是，仔细看看这野心，却不是膨胀出来，发展出来的，而是退回一步，再退回一步，退到接近初始的时候，好奇地注视着，从那里再出发，会发生什么，怎么发生，又怎么到了现在这个样子。这野心的起点好像是初心，但也不完全是，多了理性的意识，思想的运行；好奇是重要的驱动力，但也不完全像好奇心那么单纯，已知后来，复检前史，过来人对过来的

　　　　　　　　　　　　　　　当代小说六家

自觉的好奇，不同于第一次好奇。不过，虽有差别，但这野心，却确确实实通着初心，连着好奇心，它可不是无来由而起、无依凭运作的，因而也就可以感知，可以触摸。更要紧的是，野心落到实处，写作由此开始，《匿名》因此诞生。

二〇一六年一月二日

从短篇看莫言

——"自由"叙述的精神、传统和生活世界

一

莫言是个有巨大体量的作家，他创作上特别引人瞩目的滔滔不绝、汪洋恣肆的叙述特征，也只有给以相当的篇幅，才能得到淋漓尽致的发挥。所以，读莫言要读他的长篇，《酒国》《天堂蒜薹之歌》《丰乳肥臀》《檀香刑》，尤其是《生死疲劳》。

但是，如果不读他的中篇和短篇，损失未必就比不读他的长篇小。按照一般的理解，篇幅的有限，会"节制"叙述，对于莫言这样一个给人通常印象是"不节制"的作家来说，这就形成了一种"张力"，产生出不同于长篇的"艺术性"。这肯定有些道理。但我以为更重要的，还不在这里。

就个人的感受来说，我觉得莫言在写中短篇的时候更"自由"、更"自在"——长篇小说篇幅大，但总有一个基本的目标和流程，即便流量巨大到能带动泥沙俱下如莫言，可以拓宽流域，甚至有时冲毁一下

堤岸也无妨，但无论如何总得完成自己规定的流程。人们常常不经意地把长篇小说比喻成有一定长度的河流，是有道理的。偶有例外，恰好证明常态如此。但中短篇，特别是我这里要谈的短篇，是没法笼统地以河流做比喻的。也就是说，比起长篇来，它可以没有"流程""堤岸"的限制，可以做到更"自由"、更"自在"。很多作家更多地感受到短篇的限制而较少地感受短篇的"自由"，是件很遗憾的事。莫言获得了这种"自由"，由"自由"而"自在"。他这样不受限制的时候，我们更容易接近和感触到他的文学世界发生和启动的原点，或者叫做核心的东西。

二

莫言的创作始于一九八一年，在最初的尝试摸索阶段，他颇为拘谨地写了几个可以被认可、得以发表的短篇。庆幸的是这个阶段只有短短的几年，八十年代中期的先锋文学潮流和域外现代主义及其之后的文学的影响，给中国当代文学带来巨大的冲击和变化，莫言是受益者，也参与其中；但对莫言来说更有意义的，不是和同代作家共同分享了潮流和影响，而是解放了自己，开始发现自己。我的同事刘志荣把莫言的这一经验过程简练地概括为"经由异域发现中国，经由先锋发现民间"[1]，我愿意再加上一句：经由别人发现自己。就是说，读了福克纳和

1　刘志荣：《莫言小说想象力的特征与行踪》，《上海文化》，2011年第1期。

马尔克斯，不是努力地让自己也写得像福克纳和马尔克斯，而是经过他们的启发，把自己从既定的观念和形式里解放出来，发现自己独有的世界的价值，并且发现把这个世界展现出来的自己的方式。"读了福克纳之后，我感到如梦初醒，原来小说可以这样地胡说八道，原来农村里发生的那些鸡毛蒜皮的小事也可以堂而皇之地写成小说。"[1] 这是一种根本性的"恍然大悟"，比起同代有些作家着迷的形式因素（这当然也非常重要，对莫言也重要），认识到原来自己的来路、自己的经验、自己的世界就是丰厚的文学资源，可以而且能够以自己的方式转化成自己的文学，这才是意义重大的。

经过三十年的写作，这个世界已经鲜明醒目而扎实牢靠地标记在文学地理的版图上，它的名字如今知之者众："高密东北乡"。起初，这个名称悄悄出现在一九八五年四月完成的两个短篇里：《秋水》和《白狗秋千架》。这两个作品，分属于莫言创作中的两种类型：《秋水》是传奇性的，那里面的生命张扬、狂野，在世俗的羁绊之外自创天地，"我爷爷"杀人放火，逃来此地，成了"高密东北乡"最早的开拓者——如今回头去看，我们以"后见之明"，或许可以看出作者自己当年也未必清晰地意识到的"象征性"：莫言要像他的先辈开辟蛮荒之地一样，开辟和建造文学上的"高密东北乡"。这一家族历史传奇类型的创作，很快就由一九八六年的中篇《红高粱》大刀阔斧、壮丽绚烂地铺展开来，达到一种极致的表现。此后仍屡有新篇，蔚然而成浓墨重彩的

---

1 莫言：《福克纳大叔，你好吗》，《老枪·宝刀》，5页，上海文艺出版社，2000年。

传奇系列。另一种类型，写的是现实世界，而这个现实世界，是莫言自小就感知和体验、无比熟悉的生活世界。《白狗秋千架》开篇，写久在外地的"我"返回家乡，这个"回去"的行为，或许正"隐喻"了莫言文学的自我发现的回归之路：没有"回去"，就不会有"高密东北乡"。在早期的部分作品里，这个世界的某些侧面被突出地描述出来：沉重、阴郁、冷漠，周遭遍布残暴、不义、狰狞，人在其间艰难地挣扎着存活，悲怆而发不出一丝声音地呼喊。这一类型的短篇，读过之后就难以抹除它们在心灵上的疼痛印记者，不在少数，与《白狗秋千架》同一时期的有《枯河》，稍后有《弃婴》，九十年代初有《飞鸟》《粮食》《灵药》《铁孩》等，而一九九八年发表的《拇指铐》则堪称这一类作品中的杰作。

如果你读过一九八七年的《弃婴》，四年之后读过《地道》，那么，二十二年之后看到长篇《蛙》就不会觉得莫言是一时起意"抓到"了"计划生育"这么个"题材"：这不是外在于自身的"题材"，也不是灵光一现"抓到"的，更不是所谓的为了迎合外国人的"口味"而刻意"设计"和"选择"的。这是生命面对生命的痛苦，经过漫长时间的煎熬，最终才得以转化出来的文学形式。《弃婴》最后说，"我"突然想起日本小说《陆奥偶人》的结尾：作者了解了陆奥地方的溺婴习俗后，偶进一家杂货店，见货架上摆满闭目合十的木偶，落满灰尘。作者联想，这些木偶，就是那些没及睁眼、没及啼哭就被溺杀在滚水中的婴儿。而作为《弃婴》的作者，"我无法找到一个这样的象征来寄托我的哀愁，来结束我的文章"[1]。许多年后，我们在《蛙》里看到了震撼人心的一幕：民间艺人郝大手为姑姑捏出来二千八百个栩栩如生的泥娃娃——乡村医生姑姑在"计划生育"的年代里毁掉了二千八百个孩子，姑父郝大手用泥土塑造出这些未能出生的生命，姑姑把这些泥娃娃偷偷供奉在三间厢房里，烧香，下跪，祝祷。

《枯河》和《拇指铐》，是莫言短篇中最让我痛切不已的两个作品。《枯河》里的那个男孩，在人世彻骨的寒冷中慢慢死去了，死前的记忆，不仅是这个世界的不公和残酷，连从他的父亲、母亲、哥哥那里也得不到丝毫温暖，反而是更大的暴虐和更深的伤害。他带着对人世的绝望的恨，在黑夜里离去；他脸埋在乌黑的瓜秧里，用布满伤痕的屁股迎接第二天鲜红的太阳，百姓们面如荒凉的沙漠，父母目光呆滞犹如鱼类的眼睛，看着他的屁股好像看着一张明媚的面孔，"好像看着我自己"[2]——莫言就是那个被伤害的孩子。十三年之后我们又遇见了一个绝望的孩子，他叫阿义，给重病的母亲抓药回来的路上被无端铐在大树上，路过的人答理或者不答理他的呼叫，却没有一个人救他脱离绝境。他心里想着等待草药的母亲，自己咬断了拇指挣脱指铐。挣脱的喜悦降临的时刻，死亡也随即降临到这个被折磨得到了尽头的柔弱生命身上。不同于《枯河》中的男孩，《拇指铐》中的阿义是个满怀着爱的孩子，在生命的尽头，他看到从自己的身体里钻出一个赭红色的小孩，撕一片

1　莫言：《弃婴》，《白狗秋千架》（莫言短篇小说全集之一），322页，上海文艺出版社，2009年。

2　莫言：《枯河》，《白狗秋千架》（莫言短篇小说全集之一），185页。

如绸如缎的月光包裹起中药，飞向铺满鲜花的大道。从两根断指处，洒出一串串晶莹圆润的血珍珠，丁丁冬冬落在玛瑙白玉雕成的花瓣上。"他扑进母亲的怀抱，感觉到从未体验过的温暖与安全。"[1]

莫言作品中的孩子，有一长串儿，以一九八五年的中篇《透明的胡萝卜》中浑身漆黑的男孩最为人知。这个从头到尾一言未发的孩子，有着超常的忍受肉体疼痛和精神痛苦的能力，同时又有着超常敏锐的感受能力。这些不同作品中的孩子，好像是同一个孩子的变体，或者更明确地说，这些不同的孩子，都是莫言童年的变体。这一系列的作品，是莫言从自己刻骨铭心的实感经验中生长出来的，携带着自己生命来历的丰富而真切的基本信息，以文字赋形，造就出自己独特的文学。

三

在以上所说的这两种类型的作品之外，莫言还另有魅力非凡的创作——而这另外的创作，才是我个人更为偏爱，也更想讨论的。

把一个作家的创作划分类型，本来是为了一时说话的方便；但方便也可能生出麻烦。细究起来，类型之间的交叉、重叠、牵扯，你中有我，我中有你，同出一个人之手，一定是剪不断理还乱的。只能大体而言。我所说的另外的创作，叙述的是日常形态的民间生活世界：不那么传奇，但总有传说、闲言、碎语流播其间；是现实的，也充满了苦难，但

1　莫言:《拇指铐》,《与大师约会》, 186 页, 上海文艺出版社, 2009 年。

没有那么极端的压抑和阴冷，苦难里也有欢乐，也有活力，甚至是长久不息的庄严生机；是人间的，但也时有鬼怪狐仙精灵出没，与人短暂相接，似真似幻，虚实莫辨。

这样的作品，占了莫言创作的多数。我前面说莫言创作的"自由"和"自在"，最充分的表现，是在这样的创作里。

怎么才能够获得写作的"自由"和"自在"，不是件一下子可以解决的事。先锋潮流和外国文学的影响，是解放的力量，但受益者也可能从一种束缚里解放出来，又陷入另一种束缚却不自知，搞不好解放的力量和形式同时也就变成了束缚的力量和形式。要不为所迷所惑，免受新的束缚，得从根本上找到自己——不仅找到构建自己的文学世界的"材料"意义上的深厚实感经验，同时还要获得自己的构建方法，以活生生的形式，把活生生的实感经验变成活生生的文学。

莫言从民间生活世界里发现的，不仅是文学的"内容"，也不仅是文学的"形式"，更重要的是他的文学得以成为他自己的文学的自由自在的精神形态。中国的民间太广大了，各地的情况千差万别，不能一概而论，"高密东北乡"居齐地，齐地民间自有一种发达的"说话"（叙述）传统，孔子"不语怪力乱神"（《论语·述而》）在鲁或许可以作训诫、成规矩，在齐地民间就不可能作为守则；另一个鲁国的圣人孟子也不喜欢人胡乱说话，"此非君子之言，齐东野人之语也"（《孟子·万章上》），"齐东野语"这个成语就是这么来的。讨论莫言的民间，应该具体到齐地民间来谈。这种没有条条框框的、随兴的、活泼的、野生的民间叙述，其特征、风气和绵延到今天的悠长传统，里面有一种可以汲取和转化为"小说精神"的东西；传统的中国小说，本来就是"小说"，不是"大说"，不是"君子之言"。

二〇一〇年夏天，复旦大学中国当代文学创作与研究中心和哈佛大学东亚系联合召开了莫言文学研讨会，我发言谈莫言"胡说八道"的才华，这种"胡说八道"渊源有自，沟通了民间叙述（包括日常生活中老百姓东拉西扯的"业余"闲话和民间说书艺人的"专业"讲述两个方面），接续了中国小说的伟大传统（这个传统融合了民间叙述的源流和文人创造的个人才华），给当代文学带来了"自由"、"自在"、生机勃勃的"小说精神"。莫言从一个喜欢听故事、讲故事的孩子，到一个沉迷于中国古典小说的饥渴的阅读者，最终成长为一个写现代小说的作家，文学的来路历历在目。他有一篇题为《学习蒲松龄》的小说——这个标题多么"不像"小说的名字——不足千字，写的是：我有位祖先贩马，赶着马群从淄川蒲家庄大柳树下路过，给蒲松龄讲过故事。得知我写小说后，祖先托梦来，拉着我去拜见祖师爷。见了蒲松龄，我跪下磕了三个头。祖师爷说："你写的东西我看了，还行，但比起我来那是差远了！"于是我又磕了三个头，认师。祖师爷从怀里摸出一支大笔扔给我，说："回去胡抢吧！"我谢恩，再磕三个头。[1] 借着描述这个三跪九叩的梦，莫言向融会了民间叙述和中国小说传统的家乡先贤，致以最深的敬意；与此同时，也把自己放到了一个源远流长的伟大传统的传人的位置上，把自己的文学创作放到了一个继往开来的位置上。能够得

1　莫言：《学习蒲松龄》，《与大师约会》，296 页。

到这个传统的认可——"还行"——那是莫言的骄傲；得到这个传统的指点和激励——"回去胡抡吧！"——更是增添朝向"自由""自在"的胆量和信心。

《草鞋窨子》出现在一九八五年，在莫言同一时期的作品中，也许受到的关注不如那些趋于极端性的写作那么多，但这样的作品在纵放张扬的极端和凄苦压抑的极端之间的开阔地带，展现出宽广深厚、自有其丰富性的民间生活，日常，本色，朴野有致，烂漫无羁。草鞋窨子就是编草鞋的地窖，冬天有一些闲汉来取暖，凑在一起自然就说些闲话。爱说的，爱听的，多是奇闻异事，鬼怪狐精。鬼怪里面有一种会说人话的"话皮子"，我小时候常常听人说起，但一直不知道这名字怎么写，读莫言这篇小说才知道原来是这三个字，也才明白了为什么叫这个名字。《草鞋窨子》虽然写了"话皮子"、蜘蛛精、大奶子鬼、抹了中指的血七七四十九天成了精的笤帚疙瘩，却还不能说这就是篇谈鬼怪的作品，不仅因为还有更多的篇幅谈了别的，更重要的是，所有这些都是作为这个民间生活的有机部分而出现的，融入了这些普通百姓的生活形态之中。莫言写的，正是这种生活形态和生活世界。小说里出现的人物，各有自身的艰难和苦痛，这些艰难和苦痛并不是他们生活的全部，与精神生活的需求、想象和创造交织在一起，才构成完整的世界。

但也毋庸讳言，莫言是喜欢谈狐说鬼的。《奇遇》《夜渔》《嗅味族》等短篇，都是以第一人称叙述神秘难解的经验。阿城说他听过的最好的一个鬼故事，是莫言讲的。有一次回高密，晚上近到村子，涉水过村前的芦苇荡。不料人一搅动，水中立起无数小红孩儿，连说吵死了吵死了，莫言只好退回岸上。第二次再蹚到水里，小红孩儿们又从水中立起。反复几次之后，莫言只好在岸上蹲了一夜，天亮才涉水回家。[1]我们不妨猜测，在莫言的世界里，这种神神鬼鬼的事情，要比我们以为的更加真实。莫言对人的知识和理性不能理解的另一个世界，是心存敬畏的；现代人把这叫作"迷信"，而鲁迅早就说过，"迷信可存"。[2]因为"迷信"的源远流长，联通着人的精神"本根"和"神思"，完全铲除了，民间生活的完整性就破坏了。莫言"高密东北乡"的文学世界里，好在还有鬼怪们的一席之地，活泼地参与到了民间世俗生活之中。

民间的历史和现实中不乏奇人奇事，或许真实的存在是一个层次，进入口耳相传、代代相传的传说中是另一个层次，如此才获得更长久的生命和愈加非凡的魅力，今天网络语言流行的"某某早已不在江湖，江湖上还有某某的传说"，意思庶几近之；由传说而进入文学，又是一个层次。莫言也喜欢写"高密东北乡"的奇异之人，稀罕之事，《良医》《神嫖》就是。更有意思的还不是单写某个或某些传说，而是写传说的同时也写出了传说的生成过程。一九九八年的《一匹倒挂在杏树上的狼》就展现了这样的过程。深更半夜一匹狼跑进村庄，被打死后挂在杏树上，天亮后男女老少都来围观——此地狼早就绝迹，或许只在连环画上见过狼的样子。从哪里来了这匹狼？闯过关东的章大叔绘声绘色，从狼的断尾巴讲起，讲了一个他和这匹狼之间的冤仇故事。这匹被章大叔在长白山铲断了尾巴的狼，用十三年的时间，翻山越岭，千里寻

1　阿城：《闲话闲说》，93页，作家出版社，1998年。

2　鲁迅：《破恶声论》，《鲁迅全集》第8卷，28页，人民文学出版社，1981年。

仇，来到了高密的一个小村庄。这样的故事，能信吗？那就要看讲述的功夫了。虽然不断有人疑问，章大叔都能一一化解，疑问反倒成了让讲述更加可信、完美和精彩的助推器，让人听得更加如痴如醉。小说不仅让我们看讲述的内容，同时让我们看讲述本身。传说也正是由这样的讲述而产生的。章大叔的讲述充分施展了语言的魔力，语言综合了现实经验和离奇想象，综合了真和假、实和虚，综合了个人的私心和集体的意愿，甚至综合了它自身的处处破绽和天衣无缝，留下这么一个语言的过程，留给读者去判断和感受。

莫言当然是一个对语言有多方面特殊敏感的作家，二〇〇四年的短篇《普通话》，聚焦于普通话和方言土语之间的博弈，在角力的过程中透视语言内含的权力关系，叙述不同语言权力之间的竞争、冲突和此消彼长，而语言的使用者的命运也随之兴衰起伏，为此而付出的代价沉重得超乎一般的想象。莫言审视现实中的不同语言的交锋，目光尖锐冷峻；而不论说普通话的人还是说方言土语的人，他们的遭遇，则让人内心疼痛不已。

四

"自由""自在"地写作，使莫言的小说呈现出多种多样的面貌。有时下笔千言，离题万里，但三兜六转，又回到了本题，如二〇〇三年的《木匠与狗》；有时惜墨如金，不铺展不声张，或者无头无尾，或者无过程无因由，却蕴蓄了千言万语，如二〇〇五年的《小说九段》。有时小说写得特别"像小说",有时小说写得特别"不像小说",又有时"既像又不像",似乎本该是分属不同文体的文字现在却共处在一个文本空间里,让你觉得是随兴所至,天马行空;但同时它们来到一起又是因缘际会,随物赋形,脚踏实地而来。我是很喜欢那些"不像"和"既像又不像"的小说的,如一九八七年的《猫事荟萃》,一九九八年的《蝗虫奇谈》。我们之所以会觉得"像"与"不像",是因为心里有个小说的成规、标准、观念,而这些成规、标准、观念是怎么形成的,其实大有反省的余地。这是个大问题,只好另外再讨论。但成规、标准、观念是可以松动、改变、丰富的,甚至可以去冒犯、破坏、重建,这样小说才会有新的活力和长久的生命。

最后捎带几句似乎是题外的话。莫言获得诺贝尔文学奖之后,马上有人提出中学语文课本应该选他的作品,有关方面的反应也很快,说正考虑《透明的胡萝卜》。这当然是莫言最好也最有声名的作品之一,但中篇的篇幅,课本自然是要节选的。我对节选总是带有难以克服的偏见。有一次王安忆跟我说起,《大风》特别适合选入中学语文课本,我太赞同了。这未必是能代表莫言文学突出特征的小说,但却是很"像小说"的小说,篇幅短小合适不说,语言、结构、意义、情感,用中学语文教材的苛刻条件来衡量,也绝无不符合的地方,在此向课本编写者推荐。

二〇一二年十一月二十九日

人人都在什么力量的支配下

——读莫言《生死疲劳》札记

一

《生死疲劳》写中国农村半个世纪的翻天覆地，折腾不已，非大才如莫言者不办。以文学写历史，文学如果孱弱、驯服、低眉顺目，就只能是服侍历史。这样的服侍我们见多了。我们也见过了一些对历史使性子的，往往不过是在服侍时候的使性子，小性子而已。我们何必读这样的文学，而不直接去读历史？可叹我们也未必有多少写出来的这五十年生死疲劳的历史书可以一读。那文学就更不必对那些概念化的、官样化的、空洞的没有血肉的历史叙述摧眉折腰。莫言放笔直干，让西门闹堕入六道轮回，投胎转世变驴，变牛，变猪，变狗，变猴，又变人，一而再再而三地介入和见证人间的纷纷扰扰、争争斗斗。叙述滔滔不绝，以充沛的能量，极夸张想象之能事，酣畅恣肆，穷形尽相。

二

莫言的"极写",夸张和想象,却不离历史和生活的真实。小说的起点是西门闹土改时被杀,然后才有人畜轮回。现在的年轻人是闹不清土改是怎么回事了,历史就没给我们讲清楚。所以会有一个学生问:土改不就是土地改革吗?还杀人哪?这个问题,让我记起以前读过的两个人当时的记录。

一个是张中晓,二十世纪九十年代出版他五六十年代写的《无梦楼随笔》,思想文化界才突然发现了这么一个"文革"初期已经死去的年轻思想者。一九五一年,他贫病在绍兴乡下,给胡风写信,说到当地土改的情况。三月十五日信:"这里在土改,地主跪着,流氓背枪,当民兵,威武非凡。跪着的地主大概都是作为娱乐而跪着的。尤其是地主的女儿,非叫她跪不可。"[1]四月十四日信:"这里土改完成了。""评议、分配等等,大致说来是公平的。""也枪毙了一批人,其中有××(他是东关人)的侄子。他的妻子,是一个矮小的、萎缩的四川人,这里叫她'拗声婆'的,孤零的在哭。这个看来是很简单、笨拙的外地人,这里的人们是将她'另眼看待'的。现在,她带着一个刚出世的孩子,顺从地、困苦地过着日子。这是一个可怜的人,平时听说她丈夫打她,不给她钱。但当她丈夫关在牢里的时候,她天天去送饭。"[2]五月二十五日信:"现在在枪毙人也太多,刚刚在枪毙人,其中一个只因为家中有一

---

1 张中晓:《书信》,《无梦楼全集》,65页,武汉出版社,2006年。
2 张中晓:《书信》,《无梦楼全集》,72—73页。

只破收音机。""我知道,整个中国起了彻底的搅动;而,那些封建潜力正在疯狂的杀人。范围底广大固然史无前例,而发生的事件也是史无前例的。"[1]

另一个是沈从文,他随同北京的工作团到四川土改,被分配到内江县第四区烈士乡,一九五二年一月的一封家信里写道:"今天是四号,我们到一个山上糖房去,开一个五千人大会,就在那个大恶霸家糖房坪子里,把他解决了。……来开会的群众同时都还押了大群地主(约四百),用粗细绳子捆绑,有的只缚颈子牵着走,有的全绑。押地主的武装农民,男女具备,多带刀矛,露刃。有从廿里外村子押地主来的。地主多已穿得十分破烂,看不出特别处。一般比农民穿得脏破,闻有些衣服是换来的。群众大多是着蓝布衣衫,白包头,从各个山路上走来时,拉成一道极长的线,用大红旗引路,从油菜田蚕豆麦田间通过,实在是历史奇观。人人都若有一种不可理解的力量在支配,进行时代所排定的程序。"[2]

"时代所排定"的这项"程序",在莫言的小说中还只是开始。大幕揭开,好戏连台。

1 张中晓:《书信》,《无梦楼全集》,78—79 页。
2 沈从文:《致沈虎雏、沈龙朱》,《沈从文全集》第 19 卷, 267 页,北岳文艺出版社,
   2002 年。

三

第二部第十七章"雁落人亡牛疯狂，狂言妄语即文章"，时间已是"文革"初期，写的是农村集市上的游街示众、革命宣传，"打倒奸驴犯陈光第！"的口号经过宣传车上四个大功率高音喇叭的放大，"成了声音的灾难，一群正在高空中飞翔的大雁，像石头一样噼里啪啦地掉下来。……集上的人疯了，拥拥挤挤，尖声嘶叫着，比一群饿疯了的狗还可怕。最先抢到大雁的人，心中大概会狂喜，但他手中的大雁随即被无数只手扯住。雁毛脱落，绒毛飞起，雁翅被撕裂了，雁腿落到一个人手里，雁头连着一段脖子被一个人撕去，并被高高举到头顶，滴沥着鲜血"[1]。随后，混乱变成了混战，混战变成了武斗，被挤伤、踩死的人数多于后来有计划的武斗。

写"文革"，这一段落如此下笔：写"宏大的声音"震落大雁，写大雁遭群众撕扯疯抢，写疯抢的人群互相伤害……其情其景，何种词语堪用？贪婪的、野蛮的、惊愕的、痛苦的、狰狞的、嘈杂的、凄厉的、狂喜的、血腥的、酸臭的、寒冷的、灼热的……平息之后，"原先万头攒动的集市上闪开了一条灰白的道路，道路上有一摊摊的血迹和踩得稀烂的雁尸。风过处，腥气洋溢，雁羽翻滚"[2]。

再过几章写西门牛杀身成仁，人性更是不堪形容。这头牛的能力本足以反抗，却绝不反抗；不反抗也可屈服，却绝不屈服。如此就只能

1　莫言：《生死疲劳》，133 页，作家出版社，2006 年。

2　莫言：《生死疲劳》，133 页。

忍受众人的鞭抽，被另一头牛拉断鼻子，被火烧焦烧臭皮肉。惨痛酷烈，何以忍忍。牛能忍忍，人的不忍之心却荡然无存。

四

西门闹第三次投胎，转世为猪，其时人民公社正大养其猪，可谓躬逢其盛。小说的这一部写得颇有歌舞升平的气象，月光下常天红试唱《养猪记》华彩唱段，时代的景象（幻象）和意念（妄念）跃然而出：

> 第一句台词是"今夜星光灿烂"，第二句是"南风吹杏花香心潮澎湃难以安眠"，第三句是"小白我扶枝站遥望青天"，第四句是"似看到五洲四海红旗招展鲜花烂漫"，第五句是"毛主席号召全中国养猪事业大发展"，接下来就连成了片："一头猪就是一枚射向帝修反的炮弹小白我身为公猪重任在肩一定要养精蓄锐听从召唤把天下的母猪全配完……"[1]

"草帽歌伴奏忠字舞"可谓神来之笔：公猪爬跨到母猪的背上，啦呀啦的草帽之歌轰然而起，全无妒意的母猪互相咬着尾巴，围成圆圈，在草帽之歌的伴奏下，围着交配的猪跳舞。

这头位在全猪之上的公猪，技能、力量、智慧，都不可以凡猪视

---

1 莫言：《生死疲劳》，307页。

之。时光推移，它逃出人的管辖，到一个沙洲上一群野猪中间称王，后来爆发一场人猪大战，流落后又独自复仇，最终勇救儿童而身亡。桩桩件件，不可以常理度之。

天下可有这样的猪？当然是小说家的夸张与想象，创造了这样一头猪。但你也别以为小说家言就全不可信，就全是无稽之谈。

如果你读过王小波的《一只特立独行的猪》，你就不会觉得莫言是瞎扯了。王小波写的可是散文，不是小说。他在云南做知青时喂过这么一头猪，已经四五岁了，长得又黑又瘦，两眼炯炯有光。"吃饱了以后，它就跳上房顶去晒太阳，或者模仿各种声音。它学会汽车响、拖拉机响，学得都很像；有时整天不见踪影，我估计它到附近的村寨里找母猪去了。"后来它学会了汽笛叫，而汽笛一叫干活的就收工回来。领导上"把它定成了破坏春耕的坏分子，要对它采取专政手段"。指导员带了二十几个人，手拿五四式手枪；副指导员带了十几个人，手持看青的火枪，分两路兜捕。它却是镇定冷静，撞开个空子跑了。"以后我在甘蔗地里还见过它一次，它长出了獠牙，还认识我，但已不容我走近了。这种冷淡使我痛心，但我也赞成它对心怀叵测的人保持距离。"[1]

五

《生死疲劳》的核心当然是写人，不是写畜生。小说里那么多人物，

1　王小波：《一只特立独行的猪》，《沉默的大多数》，164—166 页，中国青年出版社，1997 年。

纠缠复杂，经过那么长的时间和那么多的事件，男男女女，恩怨情仇，难解难分。这些人物，不说也罢。

唯有其中的一个，蓝脸，与众不同。他是全国唯一的单干户，试图活在时代之外。群众集体在太阳下热闹地劳动，他在月亮下孤单地侍弄他的一亩六分地。当然，为了保住他的单干，他必须付出代价。月光下他的两只眼睛射出忧伤而倔强的光芒。他挥动竹竿驱赶毒蛾，用这种原始而笨拙的方式保护自己的庄稼。他死的时候埋在自己的土地里，墓穴里撒的是这块土地出产的各种粮食。

《生死疲劳》里的人物，活得多么闹腾啊。随着时代的变化，闹腾层出不穷，人生的戏剧目不暇接。小说的叙述太闹、太密、太多、太快、太曲折、太剧烈、太悲惨、太惊心动魄。这半个世纪的历史，不就是这样？这半个世纪的人心，不也是这样？

可是回过头来，看看蓝脸那一小块土地，上面排满了一座又一座的坟墓。算一算，有十几座吧。那岂不是，所有的闹腾都被土地吸收了，最终归于静默，静默连着静默？

莫言没有着意去写这个巨大的静默。但千言万语，所归何处？为什么要有这千言万语啊？只是为了热闹而热闹，为了惊心动魄而惊心动魄？在普通人的苦口婆心和佛的普度众生之间，是小说家和小说的大悲悯。这大悲悯连接起千言万语的热闹和最终巨大的静默。小说的台湾版比大陆版多出一个后记，其中莫言说："只有正视人类之恶，只有认识到自我之丑，只有描写了人类不可克服的弱点和病态人格导致

当代小说六家

的悲惨命运"，才能真正产生惊心动魄的大悲悯。[1]由此而言，书前引的话——佛说："生死疲劳，从贪欲起。少欲无为，身心自在。"——并非可有可无。

沈从文感叹"人人都若有一种不可理解的力量在支配"；莫言也有此问，并把此一问题化为长篇的叙述所要追究的核心，有心的读者当能听到，在叙述的内部回响着这样的声音：半个世纪轰轰烈烈的大戏，人人都是在什么力量的支配下上演，跌宕起伏，一个高潮接着另一个高潮？至于什么时候才能够从生死疲劳中解脱，身心自在，恐怕还是下一步的问题。

二〇〇九年五月二日

---

1 莫言：《后记》，《生死疲劳》，611页，麦田出版公司，2006年。

惩罚和被惩罚，被伤害和伤害别人

这次讲余华的一个短篇，《黄昏里的男孩》，是一九九七年发表的。当年读这个作品的印象，经过二十多年，非但没有磨灭，反倒在时间的淘洗之后，愈发清晰了。二十世纪九十年代，我和陈思和老师等编选《逼近世纪末小说选》，这个短篇编在第五卷。

小说非常简单，故事的起因是一个小孩从水果摊偷了一只苹果，这样的小事一般来说不太可能成为起因，因为通常不会引发故事，不足以推动故事的发展。但余华以相当冷静、简洁的语言，叙述了一个堪称触目惊心的过程。这个过程就是摊主孙福对男孩的惩罚过程。本来这个过程随时都可能终止的，可是却一次一次出人意料地不断往下发展。其情形似乎是，一旦走上了某种轨道，就会顺着惯性不可遏止地往下滑。

小孩因为饥饿偷苹果，孙福抓住他后，卡住他的脖子，让他把吃到嘴里的一口苹果吐出来，一直吐到连唾沫都没有了为止。这是第一个环节；第二个环节，扭断了男孩右手的中指；第三个环节，把他绑在水果摊前，要他喊叫："我是小偷。"直到天黑收摊。

我们不禁要问：这个使惩罚不断发展的轨道和惯性是什么？

小说在叙述孙福惩罚男孩的同时，特别叙述了他所做的道德化表达，对照上述的惩罚环节，他说的是：

"我这辈子最恨的就是小偷……吐出来！"

"要是从前的规矩，就该打断他的一只手，哪只手偷的，就打断哪只手……""对小偷就要这样，不打断他一条胳膊，也要拧断他的一根手指。"

"我也是为他好。"

就是这一类冠冕堂皇、充分社会化的理由，使他的惩罚越来越严厉，越来越残酷。也就是说，能够被普遍接受的道德戒律成为发泄恶和残酷的借口。

到后来，他不再为自己失去一只苹果而恼怒，倒是心满意足地欣赏和陶醉于自己的惩罚"艺术"了。

这惩罚也真是"艺术"。不仅需要找到最理直气壮地实施惩罚的理由——这理由是现成的，也就是早就有了的"规矩"，拿来用就是；而且需要欣赏这种"艺术"的观众：有人围上来看，孙福就会兴奋起来，就会刺激他继续表演下去。要男孩自己喊叫"我是小偷"，是这种惩罚"艺术"中的精华，当众自我羞辱。

惩罚别人是有快感的，换句话说，作恶是有快感的。这种快感也会成为引发和推动恶的力量。孙福的兴奋，和这种兴奋的持续，把这个有快感的恶的过程展示了出来。

值得注意的是，在整个惩罚过程中，男孩没有反抗，只有接受和顺从。他没有能力反抗：这不仅是说面对孙福，他没有身体的力量；面对公共的社会伦理的"规矩"，他更没有力量。

惩罚过程结束，故事也就结束了。可是小说到这里出现一个大转折，以极其俭省的文字叙述了孙福的遭遇，掀起过去生活的一角，窥见如泛黄的黑白照片般的似乎已经封化了的苦痛和磨难。

很多年前，孙福曾经有过一个可算和美的家庭，可是生活和命运"偷"走了几乎一切：先是五岁的儿子沉入池塘的水中，再是年轻的妻子跟着一个剃头匠跑了。

从过往的经历，似乎可以解释孙福的"恨"，他"最恨的就是小偷"。一个受到伤害的人，伤害郁积，扭曲性情，很容易产生报复的心理和行为，而报复的对象，往往是比自己更无能无力的人。这样，一个受伤害的人就变成了伤害别人的人。

我不想把这个故事的意义普遍化，但我还是要说，这种情境可能发生在我们任何一个人身上——

我们每个人都可能成为孙福，被生活的磨难所改变，以扭曲的方式，以堂皇的理由，发泄对于生活的怨恨和报复；

我们每个人也都可能是那个没有名字的男孩，不知什么时候就会陷入以公共的、抽象的、高高在上的规则为名义的围困当中，接受惩罚，无力反抗，无法辩驳；

还有一种更可怕的情况：那个被折断了手指的男孩，将来会不会也

　　　　　　　　　　　　　　　当代小说六家

把自己所受的伤害郁积成伤害别人的力量？也就是说，那个男孩，将来会不会变成孙福？这样的人性变态过程，或轻或重，或隐或显，会不会发生在我们身上？

想到这些问题，我们再来读惩罚过程完成后的一段文字，实在不能平静：

男孩向西而去，他瘦小的身体走在黄昏里，一步一步地微微摇晃着走出了这个小镇。有几个人看到了他的走去，他们知道这个男孩就是在下午被孙福抓住的小偷，但是他们不知道他的名字，也不知道他来自何处，当然更不会知道他会走向何处，他们都注意到了男孩的右手，那中间的手指已经翻了过来，和手背靠在了一起，他们看着他走进了远处的黄昏，然后消失在黄昏里。

二〇一九年四月十六日

"内在于"时代的实感经验及其"冒犯"性

——谈《兄弟》，并谈《兄弟》触及的一些基本问题

一、"内在于"这个时代的方式，时代的"象"

张新颖：《兄弟》这个小说出来以后，引起了非常激烈的批评；如何评价这部作品，存在着相当大的分歧。我觉得这是个很好的事情。因为有这个分歧的话，可能会使讨论显得更有意义一些。我们在这个分歧的背景上，觉得还有话可说，就来说说我们自己的意思。

首先就是，为什么会有激烈的批评意见。一个作品它会引起激烈的批评，这里面一定有什么东西触及了什么东西。如果无关痛痒，不可能引发激烈的反应。

刘志荣：这半年我很少读评论，还不太清楚批评意见主要针对什么。有没有这样一种可能：许多人因为对小说（尤其是下部）表现的世界不满，反过来把这种情绪性的反应发作到了小说本身上？这是首先需要区分开来的。其次，这个小说一定要读完上、下两部才能做出一个

整体性的理解和判断：因为你对上部的阅读印象可能完全不适用于下部；反过来，读完下部之后，你可能会对原来对上部的理解做些调整。

我对这个小说总体评价蛮高的，尤其是下部。从我自己的阅读感受来讲，上部出来的时候，我觉得还在水准线上，但不是很恭维。为什么呢？我觉得上部有两个问题：一是感觉写得太流畅了，所有的东西，都很符合大家对"文革"的想象，叙述一路下来，一切都理所当然、顺理成章，读起来可能很流畅，但这样的文学总是让人有些怀疑；第二个感觉就是余华把读者的心理把握得太透了，作为一个有经验的作家，他已经到了这样一个程度，就是说，他写的东西读者读到这里会有怎样的反应，他心里完全一清二楚，所以有时候他几乎是在有意识调动这个东西，有迎合读者或者说煽情、滥情的成分在里面——而这是严肃的作家首先应该避开的诱惑。读完上部我其实对余华捏了一把汗，因为这几乎就是个危机：叙述光滑顺溜，丝毫没有遇到阻碍，没有一点生涩，对作家来说很可能是致命的，因为这几乎意味着在失去对世界的新鲜的感受，有变成一个熟练但平庸的匠人的危险了。

不过当时我还不想轻率做出判断，因为是对位式的结构，我想等下部出来看看再说。小说的下部出来后，我看了很振奋，觉得下部写得很好，有新的东西。好的地方我觉得就是余华写出了我们这个时代的"象"：余华抓住了一个人人心中都有、人人笔下都无的东西，一路叙述下来，便写出了他感受中的我们这个时代的气息、我们这个时代整个的状况，至少是在最有代表性的方面。和上部严肃的感伤语调不同，下部的语调是谐谑式的，诙谐、调侃的语调，这个语调也是对的。他对时代最基本的感受是对头的。

这样读下来，我觉得这部小说的下部挽救了上部，下部光彩夺目、卓尔不群、熠熠生辉，彻底拉升了小说的水准，也改变了我对整部小说的理解。

张新颖：基本上我同意这个看法。因为不少人评价这个小说写得很差，在这个差的基础上，认为上部比下部好。但是我跟你一样，正好颠倒过来，我觉得上部还不错，下部写得非常好。下部一定是比上部好的。像你刚才说的，他把握住了这个时代的"象"，这个就很有意思，他怎么把握住这个"象"的？他通过一个什么样的方式把握住这个"象"的？而且这样的方式跟我们传统的文学把握时代的方式，有什么不一样的地方？

我有一个想法，这个是可以展开讨论的，就是余华自己说他的这个作品是对这个时代"正面强攻"的作品；他用的这个词不准确。"正面强攻"还是一个比较传统的说法，我认为他作品的意义比他自己说的这个"正面强攻"还要好。他处理时代的方式是一种"内在于"时代的方式。什么叫"内在于"时代的方式？我们以往谈文学和时代，我这个文学要处理这个时代的话，我是站在时代之外的，站在时代之内也至少是站得比这个时代高，对这个时代有一个反省的角度。有的时候知识分子色彩更强一点，我是带着一种批判的眼光，或者我要从这个时代寻找什么历史规律等等。"表现时代"和"时代本身"这两个东西有意地拉开了距离。我们以往的观念是，你只有拉开了距离你才能进行创作。在这个拉开距离的过程中，你要表明你的立场、观点、看法。当然我这样说比较简单。《兄弟》好就好在，它跟这个时代没有距离。没有距离的意思就是说，这个作品本身，还有这个作品的写作本身，以及这个作品的出版，出版以后引起的反应，这些东西，都是这个时代的一部分，它没有跟这个时代拉开距离。如果用你那个"象"的话来说，这个作品所引发的一系列"现象"，也是这个时代乱七八糟的"象"里面的一部分。

有的时候我们会想这样的问题：文学怎么样才能表现这个时代？我觉得两种方式，一个是高屋建瓴的，我可以采取一种透视的、反省的、批判的角度，这个是我们比较熟悉的方式；另外一种是，你本身先要承认你就是这个时代的一部分，然后把这个时代各种各样的东西，当然包括这个时代本身不好的东西，一块儿呈现出来。假设我们对这个时代不满的话，我们并不是在外面看着里面对里面不满，而是我们自己就在这里面。就像你刚才说的，有很多人对这个作品的不满其实是对这个时代的不满，这个时代是很混乱的，有很多病的，如果把它比喻成人体的话，这个人体内有很多不健康因素。这是一个有很多病的时代肌体。面对这样一个有很多病的时代肌体，我们习惯的是用一个医生的眼光，我们去看，哪里哪里有什么问题。但是我觉得余华用的是另一种方式，他本身是作为一个病的成分出现的，假如这个时代是一个病人的话，这个时代的作品或者这个时代的写作，都是这个病人身体的一部分。

为什么听到说一个作品是表现一个时代的，我们差不多本能的反应就是会很讨厌呢？我们讨厌的那个东西到底是什么？仔细想想，我们有时候讨厌的就是那种自以为他是医生，他可以对这个时代做出诊断，或者说自以为他可以跟这个时代拉开距离的态度。其实我们都是处在这个时代的人，我们都是这个时代的一部分，不管你采取什么样的态度和行为。但是我们，特别是知识分子或者作家，有时候会产生一种虚幻的想法，觉得我有能力，我可以凭借思想的力量、精神的力量，或者有时候只是一种稀奇古怪的想法，不知道是什么力量，就觉得我可以靠这些，来拉开自己与时代的距离，或者站得比这个时代高。这种想法其实是未经质疑的。

《兄弟》下部好就好在它跟这个时代是没有距离的。从这个意义上来讲，我觉得它是一个"内在于"这个时代的作品。这个下部里面写了很多乱七八糟的东西，从那个家伙发财开始，到发财之后做的各种各样的乱七八糟的事情，以及社会上流行的事情，倒卖垃圾西装，推销保健品，选秀大赛，看韩剧，诸如此类，基本上是二十世纪九十年代以来中国发生的事情。也就是近二十年来的"万象"。在这个"万象"里面，也有这个作品，这个作品也是这个"万象"的一部分。

刘志荣：我先从我的角度来理解你说的这个"内在于"时代的说法。这个讲法大概还不是"象"的问题，而是它跟这个时代的气脉是通的。它对这个时代的每一个部分的感觉都是对的，它跟这个时代是息息相通的。

这个气脉贯通当然是非常重要，因为和时代不隔。我自己一直有一个感觉，就是这个时代，我们看到那么多稀奇古怪的现象，它把很多混乱的、不搭调的东西搅在一起——有些东西似乎根本搅不起来的，但它就是硬给你嫁接到了一块儿，然后出来就是现实。我以前亲身经历过一个笑话——我觉得是笑话，但身在里面的当事人不会觉得是笑话的——有次我跟朋友在五角场附近的湘菜馆吃饭，那天吃得很晚，吃到下午三点的时候，看到他们把服务员叫出来排成一队进行训练。按道理这是一个资本主义的企业吧？但它的管理方式，训话的方式，是让服务员排成一排，唱《走进新时代》，一边唱一边跳集体舞——那些服务员都是一些天真可爱的小姑娘，还是蛮高兴的。但我不知怎么就想起"忠字舞"来，加上墙壁上伟人的各式照片，更不知今夕何夕。类似情况其实蛮多的，很多本不相干的、互相犯冲的乱七八糟的东西硬掺到一块儿，我们从九十年代以来，就有很多这种很夸张、很奇怪、有点荒唐的东西，给人一种强烈的时代错乱的感觉，以后给后人们讲起，他们不会相信的。但就是这样的混乱、荒唐、不搭调、夸张，发生在中国，错乱，却真实。

我想其实很多作家都想把握住这一点，而且多多少少都采用了有点荒诞的方式去描述这些东西。比如说像莫言的《四十一炮》，从那个小孩子喜欢吃肉，到那个肉联厂怎么胡乱地黑心加工，到最后这个小孩子在想象里面如何发出四十一颗炮弹，把仇人打死。还有比如阎连科的《受活》，那样夸张的表现方法，都是有点荒诞的。但是这些荒诞的表现方法，一直有一个让我不满意的东西。从实际情况来讲，不用故意去弄一个荒诞的东西，现实本身就是荒诞的，我们现在的社会本身给我们提供了非常多荒诞的东西，这些东西随手撷来就是文章，不用太加工的，但是我很奇怪当代作家一直没有把这一点做得很好，没有把荒唐的现实直接地表现出来。包括莫言、阎连科的小说，我都有点不满意的，觉得技术的痕迹有些明显，而且太过夸张了点，反而觉得把握得不是很好——不用太夸张的，现实本身就很夸张。

但是余华的这部小说我看了之后很振奋，尤其是下部，他写的其实是现实，但有一种奇幻的效果——他把这个时代很荒唐的一面把握得非常好，但是这个东西又是通过比较实在的方式写出来的——当然也有漫画和拉扯，但不失分寸。仔细去看的话，它小说里面所有的材料可能都是直接来源于现实生活的；问题是余华对这些很敏感，他就把现实中的东西很直接地写出来，就是他看到的他听到的，写出来是很荒唐的，但又是现实的——我们这个时代的现实本身，经常就是奇幻的——用严锋和余华在讨论中所说的话来说：我们这个时代最大的现实就是超现实。就说我们现在谈话的这个双子楼，这样的摩天大厦突然之间就在一片低低矮矮的教学楼、办公楼中拔地而起了，在校园里这样突兀，我每次从楼下走过时都觉得不真实，老想起《指环王》中的《双塔奇兵》。

我刚才说余华很敏感，对他来说，这些也许就是妙手偶得之的，他也许就是凭着自己的感觉，觉得这个有意思，就去写，写出来的东西就是和时代贯通的，同时又自然地形成了对时代的整体理解——这个理解就是我说的余华抓住了这个时代的"象"。至于你讲的，他是完全"内在于"这个时代，我略略有些不同的看法，"象"总是要对这个时代有所超越才看得出来，完全陷在时代里面其实是看不出来的。当然即使有所超越也要知道自己还在这个时代里面——王国维有名的词句："试上高峰窥皓月，偶开天眼觑红尘。可怜身是眼中人。"但岂可没有"窥皓月"之心呢？看明白一点，就超越了一点了，自己也会一点点变的，用力的方向也会不一样的。

但我也同意你的观点，这部小说不是从一种理论、一种立场、一种外在的观点去透视、批判、反省时代的小说。那一路小说致命的问题在于不是从实感经验中来的，于身不亲，不贴肉，不贴心，而且其理论、立场的优先权并非不证自明，问题更是多多——因为从一个固有的概念出发，很有可能你高高在上的理解和判断，其实是你的偏见，是一个很外在的东西，"气"不通，"象"不对。

所以要讲"象"，就一定要和这种思维方式区分开来。"象"这种思维我也是这两年稍稍有些体会，很难说清楚，而且体会得还不一定对，还是在具体的语境中来说吧。就《兄弟》这部小说来说，我说这部小说写出了时代的"象"，是说它既是从实感出发的，和这个时代气脉贯通的，又能看出它的总体——此之谓得其"象"，它不是死板板的理论、教条、概念，而是活的，因为你所得的这个总体里面的主要因素都是活的，会有生有死的，有生有死，就有变化，主要因素变了，时代的"象"也变了，但不是马上就死的东西，而是这个时代还在它就还有生命力的东西。把握住这些活的东西，方能得到一个时代的整体——这些用过去的概念、理论去讲，就讲成"时代本质""时代精神"了，那样就讲死了，不是本质，就是一些因素，时代过去它就变了，有的死了，有的活了，有的由显而隐，有的由隐而显，附庸会蔚为大国，大国也会式微，周流六虚，变动不居。

但既"内在于"时代，又对时代有所超越，也可以是统一的，为什么就不能有一种"内在而又超越"的视点和精神呢？写作《兄弟》下部的余华可能是从感觉出发的——这也对，总是抓住最能让他兴致盎然的东西去写，至少有个好处：不隔，但他也不是完全陷在时代里的，说到这里，上部的意义就显了出来，他写当下这个时代其实是有一个参照的，只是这个参照是一个过去的参照。所以多多少少，《兄弟》的下部其实是要从一个对这个时代有所超越的视点才写得出来的。我个人觉得余华其实是超越性的一面不足，如果他有一个有生命力的东西，或者一种精神性的东西作参照的话，小说的"象"也就变了。

二、"直接"的能力和"文学化"的阻隔

张新颖：你等于是一下子把要讲的都讲完了，还是要一点一点地来讲。

我补充一下"内在于"时代这个说法。"内在于"时代并不是完全认同这个时代，或者完全混同于时代，他对这个时代也有感知、认识，也有不认同、不妥协，也有反省、批判，也有欢乐和痛苦，但是这些都是在时代里面做出的，他的感知、认识、不认同、不妥协、反省、批判、欢乐、痛苦也把自身包括在内的，这是和自以为可以置身时代之外或之上完全不同的。也正是因为在里面，包含了自身，所以他的感知、认识、

不认同、不妥协、反省、批判、欢乐、痛苦，才贴心贴肉，有实感。

你说到"内在而超越"，我对"超越"是持审慎的态度的。"超越"当然是好，但是很危险，因为一搞不好，就和这个时代脱离了，和实感经验脱离了。也许我们可以把它叫做"内在的超越"？我是宁肯要那种不超越的实感，也不要超越的空泛。

刘志荣：我完全赞同你持审慎的态度，但我还是坚持要这个超越的向度的，否则会完全陷入时代里去——当然真正的超越一定不是空泛的，而是以实感经验为基础、和生命血肉相关的。再说下去容易空泛，还是拉回来，谈具体的问题。

张新颖：接着说你说的"象"的问题。为什么时代的"象"会进入到余华的作品里，而不在其他的作品里？他的作品是"直接地"进去，这个"直接"很重要。我觉得这个"直接"是一种能力。在我们的文学里面，"直接"这个能力很大程度上丧失了。我们要讨论："直接"的能力为什么会丧失？我们这个时代，就像你说的，随手抓出来就是一个很好的东西，为什么不随手抓呢？

刘志荣：是，这也是我觉得奇怪的地方。我也想不通到底是什么东西在阻碍。

张新颖：这个就是"文学"啊。"文学"制造了距离，"文学"本身就是距离，"文学"就是使你不能直接表达事物的一种东西。这是我们从八十年代以来所培训起来的"文学"的观念和"文学"的制度。我们的作家脑子里面就有个这样的东西，有这个条条框框。其实，这个东西也是未经质疑的。

余华写这个下部，怎么会写得这么快啊？哗啦哗啦就写出来了。这个写得快，是很好的，不是说他的态度草率或者什么的。因为"直接"，才能快；所以能够如此，就是因为他去掉了那个横亘在中间的东西，那个"距离"，那个"文学"，那个"文学"的观念。为什么有些人强调从"文学"的角度来评价余华的作品，觉得很差？这个"差"，就是因为余华他把那个"文学"不要了。你想想看。也就是说，他"冒犯"了"文学"，《兄弟》的写作"冒犯"了"文学"。我觉得这种"冒犯"是很好的一个东西。

他是通过什么样的方式"冒犯"的？他是通过"直接"把现实放到作品里面的方式。你想，如果你"直接"就把现实的东西放到"文学"里面的话，那还要"文学"做什么？很多作家都会有这样的疑问。"文学"一定是要对现实进行变形，转换，超越……总而言之要进行技术化处理，重新地分解，排列，组合。但是有了这些过程之后，到了"文学"里面的现实就已经不是现实了，已经不是一个"直接"的东西了。余华放弃了这个过程。所以有的人会指责说，写这些东西有什么了不起啊，会指责说，余华不过是从报纸上看到一个什么消息，然后写出来，这个没有什么了不起。按理说这是没有什么了不起，但是在我们已经有了"文学"这个观念和制度之后，能这样写，这就是了不起的。因为他把中间这个横亘的东西去掉了。你说为什么"气"是通的，或者"气"是不通的？一个东西阻在那儿——还不只是一个东西，这个东西会连带进来层层阻隔的——它的"气"就是不通的。

刘志荣：那你讲的那个文学的阻隔，是不是就是讲的文学的夸张、变形和组织现实那样一种东西？

张新颖：不能这么简单地说。余华的《兄弟》也有夸张、变形、对现实的组织，我说余华放弃了"文学化"的过程，是说余华放弃了按照未经质疑的"文学"观念来"改造"现实的过程，并不是说余华的小说就没有文学的处理方式。这里我们可以假设一种简单的区分：一种是把现实"文学化"，重心在"文学化"，"文学化"不仅是手段，而且是标准，是目的；另一种可能的方式是，现实带着它自身的形状进入文学，此时当然也有文学的处理，但文学尊重现实本身的性质和样态，文学不强求现实服从于既定的文学观念和处理方式，因而，不仅是现实本身得以呈现，而且可能因此构建出一种不同于既定文学观念和处理方式的文学，这样也就使现实真正成为文学的资源，反而成就了文学。

前一种把现实"文学化"，之所以会在现实和文学之间产生出一种阻隔，是因为"文学化"就是要和生活不一样，不管它通过什么样的一种方式。滥情的小说，它通过一种煽情的、挑逗的方式；先锋小说，它通过一些手法来制造一种陌生化的方式；传统的批判现实主义小说，就是要建立起一个对现实的整体观照，在这个整体观照的基础上来描写现实，这样一种方式；现代主义小说，也有一个我跟这个现实主动疏离的方式。总而言之，就是这样一些"文学"的方式。当"文学"产生自觉以后——这个不知道从什么时候开始的——它就是在逐渐建立它与现实的距离。为什么要跟现实建立距离？它要保持它自己的"独立性"。如果你把这个距离取消了，抹杀了，那还要"文学"干什么？所以现在很多作家提出疑问。这个现实多精彩啊，你去看现实就可以了啊。如果拿现实来和文学作品作对比的话，他们认为这样的对比是不公正的，所以总是强调文学是有它的"独立性"的。

三、文学怎样理解"现实"，《兄弟》的叙述

刘志荣：你说得很切中要害，但在这里其实是会遭遇到疑问的。我们有必要把讨论细化一下，这样可能会深入和准确一些。

首先我们要弄清楚自己是在何种意义上使用"现实"这个词的。因为我们很可能遇到这样的质疑："你们所说的'现实'背后是不是也是一种'叙述'呢？——不管自己有没有意识到。"或者，"不同的作家都有不同的'现实观'，差距之大，有时几乎不可通约，你们有没有可能是在以某种特定的'现实观'来衡量别个呢？而且，你们现在关注的《妇女闲聊录》《兄弟》表现的现实背后，难道没有依托一些叙述成规吗？"

我想我在使用"现实"这个词时，指涉的不是各种"现实观"啊，对于现实的叙述啊，等等，而是活生生的生活世界，这个生活世界丰富复杂，很难完全用某种叙述概括清楚，即使把各种叙述加起来，它也总有除不尽的"余数"。这样理解的"现实"有什么好处？如果说从肯定的一面看它可能也有成为一个凝固的概念的危险的话，那么在否

定的一面看，它至少会有一个好处：它是一个逼迫人不断打开自己的东西——我们知道，每个作家、每个流派、每个时期的文学在表达自己的感受和经验时，开始时可能都是虎虎有生气的，但时间长了，它可能就形成了一种模式，然后它就只能看到自己模式里的世界，这样就僵化了，看不到丰富复杂的世界，跟这个混乱的世界里最有活力的部分了。一旦你拘泥于自己模式里看到的东西，现实这个东西就要来拆解你了，它就是让最有活力的东西超出你的视野之外，让你与之失之交臂。你说的很多作家提出的疑问，其实大概是还没有意识到这个东西——因为说到这里就很清楚：这样理解的现实对于文学的意义，其实是一个否定自己的成见的、层层打开的东西，不断打开我们可能自觉不自觉凝滞、固定、僵化的概念和模式，让活生生的东西进入文学里面来。

　　具体到《兄弟》这部作品，它其实是用了一些文学方式，或者说有一些叙事成规的，余华不完全是照搬现实。举一个例子，就是这部小说里其实有一些处于有意无意之间的重复，比如上部的时候，李光头的爸爸在厕所里偷看女人死了，然后李光头又去看；李光头偷看被逮住，就让他在街上转一圈又转一圈地示众；后来他继父又被批斗、一圈一圈游街，到被殴打惨死，到后米，欺负李光头的那个中学生孙伟的父亲也被游街，殴打，惨死……都是一些重复和对位；李光头葬母的时候一个个去找童铁匠、张裁缝、关剪刀、余拔牙、王冰棍，到下部李光头的发迹史，他第一次雄心勃勃要去创业，去上海前又一个个去找童铁匠、张裁缝、关剪刀、余拔牙、王冰棍，失败后回来，这些人的反应一个个都写出来；第二次去日本进口垃圾服装，又一个个去找童铁匠、张裁缝、关剪刀、余拔牙、王冰棍,成功后回来,这些人的反应又一个个都写出来……这里面,又是有意识的重复和对位。这种重复在余华以前的《活着》《许三观卖血记》里是很明显的东西,而且几乎成为小说的结构原则,这个在《兄弟》里面也很明显的,只是他化掉了,不是基本的结构原则,但在小说的叙事中还是很重要的因素——整部小说的结构原则很明显,就是兄弟两人命运的复调和上下两部两个时代的对位。

如何理解这种重复?余华自己不是强调过小说的音乐性吗?这个音乐性的东西,有意识的东西,弄得不好,其实是很容易变成一个不自然的东西的,但余华的小说,至少《许三观卖血记》和《兄弟》中,不太让人有这种感觉,《兄弟》中更几乎是化掉了。这种重复,我们过去认为就是句子上的重复,或者是有意识的情节上的重复——比如《许三观卖血记》里面的重复——一种特定的风格,对吧?我现在的感受和理解深了一步,这种重复其实是一种现实的节律——余华把握住了这么一种东西,这么一种现实的"节律",或者说是现实的音乐性。现实是有一个节奏的,现实里边不断有重复的东西,每一个时代里面都有自己特定的重复的东西——你看不同的时代重复什么样的事情,就可以把两个时代区分开来。我觉得下部比较好的地方,就是他把握住了这个时代重复的东西,他把这个东西写出来,这个时代就活了。那你说余华的这个东西是不是一个"文学"的东西?我觉得这还是一个文学的东西,当然也是一个现实的东西,或者更准确地说:文学跟现实贴合的东西。它当然不是一个理念把握的、隔了一层的东西,它是直接从现实里提炼出来的,但还是一个文学的东西。

还可以注意一下这个小说的叙述语调，这个小说下部的语调不是一个完全的漠不相关的语调，这个语调是带有一点谐谑式的，所有的句子都有一点玩笑的、漫画的味道，对这个李光头有点羡慕又有点瞧不起，有点距离又有点关心，所讲述的东西既有现实所本又不免有些拉扯和夸张，是这么一个语调。这个叙述语调，也不是一个外在于文学的东西。

所以你讲的，文学为什么会在写作和现实中间形成一种阻隔，我觉得这种阻隔可能还不是文学本性的东西，而是现在这个时代对文学的理解和把握有问题。

张新颖：文学不是天然就有这样一个阻隔。当我用"文学"这个概念的时候，我说的其实就是我们观念里面的那个"文学"。当然我并不认为文学就应该是这个样子的。我为了把问题突出出来，把这个事情说得比较极端。当然，你不能说余华这个东西不是文学，对吧？

刘志荣：对。他仍然是用了文学的东西的。

张新颖：但是，按照我们通常对"文学"的理解，我们就批评它，说这个东西不好。这个东西为什么不好？因为它没有"文学"。

刘志荣：那这是大家的文学观念很狭隘。

张新颖：我要讲的就是这个意思。我就是觉得，他这个作品有一个对狭隘的"文学"观念的"冒犯"。

我说余华这个作品是一个"内在于"这个时代的作品，还包含一个意思，这个意思本身就是对"文学"的"冒犯"。因为我们强调的"文学"，是一个超越于时代的东西，我们的"文学"观念里面，什么是好的东西？就是超越于时代的东西，领先于时代的东西。肯定不能是跟时代搅在一块儿的东西。我认为余华这个东西好就好在，它就是跟时代搅在一块儿的一个东西。他没有超越这个时代。他连超越的企图都没有。其实那些试图说超越时代的人，当然也都没有超越，但是他至少做出这个样子来了。我们通常批评人会说，你做得不好，但是态度很好，我做出一个反思时代的样子来，也就算了。他连这个态度都没有，不但做得不好，连态度都不好。他这就是一个对整体的文学成规的"冒犯"。

　　我其实很关心能够"冒犯""文学"的那样一些东西，包括我们上次谈林白的那个《妇女闲聊录》，其实也是这样一个东西。林白的《妇女闲聊录》，文学圈里不认可这个东西，你能找个保姆随便说说记下来就成了作品，那我也能找个保姆啊，他们会这样理解一个问题，这算什么，没有什么稀奇嘛。余华在文学界还是处于一个被普遍认可的地位，他曾经是"先锋作家"，"先锋作家"这个名号很重要，为什么呢？因为先锋特别强调"文学"，特别强调"文学"的"独立"的因素。这样一个作家现在变成了对这样一个东西的"冒犯"。所以这个东西成了文学圈子里的一个事件。如果是一个不会写作的人，一个大家都瞧不上眼的人，不会让人这么恼火的。

　　他的这个东西当然是文学的，你说他的那些叙述方式，当然是文学的。

四、我们是用什么来排斥实感经验的

刘志荣：为什么会造成这样一种狭隘的理解？《兄弟》这个小说跟余华以前的作品相比有变化，但还是相通的。这个讲来讲去是现实感受，或者说实感经验的问题。现实感受变了，小说自然也变了——不可能死抱着原来的一套的，否则就舍本逐末了——"本"当然就是现实感受、实感经验，但为什么恰恰是这个东西是我们现在的文学排斥的东西？

张新颖：应该追问我们是用什么来排斥实感经验的。如果这样讲，可能会找出一些原因来。

刘志荣：这可能就要谈到对形式的理解了——二十世纪八十年代大家大讲文学的独立时，形式问题其实是一个突破口，但用力过猛，其实是有流弊的，因为对形式的理解有偏颇，然后这个偏颇又慢慢凝固了。

有一次谈起贾樟柯的《小武》，有人说不喜欢这个电影，因为这个电影没有"形式"。我当时听了很纳闷，因为我觉得这个电影形式的东西是很明显的，虽然它采用的是纪录片式的风格。后来我仔细想，啊，原来是大家对"形式"的理解不一样，虽然同样用了这么一个词。以为这个电影没有"形式"的，大概是指作者本身要赋予"现实"一种形式，一种结构——这个"现实"可能会理解作"材料"那样的东西的，其实是过去蛮有名的比喻，"现实"的东西是建筑材料，最后形成的作品是建筑，作家的心灵在里面起的作用就是赋予这些材料一种建筑形式、一种结构——这样，作品归根结蒂是一个心灵的世界，一个作家的心灵创造出来的东西。你看得出来，在这样的理解中，作者的主体性是很被强调的，第一位的东西。但我所理解的形式，其实和这样的理解是有距离的，我是觉得万事万物本身都有一个形式，一个故事有它本身的形式，现实也有它本身的形式，不用刻意去外加一种形式的，而是要努力去发现事物本身的形式——在面对世界时，我们的那个"我"，缩小得愈小愈好，这样，世界、现实本身的形式才会展露出来，它精彩的地方也才不至于因为我们的过度介入而被遮蔽。说到这里，我其实想到一些古典的教诲，譬如"外师造化，中得心源"，譬如"随物赋形"，譬如"如行云流水，行于所当行，止于所不得不止"，等等。如果"心源"能和"造化"相通，也不会成为障碍的，但要能得这个"源"啊。形式本身其实也不是一种障碍，而是我们对形式的理解僵化了，狭隘了，总觉得要有主体的东西的介入——但其实介入不当，反而容易成为障碍的，因为是个外加的东西。如果能够消除这种窒碍，"心灵的世界"的说法也对，但这个心灵要是一个开放的、灵活的心灵，开放到能容纳下整个世界，灵活到能随物赋形。

谈到这里，可以讲讲先锋文学的起源了。现在大家都认可，八十年代的先锋文学，其源头可以追溯到"文革"中年轻人的潜在写作——譬如白洋淀诗歌群落的诗歌那里。我在阅读这些诗歌时有一种强烈的感觉，这种文学的起源在什么地方？它实际上起源于跟当时一般人理解的"现实"——也就是那时的流行话语制造的"现实"的一种很紧张的关系。它看到当时这种话语制造的"现实"和"文学"精心遮掩的东西，就要把它们表现出来。表现出来的方法其实是很夸张的，是一种彻底的颠倒和翻转，你精心遮掩现实的另一面，我就偏要揭示这另一面，而且我把它夸张到很极端。这个最典型的是根子的《三月与末日》。大家都在讲春天是多么好，春天充满希望，我就非要讲春天灰扑扑的，是一个很残酷的季节，它是一个伎俩，是一个骗局，而且是一个一直在骗人的但大家就是不醒悟的东西。可以看出来，这里是有一个打开的东西的。其实八十年代中期，先锋文学兴盛的时候，也都有一种开放性的力量，马原的小说打开了世界不可捉摸的一面，残雪打开了内心的那个非理性的世界，余华打开了生存的极端图景……但先锋又总是极端的东西，而且在起源的时候，它和流俗见解的关系肯定是疏离的，甚至是紧张的，而这些因素慢慢又沉淀到我们对"纯文学""文学独立性"的理解里面去，最后我们理解的"文学的独立"，似乎便一定是一种对现实拒斥的东西，而且特别强调那种狭隘理解了的"形式"，其实是反而模糊跟遮掩了先锋文学在起源和兴盛时的那种敞开的因素了，这样凝固化了之后肯定是有问题的。记得好像是阿城在《威尼斯日记》中说道：中国的电影原来不注意摄影，八十年代"第五代导演"兴起之后，又有一种"摄影腔"。文学里的问题其实也一样，譬如小说，原来不大注意叙事的，但现在，又都有一种"叙事腔"。这些新的"文艺腔"其实是应该化掉的。

　　这些东西和理解余华的小说也是相通的。余华早期的小说，它也起源于跟流俗理解的"现实"的紧张的关系，他有一篇很有名的文章叫

《虚伪的作品》，里面讲，他对"人们被日常生活围困的经验"感到排斥，所以他偏要揭示这种经验、这种温情脉脉的"现实"遮掩的东西，所以他突出暴力、荒谬这些东西。余华早期的先锋小说，如有的评论者所说，其实是有概括出"现实的图式"的因素的，譬如《现实一种》中亲人之间的连续仇杀，譬如《河边的错误》里公安员追疯子过程中遭遇的荒谬，这些早期作品都是表现他的感受里面跟一般人理解的"现实"犯冲的一些东西。这种紧张到了《活着》《许三观卖血记》里面已经有点松弛下来了，图式的因素也不再那么强烈和极端，但还是有的，只不过变成了他所谓的音乐性的东西——静态的图式变成了一种流动和变化的东西，在残酷中一种肯定性的力量从底下慢慢升起。到了《兄弟》里面，因为要表现的是一种广阔的现实，形式的东西更化掉了，但还是有的，这个上面已经说过了。

考察余华小说的发展，就会感觉，他的现实感受变了，形式也自然变了，小说风貌也自然跟一开始不一样了。这其实是好事，说明余华一直在打开自己，如果把一开始的形式凝固下来，其实会把现实感受封闭和冲淡的。而且追溯我们现在觉得我们的文学跟现实发生阻隔的那么一种东西，实际上最初它的起源也是一种冒犯性的力量，一种打开的东西；这些东西发展到后面都被大家接受了，也被狭隘化了，而一旦得到公认，成了主流，被流俗见解凝固之后，就形成了模式和阻碍性的力量。其实应该追溯一下源头，敞开它们起源时的那种开放性的力量的。

张新颖：最初的这个起源，对抗现实或者超越现实，是跟现实形成一个紧张性的关系而建立起来的；不但是跟现实有一个紧张性的关系，和当时的文学观念和形式也同时有一个紧张性的关系。但是随着过程的变化，紧张性的关系，"冒犯"的力量，慢慢就消失了，而且慢慢形成了一种新的狭隘化凝固化的模式、观念和制度。重要的是有一种关系，现在倒好，你是你，我是我，好像很怕有什么关系，一有关系的话，我这个"纯文学"的"纯"似乎就被现实污染了，我这个文学的"独立性"似乎就受到威胁了。文学"超越"于现实变成一个合法化的东西，变成天经地义的，到现在差不多已经成为我们的文学脱离于现实的一个借口，比借口还严重，它其实变成了从事文学的人的一个无意识。

刘志荣：是啊。什么东西一旦被公认，成了共识，甚至变成无意识，也就岌岌可危了。

张新颖：有了一整套关于文学的意识、观念、制度，还有无意识，不保留一个开放的缺口的话，就很容易变成一个见不惯不遵守这一套规矩的维护者。如一个人穿着短裤背心跑到大剧院去看歌剧，那是会被群起而攻之的。

刘志荣：一个人穿着短裤背心去看歌剧，引起群起而攻之，可能还是小问题；一个人要是穿着短裤背心去唱歌剧，那就是大问题了。余华的《兄弟》，大家群起而攻之——还有林白的《妇女闲聊录》更明显，那就是短裤背心去唱歌剧。其实他们唱是唱得很好的。

张新颖：但是唱歌剧的人他要维护他们这个集团的利益，我们这个集团就是一定要这样的，你不能那样的，你那样的话，我们本身这个特殊的意义怎么保证啊？

刘志荣：制度化这个问题太严重了。按道理，其实最初起源的时候大家都是光着脚的，"文革"时期的潜在写作里面最明显，那时候写作的那些青年，谁不是在摸索？都是灰头土脸的。而且按那时的文学标准、文学制度，他们搞的也不是"文学"——多多就回忆说，他最初看到根子的《三月与末日》的时候，就觉得来气，觉得"这不是诗！""文革"后朦胧诗崛起时，也招致攻击啊，还不是觉得诗不应该是这个样子。先锋文学当年崛起时得到承认也不是没有阻碍的，残雪的小说当年就发不出来，发出来大家也觉得看不懂，"神经病！"

什么样子的才是文学啊？其实说有个"样子"就不对了。一有样子就容易固定化、模式化、制度化……包括"先锋"的东西，"为先锋而先锋"，就成了"先锋腔"……还是自然点，该怎样就怎样。

我们由这个小说谈起，大的方面谈得比较多，现在是不是具体谈谈对这部小说的理解？譬如这部小说的谐谑式的语调，它和你所说的"内在于"时代的方式，中间的关系怎么解释？

五、谐谑式的语调和时代性的精神分裂

张新颖：我说这个小说是"内在于"时代的方式，并不就是说它认可这个时代，过渡到你所说的那个谐谑的语调，为什么会出现谐谑的语调？如果你在精神上完全认同这个东西，就不会出现谐谑的语调；但是，

你也不是义正词严地去批判它，因为你并不外在于它，你和它有千丝万缕的联系，甚至于它就是你，你就是它。

谐谑的语调很有意思，余华通过这个作品揭示了我们每个人在这个时代里面，我们每个人的生存方式是什么。我们每个人差不多都是精神分裂的，我们都是这个时代的一部分，我们都对这个时代有不满，但同时也对我们自己不满，对我们自己有嘲讽，有调侃，有谐谑。

我们不像以前那么立场分明。我如果觉得这个东西是不好的，那我跟它一刀两断，势不两立，但现在我们不是这样的。所以，这个时代中的每一个人，差不多都处于这样一个精神分裂的状态，这个分裂它不代表一种巨大的、尖锐的撕裂感，并不是说它非常痛苦，我们所有人都这样精神分裂，也可以嘛，好像不是很痛苦；表面上看是如此，但不知道往深里去的话，是不是有一种钝的、绵延的、好像没有但又好像无处不在的痛苦，是不是把这种精神分裂的痛苦消融在日常生活之中而接受下来了。

刘志荣：在下部里面，小说主要提及的刘镇大多数的人物，除了宋钢那样的，都像李光头一样，飞黄腾达了，至少也占了点便宜了。小说的叙述可以注意，小说上部第一句话就用的是"我们"的叙述，"我们刘镇的超级巨富李光头"怎么怎么样，这个"我们"的叙述，在下部是加强了，在很多段落里反复出现，所以小说的大部分虽然貌似客观，叙述者没有直接露面，但其实是一直隐含在小说的叙述之中，隐身在"我们"之中的。我们可以设想这个叙述者，隐身在刘镇的大家伙儿里面，看着也讲着李光头、宋钢和其他人的故事，语调有点羡慕，有点刻薄，置身其中，又有点不完全认同，可能也占了点便宜，但又不满意……总之，就在"我们"里面，是"我们"的一员，在这样的时代也拿了点东西的，但内心的某些地方又有些瞧不起，所以他用这样一种眼光看别人，也看自己，用这样一种语调来讲别人，也讲自己。略略生动一点描述这种情形的话，他是满脸坏笑地看着他讲述的人物也看着自己的，满脸坏笑地看这个时代，也看自己——这是不是我们这个时代很典型的一种态度？

张新颖：是的。其实我们都既是这个时代的受益者，同时又是对这个时代深怀不满的人，同时我们可能也是在各种知道的或者不知道的意义上的这个时代的受害者。都是很复杂的。从这样一个角度来讲，"内在于"时代，它所包含的丰富的意义，比超越这个时代要大得多。病人身上所包含的病人的信息，比医生所知道的病人的信息，要大得多。

刘志荣：这个小说的叙述者有点看穿这个时代，也有点看穿自己——看穿了这么一点点后，在谐谑的叙述之外，有种悲凉，虽然叙述者没有太加强调。譬如小说一开始，叙述者就写"我们刘镇的超级巨富李光头异想天开"，打算搭乘俄罗斯飞船上太空游览，但上了太空又如何呢？"李光头坐在他远近闻名的镀金马桶上，闭上眼睛开始想象自己在太空轨道上的漂泊生涯，四周的冷清深不可测，李光头俯瞰壮丽的地球如何徐徐展开，不由心酸落泪，这时候他才意识到自己在地球上已经是举目无亲了。"这很有点彻骨的悲凉的味道了；小说的结尾这个情节又出现了，依然有种悲凉，但悲凉的意味隐伏下来，谐谑的东西又增强

　　　　　　　　　　　　　　　　　　　　当代小说六家

了，李光头看着夜空，"满脸浪漫的情怀"，说要把宋钢的骨灰放在"每天可以看见十六次日出和十六次日落的太空轨道上"，"从此以后，我的兄弟宋钢就是外星人了"。这种悲凉和谐谑之间的游移，清醒和耽溺之间的摇摆，可能就是叙述者的含混，可能也是作者和我们这个时代的含混。

如果从小说整体来看，总的效果是偏于谐谑的，但悲凉的东西其实是更彻底的。那么就悲观吗？其实不用。这也就是余华的力量不足了。余华写的这两个时代的人都没有真正的精神生活，都被一些浅表的符号和欲望所左右，欠缺真正的食粮，当然不能不悲凉、虚无。用张爱玲的话说：人吃畜生的食物，到底是可哀的。当然也可能是时代如此，我们这个时代，精神生活本来就隐而不显。

不过隐而不显不等于不存在，所以，如果有从这个角度对这部小说的批评，我也能理解。不过理解了、看到它的意义之后批评，和一笔抹杀还是有区别的。在区分小说的世界和小说本身，以及看到了小说的意义之后，也要看到这种谐谑式的语调本身是有局限的，这和那种狂欢式的语调进行对比之后就很清楚，譬如拉伯雷的《巨人传》，那种狂欢语调里面有一种元气充沛的感觉，足以开创一个新时代，谐谑式的语调不知怎么地总是引向虚无。这也可能是当代作家整体上的局限，譬如当代最接近狂欢化叙述的作家王小波，异想天开的想象底里还是悲凉。

如果对比《许三观卖血记》，我觉得余华在《兄弟》里缺失掉了他已经感知到的一个很重要的东西，这是我很为他遗憾的。这个东西在

《许三观卖血记》里面是有的，就是他在许三观这样无知无识几乎类似群氓的人身上发现的一种温暖的力量，很卑微，也不必夸大，但是是有生命力的东西。奇怪的是在后来没有发展，《兄弟》这部小说仔细去看的话，这方面的力量完全没了，都消散掉了，那么这个东西是怎么回事？

在《兄弟》下部里的，人的生存是一种飘浮的状态，跟《许三观卖血记》里面的那种力量不一样。从时代说，也许便是一个时代刚刚展开时积蓄的那么一点能量，哗啦啦一下子挥霍完了，就成了一个很离散、很混乱的状态，全都飘浮起来，乱七八糟起来。这也许是这个"镀金时代"本身的病症。

张新颖：哗啦啦乱七八糟里面可能也有点力量。但是你不知道，它很乱，你不知道它在哪里，没有把它从里面抽出来，但实际上是可能存在的。

刘志荣：是有可能啊，所以要感知它，把它积蓄起来。当然这可能是苛责作家了。这么一个谐谑式的小说里边，尤其下部，也很难表现那么一个东西的，它那样一个语调，挺难放进去的。

张新颖：仔细说起这个叙述的语调，可能还不只是谐谑式的，这个作品也有某种程度上的狂欢性质的叙述。我们都承认这个小说写了这个时代乱七八糟的东西，不要小看这个问题，为什么它能够写出这些个乱七八糟来？你来写写这些乱七八糟试试。从叙述上讲，还是某种程度上的狂欢式语调起了作用。这个狂欢式叙述和乱七八糟的世界，里面有有力量的东西。

刘志荣：总的来说，这两年的长篇，大家说这个好，那个好，但我感觉是《兄弟》好。尤其我们一开始就提到的既是现实的又是奇幻的那么一种效果，可能就是我们这个时代本身的东西。

六、写无聊的"冒犯"性

张新颖：我觉得这个就是我们这个时代本身的东西。而且如果我们换一个角度来理解上部，也会看出一些有意思的东西来。上部写的是"文革"，如果我们不从"文革"来理解上部，而是从我们今天这个时代来理解上部，上部也有它的好处。你从"文革"的经验过来，你把"文革"的经验和它作对比，会发现简单化的，抽象化的，符号化的东西，等等。但是如果从今天的角度来说，他写"文革"这个写作行为是发生在今天的，这样讲我觉得很有意思，它不是一个针对"文革"的作品，而是针对今天的作品。如果我们也可以用一种谐谑的语调来叙述今天对"文革"的理解的话，就是像余华所写的那样来理解的，红袖章，大标语，批斗，游街，暴力……我们就是这样理解"文革"的，而且不光今天这样理解"文革"，我相信以后的人恐怕也就是这样理解"文革"的。经历过"文革"的人，在"文革"中所感受到的那种复杂性，以后都会被抹掉。就像我们今天理解纳粹屠杀犹太人一样，纳粹屠杀犹太人是一个很复杂的事情啊，它的历史渊源是很复杂的，但是我们今天，距离那时并不久吧，我们是怎么理解的？很简单，就是像电影里面，《辛德勒名单》或者其他什么电影，就是这样。以后我们理解"文革"，也会这样理解。这样的理解从还原历史的角度来讲是不对的，但是，以后人的理解方式恐怕就是这样的。

当然余华肯定不是这样想的，我觉得它这里面有很多无意识的东西。他一开始写李光头去厕所里偷看女人屁股，这个东西是一个很无聊的事情，这个东西要有多无聊就有多无聊，很没有意思的一个事情，余华用了那么大的篇幅去写，而且是贯穿整个上部的，这个东西好不好？这个东西好。

刘志荣：对。

张新颖：好就好在他写的是一件很无聊的事情，把一个很无聊的事情贯穿始终。用这个东西来理解"文革"对不对我不知道，但是用这个东西来理解今天，是对的。今天的人就是会对一件无聊的事情投入巨大的精力，就像大家从中感受精神上的兴奋，以此取乐，而当事人李光头用这个东西来换面条吃一样，可以把它转换成一个精神行为，一个娱乐行为，也可以转换成一个经济行为，一个唤起全民津津乐道的、人人参与的行为。我们今天全民参与的事情，就一定比李光头偷看女厕所有意义吗？我觉得很多人是上当了，因为偷看女厕所涉及色情，他们都从色情的角度来看。其实他这个不色情。我看到就有人说，他写得不美，不够色情，没有挑逗力。那我觉得，如果他写得很美，很色情，很能挑逗读者的欲望，那它就是通俗小说。从这一点上，它超越了通俗小说，他就是写一个无聊的状态。我不知道"文革"的时候是不是这样，但是至少今天肯定是这样，今天我们全民投入参与的，"好男儿""超女"，还有什么什么，就是这样的事情啊。

刘志荣：从你这个角度讲，上部就活了——它写的不是"文革"本身，而是今天的人理解和想象的"文革"，好也罢，坏也罢，这里面其实隐藏着很多有意思的东西——我们这个时代的"无意识"。

这个具体说起来，今天没法展开了。但你说的"对一件无聊的事情投入巨大的精力"，这其实也是可以成为一个正面观察"文革"的蛮好的角度。那么多人被批斗，那么多乱糟糟的事情，投入那么大的精力，真的有意义么？当时赋予的这个意义是被制造出来的：一件很无聊或者很残酷的事情，如果给你一个意义的符号，同时还有各种煽动性的力量，大家就真觉得它有意义了。

从这个角度也可以提供一个对这部小说的整体理解。我们这个时代，发生了天翻地覆的变化了，总的来说是迥然不同了，但在某些很重要的方面，真的发生变化了吗？——《兄弟》下部写的那些吸引了全社会注意的事情，发财啦，处美人大赛啦，真的有意义吗？也就是个符号而已。两个时代的符号变了，但大家追逐符号和欲望的方式没变。我们可能对过去时代引起欲望的那些符号，红袖章啦，批斗啦，游街啦，比较敏感，但这些召唤欲望的符号，换个马甲我们就不认识了。《兄弟》上、下部所写的人群，都没有真正的精神生活，主宰社会、召唤起大家欲望的，就是那么一种朝三暮四，朝四暮三，马甲换来换去的东西。而且小说中的主人公——兄弟两人，外在的方面有些变化，但性格基本的东西几乎是没变的，这样，这部小说的整体几乎可以概括为这样一句话："同样的人穿越了两个奇幻的年代。"不管有意还是无意，余华的《兄弟》上下部的对位里可以解读出这么一种东西，这个东西写得好。当然两个时代也有区别，"造反"、批斗是有触目惊心的后果的，现在的这些符号，后果没那么明显和直接——但其实是有代价的。

从这个角度看，余华这部小说还是保留了一些他最初的那些先锋小说的血脉的，就是把流俗的理解遮掩的现实的另一面给你看。这部小说描述的李光头的发家史和之后主导的刘镇的改变，不就是知识分子批判的"成功人士"和"新富人"的神话吗？只是余华用一种谐谑的、内在的方式写，不那么生硬，更自如，也更贴切。所以这部小说他是有一些冒犯性的，这是从先锋那里传承下来的东西。

张新颖：他写无聊，"冒犯"了文学要写有意义的事情。花五页篇幅去写偷看女厕所，说了一遍又一遍，这个是"冒犯"。但这个写无聊本身并不无聊，可能由此而透视时代精神的一面。

刘志荣：这个无聊的东西是跟重复的东西联系在一块儿的。你看好多不断重复的东西，都是一些无意义的东西。如果能从这些重复的东西里面跳开一点，那就变了。每天重复的东西都很无聊。但是大家不觉得，也不觉得这个应该特别表现。余华这部小说的叙述有些漫画化，但简化和夸张也有好处，可以让一些重要的东西更清楚。

现在大家都觉得《兄弟》是一部传统的小说——所谓传统，就是现实主义的小说，其实从起源上说，现实主义在当时崛起时，也是先锋的

当代小说六家

啊，有人这样表述过：真正的现实主义，总是告诉你你所习见的现实不是现实。所以对一个没有成见窒碍的人来说，先锋和现实，这两面都是可以讲通的，真正重要的是要打开我们被重重成见窒碍的心灵。

不过虽然可以对小说做这样的理解，但无论如何，我对上部还是有些保留。我是大约从第九章开始有点不满，觉得有点落入俗套，而且是一个能让人看穿的俗套，譬如宋凡平死的时候，从常理来说，亲人埋葬他，宁可用草席卷了，也不可能为了适应棺材把他的腿砍断的。这种情节就感觉有点煽情赚眼泪的味道了。

有位老师随口谈起余华的《兄弟》时提及毛姆的《刀锋》，《刀锋》里大家伙儿也是沉溺在欲望与虚无中啊，但有个人物不是，就是小说中的拉里，这个人物是以维特根斯坦为原型的。《兄弟》第一段，余华就写到很悲凉的那个东西，这第一段写得很好，余华肯定是想了很长时间，但就到此为止吗？如果余华的力量更大一些，视界更宽更深一些，小说的"象"会变的。但说起来容易，实际上这个东西是需要一点一点积累、一点一点进步的。

二○○六年八月末在复旦光华楼谈
十二月初整理

时代，亡灵，"无力"的叙述

——读余华《第七天》的感受

《第七天》[1]一出，质疑和批评的声音旋即又起；情形如同当年的《兄弟》，特别是《兄弟》下部的遭遇。余华已经变化了，读者还苦苦怀念二十世纪九十年代写《活着》和《许三观卖血记》的余华，甚至八十年代的先锋作家余华。这充分说明"经典化"的力量，先锋文学早就被各种理论和文学史叙述"经典化"了，《活着》和《许三观卖血记》更被广大的读者群"经典化"了。读者在"守"余华，不想余华却在"破"自己。"破"不是破坏，毁弃，完全不要以前的自己，而是挣脱束缚，脱去一层，再脱去一层，往前走一步，往更阔大的天地走艰难的一步。

这一步，把文学带进了当代社会乱象丛生的现实中，带进了与这个时代纠缠不清的复杂关系中。

1　余华：《第七天》，新星出版社，2013年。本文引文据此版本在文中标出页码。

一

说到现实和时代，似乎每个人都觉得很熟悉，都能认识当下的现实和自己的时代。其实，不那么容易。

譬如说，对《第七天》的批评中非常集中的一个方面，是说它串联了许多当下的新闻。这个说法很值得讨论。老实说，余华所写的那些东西，暴力拆迁等等，不是新闻，这些东西就是我们的日常生活。什么是新闻？不经常发生的、意外发生的东西才叫新闻。天天都在发生，就在我们周围，今天发生了明天还发生，这样的东西已经不是新闻了。

我们今天这个时代已经变成这么一个奇怪的时代，在这个时代里发生再奇怪的事情都不是新闻了。或者你一定要把它说成是新闻的话，整个这个时代本身变成了一个巨大的新闻；而处在时代当中的我们每个人，处在这样一个巨大新闻当中的每个人，他身边发生的事情，只不过是这个巨大新闻里面的日常生活。

我很理解为什么还把那些东西当作新闻。虽然在不断地重复发生，可是我们还是不能适应把这样的事情当作正常的东西来接受，正常的理智和情感还是不能不一再地感受到震惊。换句话说，这些东西纵然变成了我们的日常生活的一部分，改变了我们的日常生活，可是我们还是不能接受、不愿接受这样的日常生活。

我讲这些，关心的重点不在于是否新闻的分辨，重要的是，处在这样的一个现实当中的人，怎么来理解今天这个时代。余华把这些东西当成日常生活来写，其实触及了这个时代的一些我们远远没有讲清楚的东西。

我还要说，这些东西不仅仅是我们当下的日常生活，而且还是有一定时间长度的日常生活，或者说，有一定历史的日常生活。拆迁这样的事情，多少年了？贾樟柯早期电影《小武》里面的镜头，墙上大大的"拆"字，画个圆圈——有点时间感的人，记忆中都还有这个画面吧？不一定是贾樟柯电影镜头的画面，我们自己在现实中不是曾经常常遭遇这样的画面吗？这其实是当代的历史。把延续到当下生活中的历史当作"新闻"，当作意外，一方面表明我们的意识还没有从持久的震惊中恢复过来；另一方面，其实暴露出的是对这个时代的认识，缺乏整体性的反省。把延续到当下生活中的历史当作"新闻"，这样的"新闻"做法和意识，从不好的一面来说，是抹杀个体的记忆，模糊整体的历史。

还有一种议论说，余华为什么要写这么多，拆迁、爆炸、卖肾、鼠族、死婴、墓地价格疯涨、骨灰盒和坟墓的等级、地质塌陷、食品安全等等；仅食品安全，就提及"毒大米、毒奶粉、毒馒头、假鸡蛋、皮革奶、石膏面条、化学火锅、大便臭豆腐、苏丹红、地沟油"（155—156页）——像是串联，像是罗列，而每一项都没有"深入"下去。为什么不抓住一项——比如就写一个拆迁的故事，或者就写一个上访的故事？抓住一项，那就非常容易处理成"特殊事件"。可是，这些东西，都不"特殊"，都是当代日常生活的构成部分，都是普通的事件。余华立意要写时代，就是要把很多人以为是"特殊事件"因而意识上把它和时代整体隔离开的东西，放回时代里面去，放回很多这一类事情不断发生的时代里面去。

二

接下来的问题是，处在这样一个时代当中的人，他的感受是什么。不用问别人的感受，我们就问我们自己的感受。这个感受是说，你每天从大街上走过，你穿过各种各样的空间，遇到各种各样的已经不是新闻的新闻，你不断地看到一些事情，不断地听说一些事情，你耳闻目睹种种怪现状——可是你无能为力，你无能为力到像一个幽灵、一个影子一样。有人说余华的语言没有力量，其实不仅仅是语言没有力量，主人公整个人就没有力量。在今天，一个平常人，持有日常的观念、日常的生活方式的人，基本上都是没有力量的。我看到一个网友说每个人活得像行尸走肉一样，话很刺耳，也很痛切。余华把一个正常人在当代社会里的那种无力感、那种无可奈何，表达出来了，他把这种感受具象化为一个死人的感受，表达出来的绝望是非常痛切的。一个亡灵，或者一个影子，他在这个现实当中不占有任何具体的实际的空间，他也没有能力去占有这个实际的空间；你在这个现实里面不占有具体的空间，就没有办法对这个社会现实发生有效的作用。这样的一种无力感，不只是这个人的，而是这个时代很多个人普遍的状况。

在现实里不占有具体的空间，用一个词来说，就是"无地"；活着的时候"无地"，那么死了呢？《第七天》写的就是一个死了的人七天的活动，因此而创造出一个特殊的空间，即生死的边界地带。他游荡在生死的边界地带，最后来到了"死无葬身之地"的地方。我们会想到鲁迅的《影的告别》，影子要告别到哪里去呢？"然而我终于彷徨于明暗之间，我不知道是黄昏还是黎明。我姑且举灰黑的手装作喝干一杯酒，我将在不知道时候的时候独自远行。"其实没地方去的，"我不如彷徨于无地"，"我将向黑暗里彷徨于无地"。[1] 我们有时候会把鲁迅的这句话，变化成"无地彷徨"，仔细想来就会意识到，"无地彷徨"不如"彷徨于无地"，"彷徨于无地"是说有这么一个地方叫"无地"。可是"无地"是一个什么样的地方？余华写出了一个"无地"的地方，"死无葬身之地"，有这么一个地方叫"死无葬身之地"，这是一个特殊的空间，在这个空间里面的人是（只剩下）骨骼的人，他们有自己特殊的感受和行为。不同于鲁迅的影子的孤独、骄傲、决绝、自我放逐的知识者的形象，《第七天》里的杨飞，一个普通的名字，一个普通的人，他是被现实"非正常"地轰炸出现实空间的；而这个时代的"非正常"死亡者，不是一个，是一群，他们来到了"死无葬身之地"，自我悼念者的聚集之地，他们有的是同伴，他们组成了一个集体——骨骼的人群。

切斯瓦夫·米沃什在《从日出之地到日落之处》中，写下这样的诗句：

尊敬的旅客，您来自哪个永世？
谐谑的永世。所以都忘记了恐惧。

1　鲁迅：《影的告别》，《鲁迅全集》，人民文学出版社，1981年，第2卷，165—166页。

后代只记得滑稽的事例。

死亡，死于创伤、绞刑或者饥饿

都是死，但是荒唐事每年卷土重来。

…………

尝试设想另外一片土地，却不能……[1]

《第七天》"设想"了"另外一片土地"：它写的其实是一个亡灵的世界，现实不过是亡灵残留的记忆，他们在彻底告别这个世界之前努力追溯的记忆；现实世界不过是死后世界的倒影，这样的倒影将越来越模糊，终至消失。

三

亡灵的叙述，决定了小说语言的特殊性。我读完以后非常特殊的感受是，这个小说是用诗的语言来写的。诗的语言，不仅仅是说余华在语言上的讲究，更重要的是说，这个小说的语言内部，整体上有巨大的张力，这种巨大的张力是在生与死之间的关系中产生出来的。

比如，从句子层面来说，一个或几个句子，一方面带来巨大的冲击和震撼，同时又把这种冲击和震撼的力量有意"减弱"一下、"分散"一下，甚至"玩味"一下，如此一来，语言的意思就不是只朝着一个方

---

1 切斯瓦夫·米沃什：《从日出之地到日落之处》，《名作欣赏》2013年第13期。

向的，这是一层；还有另一层，这种有意的"减弱""分散""玩味"，反过来又增强了冲击和震撼。举一个例子：杨飞在爆炸中身亡，但余华没有去写血肉横飞的场景，而只是写了他脸部器官的位移："奇怪的感觉出现了，我的右眼还在原来的地方，左眼外移到颧骨的位置。接着我感到鼻子旁边好像挂着什么，下巴下面也好像挂着什么，我伸手去摸，发现鼻子旁边的就是鼻子，下巴下面的就是下巴，它们在我的脸上转移了。"（4页）这样本该是惨不忍睹的恐怖景象，通过一个死人的感受来写，没有鲜血的强烈刺激，没有尖锐到不堪忍受的痛感，有的只是"奇怪的感觉"；倘若这样"奇怪的感觉"和"鼻子旁边的是鼻子"的叙述，引起滑稽的反应，甚至引发笑声，也并非不正当。

——事实上，这样的语言正是在恐怖和笑声之间的语言。恐怖和笑声之间的语言，不是随随便便写下的。这样的语言同时也要求，读者有相应的体会能力。

小说叙述通常忌讳成语，余华似乎忘记了这一条，或者，他故意冒犯了这一条。他的成语是怎么用的呢？我也举一个例子：在第一天，杨飞去殡仪馆，大厅里的一个服务人员招呼他，这时候出现了一个成语："他的声音里有着源远流长的疲惫"（8页）。作为一个阅读者，一般不会注意这个句子，正像我们也不会注意这个服务人员。等到我们读到第七天，等到我们读完整本小说，等到杨飞知道——我们也才知道——这个服务人员就是他苦苦寻找的父亲，倘若这个时候我们还能回过头来重新看到这个句子，我们才会明白余华一开始就写下的这句话，明白这个人的"疲惫"，明白这个人的"疲惫"为什么是"源远流长"的。

倘若明白了这些，就会意识到，用"源远流长"来形容"疲惫"不仅仅是别致的词语搭配和修辞，这句话的意义是结构性的——与整部作品的结构相合。

四

《第七天》这个小说其实包含了余华以前各个阶段作品的因素。在当代作家当中，很少有像余华这样，创作的阶段如此分明，我们通常划分为三个阶段；也很少有人像余华这样，对已经"经典化"了的先锋文学表示极大的不满，特别是考虑到他自己就是先锋文学的重要代表，更显出他此后"破"的勇气和信心。可是，在《第七天》这个作品里面，我们可以看到先锋文学留下来的东西，也可以看到《活着》《许三观卖血记》那个阶段的东西，比如这个人物和他的养父之间动人的故事，更可以看到《兄弟》里面与现实之间展开的关系。

但这个包含的意思不是重复，在一个东西里面同时包含不同阶段东西的因素，也就决定了这个东西不会与以前任何阶段的东西相同，也就是说，这个作品又和以前所有的作品不一样。就像一个人五十岁包含了二十岁，包含了他的三十岁、四十岁，但是五十岁毕竟是五十岁，不是二十岁，也不是四十岁；还有一层意思是，五十岁同时包含了二十岁、三十岁、四十岁。在这个作品里面，有余华从包含中新发展出来的东西。

我特别想说的一点是，他继续调整了《兄弟》已经展开的文学和现实之间的关系。我们现在的一些人，包括我自己在内，从八十年代成长起来，脑子里的"纯文学"观念太重。我们把文学理解成好像是一个封闭的、纯洁的、不和什么东西发生关系的东西。可是如果这个东西和什么都不发生关系的话，它自己是什么？这个时代是很难叙述的，余华写了当下这么多乱七八糟的东西，我们回过头去看看，从《兄弟》到《第七天》，余华不断试探文学、文学传统、文学艺术与现实、时代、个人之间的纷繁复杂的关系，有得失是自然的；我个人认为，这个不断调整和探索，特别难能可贵。当年我就说《兄弟》下半部好，今天我更想说，它的好还是没有被充分认识。在我们的现实里，李光头是一个有力量的人，《兄弟》写出了现实的"活力"，但这个"活力"是什么样的"活力"，我们并没有很好地分析；杨飞是一个没有力量的人，《第七天》写出了他的无力和时代的"死气"，可是这个"死气"正是在"时代"的"活力"之下出现，并且弥漫开来的。有人在感受、利用、享受着这个时代的"生龙活虎""生机勃勃"，可是也有像杨飞那样的人，他们看到"空中没有鸟儿飞翔，水中没有鱼儿游弋，大地没有万物生长"（108页）。

他们没有力量，因为他们有爱——现实竟能创造出这样的逻辑。他们热爱生机，热爱生活，热爱他们爱着的人，为了抚慰这群有爱的亡灵，《第七天》创造了一个超现实——死亡——的乌托邦，就是在"死无葬身之地"，"我惊讶地看见一个世界——水在流淌，青草遍地，树木茂盛，树枝上结满有核的果子，树叶都是心脏的模样，它们抖动时也是心脏跳动的节奏"（126页）。

善良而温情的余华翻转了"死无葬身之地"通常的含义，他翻转的力量来自爱：没有力量的爱，或者，因为没有力量才具有伟大力量的爱。

二〇一三年七月十五日